正妻不好當

4

文創風 153

懷愫 著

目錄

第六十七章　心神不寧

德妃那邊發愁，周婷這邊卻還是和和樂樂。胤禛這些天忙著朝上的事，又要監看造院工程，忙得腳不沾地。弘時就罷了，福敏跟福慧卻很想他，這一日就賴在正房裡不肯回去睡，定要把胤禛等回來，讓他抱一抱才回去。

胤禛回來時，就見屋子裡的燈暗暗的，周婷穿著寢衣，頭髮綰在腦後，伸手拍打福慧的背，兩個女兒早已睡著了，手牽著手趴在床上，小臉蛋像朵花似的。

聽見胤禛進來，周婷把手指頭放到唇前，壓低了聲音笑說：「見不著你，不肯回去呢。」

胤禛心裡一動，走過去坐在床沿，伸手捋捋周婷的頭髮，又去看兩個女兒。「鬧著妳了？」

周婷把頭往他肩膀一靠。「哪日不鬧呢，說阿瑪好幾天沒抱了，定要你抱了才肯回去睡，原就想等睡著再抱回去的。」說著點了點大妞的鼻子。「倒不捨得了。」

胤禛輕笑一聲。「罷了，讓她們在這裡睡吧。兒子今天怎麼樣？」

周婷臉上笑意更盛，胤禛嘴裡提到的兒子，定是剛滿周歲那個。「同福慧玩了一日，早撐不住睡去了，福慧見弟弟把腳放到嘴裡，可嚇壞了，還以為他餓到不行自己啃自己呢！」

福慧氣呼呼地告了奶嬤嬤的狀，說她沒把弟弟餵飽，直嚷著要周婷把她發落了，倒讓那個奶嬤嬤好一陣緊張。

胤禛嗅著周婷身上的玫瑰味淺笑起來。「就一個弟弟她們才這麼稀罕，不如咱們再生一個吧。」

周婷臉紅起來，伸手推了推他，喉嚨卻濕潤起來。「女兒在呢。」

胤禛一手把大枕頭搆出來。「拿這個圍起來，咱們到外頭去。」

周婷半推半就，任由他拉著自己的手出去，胤禛這幾天都忙，吃素了好些時候，此時就有些急不可耐，一把摟著周婷讓她倒在榻上，解開下頭的褲子就頂了進去，帶著濕意的秘處讓他喉頭一動，拿手指去刮她的臉頰。「想我了，嗯？」

周婷也不再害羞，伸手勾住他的脖子，腰上用力迎合他，兩人都怕弄醒了女兒，不敢有大動作，只壓住聲音慢慢來，竟比平時還有趣味。周婷抖著身子扒住他的背，只感覺到熱氣噴在彼此的臉上、身上，不一會兒就汗水淋漓。

運動過反而不容易入睡，兩人靠在一處，誰都沒有睡意，剛才從心底泛起來的滿足還未消去。胤禛側過身來，拉著周婷的手搭在自己背上，嘴唇湊過去吻她汗濕的額頭。「妳也摸一摸我。」

周婷一怔，眼裡含著笑意，就像剛才拍福慧那樣拍起他來，嘴裡還不時哼出聲來，兩人甜蜜地對視一眼，胤禛那裡又鼓了起來，只覺得整個人從心口開始發熱，一直熱到了腳尖……

德妃這邊看不上年氏，自有人看得上她。大阿哥的繼福晉一直扶不起來，活人總是爭不過死人，自從先大福晉沒了，她在大阿哥心裡就只留下美好的印象。

原本他覺得這個繼室規規矩矩，待幾個孩子也都盡心，雖然不大喜歡她，起碼也還留著面子。如今明珠病重，眼看著就要失掉這門勢力，他就開始嫌棄繼室家中背景太薄，他同太子相爭卻得不著妻族助力。

先大福晉還在時他們是真的鶼鰈情深，再沒想過要抬個側室的事，眼看著明珠的身子骨愈來愈差，他的兒子們又露出了些自立門戶的意思，大阿哥就著急地想再抬個有背景的上來。

滿旗的姑娘是不必肖想了，那些家世強的，定不能指給他當側室，誰教他後頭的岳父在繼室進門之前不過是個四品小官呢？如今雖提上來當了總兵官，到底是差了人一頭，且又是漢軍旗，他再苦求惠妃，惠妃也不可能說得動康熙為他指個滿旗姑娘進來。

哪有漢軍旗的當了正室，滿、蒙的反過來做側的？除非是小選進來的又生下兒子，不然就是打了人家的臉，這就不是結親而是結仇了。一輪挑揀完畢，目光就落在年氏身上，她還真是漢軍旗之中父親跟兄弟都得力的第一人了。

年氏的身分說低吧，她卻有個從一品致仕的爹；說高吧，她本人又是庶出。高或低往哪頭說都尷尬，既是庶出，必不可能做宗室子弟的正室，父親再有用也提不上來，而張佳氏雖是包衣出身，可她是正經嫡出的姑娘。年氏的出身就擺在那裡，若是康熙看在她父兄的面上，給她個側福晉當當也還罷了，若不能指進府裡，從格格當起也是應當的。

大阿哥既動了這個心思，就去求惠妃，惠妃一臉為難，摸著蜜蠟佛珠直轉圈。「你媳婦才剛生了孩子，你這樣……」

大阿哥皺了皺眉頭。「母妃不必理會這個。」

在他心裡，張佳氏怎麼都比不上伊爾根覺羅氏，再說這當口哪裡還能顧得到女人的心情？明珠已經昏厥過去好幾回了，大阿哥這才發現他若是沒了明珠幫他撐著，自己怎麼都鬥不倒太子。看看索額圖去了多少年了，太子的位置還這麼穩，皇阿瑪待他卻是愈來愈冷漠。他找來的那個蒙古喇嘛除了咒死幾個小孩子，根本沒傷到太子的筋骨，更別說其他較大的皇子了，再這樣下去，他更沒有出頭的一日。

惠妃騎虎難下，唯一的兒子犯了渾，她不但沒能規勸，自己也被他說動了心思，就這麼一條路走到黑，若說她心裡沒有指望，那是假的，可真要讓她為了大阿哥謀些什麼，她又沒這個膽。

「我的兒，她是個庶出的呢，難道進了你的府裡，就肯為你出力了？」惠妃拉著大阿哥的手勸他。「外頭看起來光鮮，未必在家裡就是得寵。」

「不管她得不得寵，只要她姓年就好辦。」大阿哥目光灼灼，捏著朝珠的手指用著力，指節都泛白了。「母妃不用知道這些事，只要把人求來了就成，等我奉皇阿瑪去巡塞，若得了機會就在御前露一、兩句，咱們裡應外合，把事給定下來。」

年家兩個兄弟，一個從筆帖式做到廣東巡撫，一個即將升內閣學士，這麼好的人選，他再不能放過。這還是他在明珠病床前討到的主意，他在心裡掂量了一回，這門親要是能結下來，就只有好處。

惠妃內心發愁，不知這話要怎麼開口，可為了兒子，不辦也得辦了。

不過一刻，年氏的床前就擺上了惠妃宮裡賜出來的藥，賜藥過去的大宮女碧桐笑咪咪地為年氏掖被角。「咱們主子一見姑娘就喜歡上，知道姑娘病了，特地尋了藥出來，姑娘可千萬把身子調理好。」

年氏上一世根本沒有見過惠妃，她進京選秀那一年，大阿哥已經被圈禁，惠妃常年在儲秀宮裡茹素唸經，說是為了大阿哥犯下的罪業懺悔，其實也是知道宮裡頭已經沒她待的地方。

有娘娘們宮裡的大宮女過來，這些秀女們就開始探頭探腦，嘉寶坐在自己的妝鏡前看書，眼睛卻時不時往這邊飄，等碧桐走了，她立刻扔下書過來。「惠妃娘娘怎麼會遣了人來瞧妳？」

年氏心頭一陣煩亂，暗道惠妃無事獻殷勤，若真是喜歡她的品格相貌，怎麼這會兒才送藥來，定是有所圖謀。可她絕對不能跟大阿哥沾上一星半點關係，不管是瞧中她做側室也好，還是要把她指給子姪輩的也罷，橫豎她絕對不能接受。

心裡這麼想，年氏就有些不耐煩。「我怎麼知道！」

一開口話就有些衝，見嘉寶臉上訕訕的，她聲音又軟了下來。「許是惠妃娘娘瞧我可憐呢。」

嘉寶憨是憨，卻不傻，聽她這麼說就點了點頭，往其他秀女屋子裡去了，獨留年氏一個躺在床上背著人流淚。

這可怎麼是好？她的四郎還不知會怎樣，怎麼現在又冒出一個大阿哥來？年氏腦袋昏沈沈地又燒了起來，一會兒想著如果被指給大阿哥，那她不如一頭撞死；一會兒又想四郎還不知道她在等他呢。她就這麼反反覆覆地睡不安穩，汗沒發出來，身上的熱度倒又添了幾分。

年氏如何心心念念旁人一概不知，倒是周婷又開始為胤禛打點起行裝來了。康熙也不知道在想什麼，給兒子們排了班表，幾個兄弟輪一圈，不肯單獨把誰落在京城裡，而胤禛這一回卻是眉頭緊鎖。

周婷不知道他為什麼這樣，只好拿些家常事說給他聽。

「今天福敏跟福慧兩個替咱們兒子取了個渾名。」周婷還沒說出來呢，自己就止不住地笑起來。

胤禛一向喜歡聽兩個女兒的趣事，見周婷笑成這樣子，便壓下心事聽她說。

小人兒火氣足最怕熱，玩得一頭一臉的汗，偏偏又不能吃冰，福敏跟福慧見弟弟熱得小臉蛋紅撲撲的，便趁周婷不注意，拿小勺子舀了一勺讓他嚐嚐，這下可停不下來了。小小的人兒也明白玻璃碗裡裝的是好東西，伸著頭可憐巴巴地看著周婷，他好像知道碗裡頭的東西叫酸梅湯，只要誰話裡帶到「酸梅湯」這三個字，他就抬頭去看，沒兩回就被福慧發現了。之後這丫頭酸梅湯、酸梅湯地叫了一整個下午，叫得小傢伙流了一圍兜口水。

胤禛聽了哈哈大笑。「那東西放溫了讓他嚐嚐就是，雖不能多用，喝一些也無礙。」

周婷嗔他一眼。「若肯就好了，那小子精得很，舌頭一搭就知道不是冰過的，喝了還要鬧。」

既笑過了，氣氛就緩和下來，周婷這才拍著胤禛的背問：「爺憂心什麼呢，這幾日都不曾展過眉頭，朝上的事這樣紛擾嗎？」

何止是紛擾，這一回巡塞回來就該廢太子了，行差踏錯一步也會在皇阿瑪心中留下芥蒂。胤禛的手微微一頓，決心向周婷透露一下，此時除了託付妻子，誰也不能相信，就是十三跟十四兩個，他還得想法子把他們從這件事裡頭摘出來。

「若是我還沒回來，京裡就起了什麼風聲，妳別慌亂。」胤禛把手搭在周婷肩上，見她蹙了眉頭看他，安撫地一笑。「不會有什麼大事的，妳別怕。」

周婷見他這樣，大概也明白是什麼事，太子不挪位置，他要怎麼往上呢？郡王前頭那個雍字定下來的時候，周婷內心就更篤定了。她吸了一口氣，衝著胤禛笑，抬手為他整理起腰上掛著的玉佩來，嘴角一勾，帶出淺笑。「我在家裡怕什麼，你在外頭多加小心。」

兩人對視一眼，胤禛見她明白自己的意思，就伸手把她摟到懷裡，隔著衣裳摸著她的肩胛。「我這一走，妳無事就只去母妃宮裡，同十三跟十四弟妹多在一處說話，跟儲秀宮還有東宮都少來往。」

周婷點了點頭。「我曉得，爺不必擔心這個。」話已經說到了這地步，她也沒什麼好隱瞞的了，抬頭就問：「是不是東邊那個？」

胤禛看著她，微微頷首。「我不讓妳去，就是為了讓妳待在家中，有什麼我看顧不到的地方，妳就把事情給辦了。」

話說開了，周婷卻更擔心，她雖知道最終的結果，但真的等到胤禛要出門了，她又放不下心來。

胤禛見周婷打點這裡、詢問那裡，知道她是心慌所致，按了她的手輕輕拍打。「同妳說清楚，不過是為了讓妳有所準備，這些事，我已經有成算了。」

早已經歷過一回，再來一次，他更可以藉機坐實了「孝悌」的名聲，後頭的兄弟相爭讓皇阿瑪尤為震怒，太子是皇阿瑪這麼多年來捧在心尖上的兒子，他獲得皇阿瑪的好評，就是從太子復立那時開始的。

周婷一一點頭應下，臉上撐起笑來，絮絮叨叨說著「福敏跟福慧兩個一天又要唸上你十多回了」、「上回撿的石頭還藏在小匣子裡呢，就是弘時也不許摸」等話，說著說著兩人就偎到一處，周婷握著胤禛的手，用手指頭摩挲他拇指上的板指。

胤禛嗅著周婷的頭髮，知道她是在開解自己，反手握住她的手。「今天怎麼沒抹頭油，是不是玫瑰的用完了？」說著伸手把袖子折起來。「不如我幫妳梳一回？」

「等爺回來再為我梳。」周婷按下他的手，臉上泛著紅暈。「我幫你重打一回辮子。」說著她打開炕桌下的抽屜，拿了個打著玄色纏金絲結子的辮穗來。「這東西小，不容易編，我來回弄了幾個晚上了。」收線的地方還有些歪，她放在裡頭好些天沒拿出來。

胤禛笑了笑。「瞧著是有些歪，往後福敏跟福慧學這個時，妳可得精心。」

他嘴裡說著這話，心頭卻軟融融的，往鏡前一坐，由周婷為他散了頭髮，一梳子、一梳子地從頭梳到梢。周婷不時從鏡裡看他含笑的眼，剛才還七上八下忐忑著的心靜了下來，她放下梳子從後頭圈住他的脖子，兩人就這麼靠著，誰也不先說話。

等到胤禛走的時候，全家人一起把他送到院門口，福敏跟福慧兩個扯著周婷的裙幅，大眼睛淚汪汪地看著胤禛，弘時則跟在弘昀後頭行禮行得有模有樣。

四阿哥還抱在手裡，被周婷弄醒了，瞇著眼睛也不知道發脾氣，胤禛逗了逗他，他也不知道回應，最後胤禛挑了挑眉毛，拿手指頭戳他的圓臉蛋說道：「酸梅湯。」

小人兒馬上撐起眼皮，瞧了他阿瑪一眼，又睡了過去。

胤禛這回出去不像之前那樣時時有書信送回來，周婷也不敢像以往那樣時時遞書信過去，以他那種萬事不欲人操心的性子，臨走說出那番話來，恐怕這回當真十分險惡。

白天還好，她有各種各樣的事情要打點吩咐，到了夜裡就翻來覆去睡不著。瑪瑙守夜時聽見了響動，第二天就燃了安神香，周婷接受她的好意，可聞著那香還是精神得很，心思一拐就往草甸子上帶。

來了這麼久的時間，周婷也算有了些基本常識，知道胤禛要上位，太子必須先空出位置來，至於是死還是廢，她就真的不清楚了，每天心跳加快的時候她就安慰自己：胤禛是最後的勝利者。

可這就如同一場戰爭，明明知道他是最後的贏家，卻還是擔心他衝鋒殺敵時傷了筋、動了骨，拉太子下馬這麼大的事，差了一步引火焚身可怎麼辦？

周婷日日這麼提著心，就連兩個女兒都察覺出不對勁，福敏跟福慧還能直接說出「額娘別急，阿瑪就快回來了」的話，身邊侍候的丫頭卻只能說些別的來逗她開懷。

周婷畏熱的毛病是坐月子時留下來的，暖閣裡窗戶大開，內室裡也留著縫不關門，只拉上帳子，遠遠擺著冰盆，有風送了涼意進來，屋子裡倒不怎麼熱，周婷身下又鋪著象牙席，胤禛不在，她一塊睡熱了就換另一塊睡。

珍珠聽見她翻動，就坐起身來問：「主子可要飲湯？」

「不必，妳睡妳的吧，我就是有些熱。」其實是周婷又憂心起胤禛來了，她伸手從枕頭底下摸出扇子來，珍珠聽見搧風聲更不敢睡，只好說些趣事引她開懷。

「瑪瑙姊姊的夫家今天送了禮來，臊得她半日不出房門。我過去瞧了，全是精心備下的，瑪瑙姊姊有福氣呢。」珍珠拿枕頭墊了腰，因是在外頭守的夜，就點起了燈。她站起來摸了摸青花大茶缸裡的玻璃碗，冰已經化了大半，碗裡晾著的酸梅湯這時候正好入嘴，於是就送了一碗進內室。

周婷躺了這麼些時候仍然睡意全無，索性跟珍珠聊起來。「怪不得呢，我說怎麼一個下午都沒見著她。」

瑪瑙的親事是胤禛定下來的，本來周婷以為會是外院裡頭為胤禛辦事的管事，誰知胤禛竟幫瑪瑙挑了一個漢人。

「她在屋子裡躲羞呢。」珍珠嘻嘻一笑。「主子不知道吧，那邊送了一幅尺頭過來，又有半疋青布，我瞧到禮單子裡頭夾了張鞋樣子呢。」

「這怕是打聽過了，知道瑪瑙最擅長做鞋。」周婷微微一笑，酸梅湯的涼意壓下她心頭去不盡的躁意。

「瑪瑙姊姊可生氣呢，扯著那鞋樣子直說不知規矩。」珍珠愈發笑得高興。「可就是怎麼也不肯把那張紙給扯爛了。」

周婷噗哧一笑，把碗放到床邊的桌上。「瑪瑙嫁了，下一個就輪到妳，妳可有什麼合心意的？若似她這樣壓著不說，可要由著爺去配了。」

瑪瑙是包衣出身沒錯，卻是正經在旗的，胤禛這個媒做得九彎十八拐，配的正是太醫院的唐仲斌。他早就想在太醫院裡安插一個自己人，不僅拐彎叫他投了旗，還把瑪瑙許配給他。

這樁婚事周婷原本不同意，等她從小張子那邊打聽出這個人來，馬上就明白了胤禛的用意，卻沒想到瑪瑙自己也願意。

周婷只好差人出去打聽這個唐仲斌，太醫院醫上這個官說大不大、說小不小，唐仲斌這個人學醫學傻了，平時在太醫院裡只知道刻苦攻讀，胤禛也不知怎麼就看中他那股呆氣。不過他一家子投了旗，就是旗人了，況且瑪瑙嫁過去算是低嫁，又有胤禛跟周婷的關係在裡頭，瑪瑙進了門那家子只會待她好。

唐家得了這麼樁好親事，全是按禮儀說媒、訂親、換帖、納采，三不五時還送東西進來。因是胤禛屬意的，烏蘇嬤嬤也不攔著，甚至還覺得這是胤禛看重周婷的表現，全為了她高興呢。

「原想放了她出去備嫁，可剛提上來的粉晶跟碧璽還不能領事，只好再留她一留，妳的事也該打算起來了。」見珍珠一直不說話，周婷就再問了一句：「妳是想要個讀書的，還是習武的？」

珍珠默然不語，她臉上那道傷疤雖說抹了藥又好好養著，可總是留下了痕跡，她因為這個原因並不十分想嫁，老說要一輩子待在周婷身邊，可看到瑪瑙那個樣子，又有些心動，只好扭過臉去。「奴才全憑主子做主就是了。」

「既讓我為妳做主，我自然也會給妳撐腰，若有個不好，只管來找我，我替妳發落。」周婷跟珍珠半真半假地開玩笑。

珍珠只顧扯著衣帶子不說話，過了一會兒又抬手摸起自己的臉來。「不瞞主子說，奴才這個樣子，嫁個平頭百姓還怕他納了妾，不敢再想那讀書、習武的，只要家世過得去，能在乎我，便罷了。」

「胡說八道，妳且瞧著，我必定得給妳挑個好的。」周婷知道珍珠因為傷了臉，使原本打聽她的人家一下子全沒了聲息，這才有些心灰，立刻寬慰她。「瑪瑙這性子配一個有些呆氣的正好，妳呢，倒要尋個有些聰明勁兒的了。」

珍珠聽了雖然不多說，臉上卻隱隱透出一抹緋紅，讓周婷開心地笑了。

第六十八章　聖旨難違

周婷這邊剛談論完唐仲斌，那邊唐家人就借著禮單子送了封信過來——跟康熙一同巡塞的十八阿哥胤祄病重。三阿哥胤祉留京，連夜遣了太醫過去，唐仲斌只是醫上，沒這個資格跟去，卻在信裡言之鑿鑿，說自己看了送回來的藥方症狀，有些心得，求周婷代為送信給胤禛，讓他也能跟著去。

周婷自然不會貿然應下，她這段日子天天往寧壽宮裡跑得勤快，為的就是太后那裡時不時有消息遞過來，聖諭是半夜到了京城，十萬火急地送到胤祉手上，康熙欽點的那兩個擅長兒科的太醫被人從被窩裡拉了出來，扯到馬上就往草甸子趕。

寧壽宮的太后知道消息以後直唸佛，王貴人更是提起了一顆心，若這回有親哥哥在身邊也罷，偏偏這回十五跟十六都沒去，只有十八去了。王貴人有心想問兩句狀況，偏偏上頭幾個妃子寬慰太后的話都還沒說完，她只好咬牙坐直了等著，眼底一派焦急之色。

還是佟妃先把話頭遞給了她。「妳也不必憂心，既點了太醫過去，自然會小心看顧，許是陽光毒，著了暑氣。」

周婷垂著眼睛不說話，她知道這回事情沒那麼簡單。唐仲斌的信裡說得明白，他的信不像平日周婷見過的那些四平八穩，而是一副「捨他其誰」的模樣，說了一堆周婷瞧不明白的醫理，還指出太醫院去的兩個太醫雖擅長兒科，年紀卻大，保守治療只會拖延病症。

王貴人明明笑不出來，卻還是扯開嘴角，說些趣話逗太后忘了憂慮，要是太后急得有個什麼好歹，大家就跟著一起糟糕。她站起來屈一屈膝蓋，臉上帶著笑。「老祖宗不必為了他憂心，他兩個哥哥隨駕時也常有個頭痛腦熱，肯定是到了草甸子上頭撒了歡，又是風又是汗的傷了風，既萬歲爺點了太醫過去，必無大礙。」

嘴上這樣說，心裡卻急得不得了，忍不住盤算起等會兒散了場子她能託誰送信去，好知道情況。康熙親筆寫來的信，王貴人是沒資格看的。

照唐仲斌所說，胤祄現下高燒不退，本就是診斷有誤。駐地到底不比京裡，醫藥條件差，隨行的大夫恐怕也不怎麼重視，只當是普通的感冒發燒，起先為他開了發汗的藥，等到兩、三劑吃下去以後非但沒退燒，病還更重了，康熙才差人往京裡趕。

王貴人身邊無人可託，只好來求德妃，上回她就拜託周婷看顧十五跟十六，這回既然胤禛也在，就又想起周婷來，讓她幫忙往那邊遞話，也好打聽兒子到底怎麼樣了。

周婷借這個理由交代瑪瑙的哥哥傳了口信去，胤禛得到消息時剛從十八阿哥的帳子裡出來，回自己帳篷裡抹了把臉，剛準備拿點心匣子去勸康熙進些食，瑪瑙的哥哥就被蘇培盛領了進來問安。

康熙抱了兒子一個晚上，聽見他高燒說胡話就輕輕拍打他，在他耳邊說話。太子臉上陰得能夠滴出水來，這些阿哥裡頭就只有他曾經有過這種待遇。大阿哥自然也不高興，但比太子還好了許多。

這個弟弟跟他們差距太大了，先不說生母的位分，單說年紀，他們兒子都有他那麼大了，因此自然不會跟個七、八歲的孩子一處玩，要說情分，那還真是薄得很。

康熙卻不同，他年紀愈大，就愈禁不得離別，福全剛逝世那段期間，他的腰都不如過去挺得直，人也不如過去精神。唐仲斌拖住福全三年壽命，最後卻給康熙更大的打擊，更別提他如今心愈發軟了。

除了焦慮十八的病，他還將這些兒子們的反應一一看在眼裡，最教他失望的就是太子。到他這個年紀已是高壽，若他不在了，他留下的小兒子們要怎麼託付給下一任的新君呢？太子愈是冷漠他就愈是痛心，痛心過後就是深深的懷疑。

一個連孝悌之心都沒有的君王，會照顧他留下的這些兒子嗎？說不定他剛一閉眼，這些兒子就被太子全發落了，愈是往這上頭去想，那些原本他忽略過的細節就愈是一個個往腦子裡撞。

胤禛掂著那信，心想既然唐仲斌都這麼說了，這事他肯定有把握，光能把福全的病拖上三年，胤禛就願意相信他，但他卻不能立刻就讓唐仲斌過來。

胤祄的死是個導火線，這麼長久以來，皇阿瑪已經從原本不信太子作惡到半信半疑，他的態度愈是曖昧，太子就愈是著急，這樁事不過是壓垮駱駝的最後一根稻草。

胤禛捏著藥方不說話，話雖如此，不過既然此時來了個唐仲斌，那就得顯出他的價值來！他站起身來撣了撣衣裳，蘇培盛跟在他後頭，手中拎著食盒，裡頭是灶上太監燉得稀爛的麵條。

小太監打了簾子讓他進去，胤禛上前一步說：「皇阿瑪，兒子有事要稟。」

八月底聖駕回朝時，帶回了十八阿哥的靈柩。消息傳來時，王貴人差點沒哭瞎過去，在床上躺了半個月有餘還起不了身。十八阿哥的病雖然中間有過起色，卻醫治得太晚，沒能挨過康熙四十七年的中秋。

接下來的事讓所有人措手不及，康熙痛哭著下旨廢了太子，雖然也有人反對，但索額圖早早就下了陰曹，索黨幾乎被康熙清了個乾淨，這一回連他留下的兒子都一起發落，一半正法，一半發配。

在這種雷霆手段之下，根本沒人敢再跟康熙作對，十月初就昭告天地太廟，這麼大的事就在短短一個月內定了乾坤。老一輩的回想起康熙初年那些事，全都告誡兒孫把想說的話都爛在肚子裡，跟這位爺死扛，從來就沒有人能得到好處。

京裡先是人人自危，而後又人心浮動。既沒了太子，自然還要選一個出來，這時候選對邊，往後就是從龍有功的大功臣了。若是明珠不死，這池子的水也還混濁不起來，偏偏在這個當口，這個撐住大阿哥、讓他與太子相爭十幾年的靠山好巧不巧地病死了。

大阿哥就是明珠扯起來的一張虎皮，搖著這東西爭權奪利，可是明珠的兒子們卻各有各的打算，喪事一辦完，分散的分散、動搖的動搖，大阿哥卻還自請看押胤礽。別人用來論事的時間，他用來求神拜佛、外加羞辱這個死對頭，滿心以為自己勝券在握。

他根本就沒想過為什麼明珠死了，康熙卻是要三阿哥胤祉去祭拜，從頭到尾沒他什麼事，這意思已經很明顯了。

像大阿哥這樣目光短淺，那些有些根基的大家族自然不肯為他效力，先不說博不博得贏，就算博得贏，難道功勞還能大過明珠？大臣們也不傻，眼看著就算扶起了大阿哥，在他跟前的重要性也怎麼都越不過納蘭家那幾個兒子時，索性找個新的人擁戴。

別人在那邊起鬨分地盤、建立新勢力時，胤禛在家陪周婷安胎。從八月底到九月初，整個京城愈燒愈熱，暑氣卻一點都沒有要消下去的意思。選邊站的人一一上門，八阿哥府邸的門檻就快被人給踩穿了，幸好胤禛一家都挪到了莊子上，不然隔壁賓來朋往，周婷這胎還真的坐不安生。

京城裡諸事紛擾，胤禛卻縮在莊子裡不出頭，這會兒出頭的，都得被康熙當作齊頭莊稼給一刀割了。

周婷肚子裡的孩子已經四個多月了，跟懷上「酸梅湯」那時一樣，半點葷腥也碰不得，一碰就要吐，如今只能吃下些新鮮瓜果。

珍珠剝了一盤葡萄遞給周婷後就退了出去，她拿起琺瑯銀籤子叉了一顆送進嘴裡，胤禛換好了家常衣裳從內室出來，見她眯著眼靠在迎枕上吃葡萄，笑著問：「甜嗎？」

周婷點了點頭。「比往年的還要甜一些，一共送了五筐過來，我留下兩筐，爺要不要往咸安宮裡送一些？」

原本一人之下萬人之上的太子，如今卻頸帶鐵鎖，一應用度更是一減再減。周婷雖跟太子沒什麼交情，但跟太子妃是時時打交道，況且在所有嬸嬸之中，東宮的三格格最親近的就是周婷。

胤禛跟大阿哥一樣領了看押胤礽的差事，雖不能替他去了鐵鎖，送些吃食卻是舉手之勞，胤禛也正有這個意思，他恐怕就要升親王了，既然在熱河時已經在皇阿瑪面前為胤礽餵湯送藥，此時更該善待太子才是，何況他還有復立的那一天呢！

「是該送一些，二哥哪裡受過這樣的苦楚。」他可是從生下來就由皇阿瑪親自帶大的，一飲一食皇阿瑪都能從自己嘴裡省下來留給他吃，既然總要復立一回，不如他先把人情做在裡頭，兩邊都能落下好處來。

話一出口，周婷抬起眼皮看了他一眼，嘴角一勾帶出笑來。她馬上就明白了他的用意，聽他嘴裡說得這麼正經，就抬起手指頭刮了刮自己的臉皮給他看，兩人不禁相視一笑。

胤禛往床沿上一坐，伸手摸她隨意綰在腦後的頭髮。「如今蹦得高，將來都摔得慘。」說完這句見周婷沒有反應，忍不住自誇。「似我如今這般行事，才是道理。」

屋子裡除了他們倆再沒外人，周婷忍不住噗哧一笑歪在胤禛身上，他伸手拍她的背，拿了水晶盤子遞到她手邊餵葡萄給她吃。

周婷含一顆在嘴裡吸吮著，心裡為胤禛打算，既然要辦，就得辦得更漂亮。「咸安宮荒了那麼些時候，東宮裡頭女眷又多，爺總該請旨修一修房舍才是。」

胤禛搖了搖頭，伸手捏捏她的鼻子。「住不長的。」

這句話一出口，周婷就有些詫異。「不在咸安宮還能在何處？」她忖著胤禛的樣子直起身來。「這樣的大事，難道還能再一次嗎？」

胤禛伸手托住周婷的腰，嘴裡一迭聲叫她慢點，然後按著她的肩膀讓她重新靠回枕頭上。「自記事起，皇阿瑪待他就與待我們不同，妳這些日子進宮千萬記得說些圓和話，說不準這個月沒過完，皇阿瑪的主意就變了。」

「我記得二哥的兒女裡頭也有到年紀的了，雖拘在咸安宮裡，難不成就不論婚嫁了？」

周婷說著又嘁了顆葡萄進去。

胤禛摸摸她的頭髮。「此事妳不必理會，我自有安排，妳只管好好養胎。」

說著他就想到福敏跟福慧兩個上次一口咬定周婷肚子裡是個弟弟的事，於是好奇地問道：「福敏跟福慧這回說妳懷的是什麼？」

這兩個丫頭大概是被奶嬤嬤和身邊的丫頭教過了，再不肯說別的，每日打起招呼來都是衝著周婷的肚子叫弟弟，想到她們倆那樣子，周婷就想笑，胤禛一看她的神色就滿意了，摸著她的肚皮得意道：「果然是女兒貼心。」

周婷嗔他一眼。「既是女兒貼心，怎麼你想要兒子？」

「咱們四阿哥總該有兄弟幫襯，福敏跟福慧兩個若沒幾個厲害的兄弟，往後受了欺負怎辦？」胤禛皺著眉頭，一本正經地說。

周婷卻笑得差點把含在嘴裡的葡萄噴出去。「就你閨女那性子，不欺負旁人就該燒香了。」愈大愈不教人省心。

說到兩個女兒，周婷又想到了正在午睡的兒子。「什麼時候給兒子取名？老是叫他四阿哥，我總彆扭呢。」

「我早就遞了請求上去，皇阿瑪這會兒想不到這個，先等一等吧。」胤禛說道。

只有身子不好的孩子才會延遲取名，滿了周歲之後，周婷就一直在想兒子能得到什麼樣的名字，無奈這個還真不歸他們夫妻管。

抓周的時候，胤禛也在家，他在那一堆各色各樣的東西裡面放了一枚自己的私印，誰知道白胖娃娃啥都沒想，直接就伸手拿了那個印章攥在手裡，不肯鬆開。

周婷想起胤禛那副深感安慰的樣子就忍不住想笑，都已經三十幾歲的人了，看兒子抓周就跟見著兒子娶媳婦似的，該說他是太愛兒子還是天真爛漫？

就在周婷跟胤禛都準備好小四阿哥要渾叫幾年時，聖旨下來了。

大阿哥胤禔因魘咒皇太子和諸皇子被圈禁，四阿哥胤禛提升為親王，一併送到莊子上的還有小四阿哥的名字，以及康熙賜給胤禛側福晉的消息。這一連串內容差點把周婷給砸暈，根本弄不清楚康熙唱的是哪一齣。

瑪瑙嫁了出去，現在翡翠以大丫頭的身分跟珍珠一起待在周婷身邊。珍珠送了一盞核桃露上來，周婷盯著那蓮青碗上頭的紋路發呆，半晌才伸手過去把碗拿到面前一口一口吃了個乾淨。

珍珠還提著心，翡翠卻鬆了一口氣，臉上還勾出一個笑來。珍珠正感到詫異時，就聽見翡翠說：「主子，四阿哥得了名字這樣大的喜事，要不要傳下去？」

周婷長長吁出一口氣來，朝她點了點頭。「通告下去，四阿哥有名字了，每人再多發兩個月的月錢。」

胤禛升官是好消息，但這個名字再不符合周婷的想像，也是康熙定下來的，誰都沒權力更動，哪怕康熙死了也不行。

現在就開始擔心那個沒進府的側室根本沒用，不如好好想想康熙的用意，怎麼就賜了這個字下來呢？周婷差人去門邊等著，等胤禛一回來就把人請到她的院子裡來。

來個側福晉她倒不懼，這個名字卻不是胤禛現在這個身分能受得起的。弘昭，「昭」字的寓意當然很好，就是因為太好了，突然間用到自己兒子身上，讓周婷不得不心驚肉跳。

這會兒京裡正不太平呢，胤禛努力縮在後頭不突顯自己，這道旨意一下，說不定就有那些愛選邊站的會湊過來。康熙的行事一向讓人猜不透，關了太子、圈禁大阿哥還有話說，怎麼就這樣把胤禛給提了出來？

周婷一顆心提高了半天，胤禛回來卻三、兩句就解釋清楚了。「大哥已經被圈禁，那蒙古喇嘛嘴裡套出了好些大不敬的話，如今朝堂上復立太子的聲音又起來了。」

一個月的時間實在太短，康熙其實還沒回心轉意，但他看到太子一倒，這些兒子們便一個接著一個蹦出來時，內心極為反感。吃相難看地爭這個、爭那個，在御史那邊咬來咬去地參人一本便罷，大阿哥竟然還說出「誅殺胤礽」的話來。

由不得康熙的心不冷，這時候有個行動舉止始終如一的兒子，這一點點好處就被無限地放大了，這會兒賜名也是康熙一時衝動，他甚少像這般不思後果就行事，也是被大阿哥氣壞的緣故。

除了查出他跟那蒙古喇嘛的秘密行事之外，還把他最近的所作所為查了個徹底。這魘咒已經埋了五、六年，東宮裡頭挖出來的娃娃、木頭都已經爛了，明顯是經年累月受到雨水浸潤。康熙想到之前大阿哥欲求年家女，近日又跟年羹堯扯到一處，不禁勃然大怒。

三阿哥胤祉原先一直跟太子胤礽親近，這次出了事卻只知道撇清自己；五阿哥胤祺自不必說；七阿哥胤祐則向來平庸；八阿哥胤禩跟老九、老十幾個竟然勾結起來，他出身不顯，又無得力的母家，偏偏大家都保他做太子，他向來被一婦人捏在掌中，如今竟還妄想承襲大統！

康熙連番失望之後知道自己的四兒子對待胤礽一切如昔，又想起福全臨去時說的「面冷心熱」，此時竟覺得這個四兒子才是真正繼承了他的風度。康熙心裡嘆息失望，卻不能一個個都出手教訓，因此單拎了胤禛出來封為親王，既有褒獎的意思，也有打醒剩下那些兒子的用意在。

胤禛解釋完以後，見周婷鬆了口氣，卻問都沒問怎麼會把一個年家庶女賜進來當側福晉，倒生出些尷尬來。別的都好說，至於這個年家女，還真是弄巧成拙了。

大阿哥所求不得，皇阿瑪竟賜給他，按照年紀，這個絕對不是上一世的年氏，然而胤禛不知怎的一點都不覺得失望，他坐下來握住周婷的手。「事情是來得突然了些，我絕沒有像大哥那樣的打算……」

「爺是什麼樣的人，我還能不知道？」周婷微微一笑反握住他的手，搧了搧睫毛垂下眼簾。「我總歸是信你的。」

以前並不覺得，有了孩子之後，周婷的重心就漸漸轉移到孩子們身上，就像這次的事，她第一個擔心的是兒子，而不是小妾就要進門。

不管康熙心裡怎麼打算，「弘昭」這個名字還真是有些棘手，若不是胤禛自己提起，她還想不起那個將要進府的年家女來。

既然胤禛這麼說了，不管以後他是不是能做到，周婷還是挺高興，不過高興過後就得開始為自己打算，再相信他，她還有四個孩子，地上兩個跑的、床上一個滾的，肚子裡還揣著一個呢！

年家那個姑娘她遠遠看過兩眼，模樣自不必說，性情也早早就被幾個妯娌私底下議論過了，這副模樣活脫脫就是專職當小老婆的，還真不能讓人放心。

趁現在氣氛正好，周婷反手搭住了胤禛。「旨意下得急不急？怎麼也得等到園子建好了才成，沒想到你那麼快就升了親王，那規格又該改了吧？」

胤禛伸手把她散在鬢邊的髮絲塞到耳後去。「妳懷著身子最是要緊，我卻讓妳擔這麼多的心，這個孩子還真來得不是時候。」

周婷笑著捶他一下，粉臉泛紅。「那是誰把他勾來的？」說著挺了挺肚子。

胤禛的手放到她肚皮上。「我原想著咱們正好在莊子上頭躲個清靜，誰知道得了這樣的旨意，妳且安心養胎，旨意雖不能違，日子卻是由我們定的，等妳這胎生下來了，再叫她進門。」

雖說這樣的事在皇家並不算不規矩，正妻懷著身子時小妾進門的事多了去，可胤禛一來不想讓她為了這種事情亂了心緒、擾了胎，二來不願意這樣抬舉年家。

周婷的笑容淡去了些，從胤禛嘴裡說出「進門」這兩個字，讓她感覺自己的喉嚨被塞了團厚實的棉花，嚥不下、吐不出，難受得要命，卻偏偏不能顯出嫉妒的樣子。其實不論哪個古代女人聽到丈夫這麼說，都只有感激的分，這已經是難得的體面了。

周婷的眼睛一垂下去，胤禛到了嘴邊的話就說不出口了。剛才她不開口詢問他覺得尷尬，這時眼見她為了這個蹙起眉頭，他倒覺得開懷了。明明知道進了這個庶女，年家的嫡女是再不可能指給他的，他卻半點都不覺得失落。

周婷意識到自己情緒不對，剛想要扯個笑臉說些什麼，就被胤禛的舉動給堵住了。他親手又了切成小塊的甜瓜送到她嘴邊，眉目裡帶著些笑意。「新疆貢過來的瓜果，嚐嚐甜不甜。」

周婷眉毛一抬，她才不信剛才自己的神色沒被他瞧進眼裡，敢情他喜歡老婆吃醋？

夜裡兩人靠在羅漢床上，周婷側著身子同他閒談。「原先沒準備，既是傳旨下來的，怎麼也該給個單獨的院子，早知道就不該那麼早把院子分派下去。福雅還好說，福敏跟福慧定是不肯挪。」

「別操心了，西邊不是有個小院？就叫她安置在那裡，這麼大的地方還盛不下她一個人嗎？」胤禛說著伸手拍了拍她的背。「妳快些睡，明天還得跟我一起進宮謝恩呢。」

原先進府的那些格格們就住在西邊，胤禛說的那間小院離正房的距離，比格格們的院子還要遠，別說是胤禛，就是周婷身邊的丫頭也不會過去的。

果然機會永遠留給有準備的人，府裡格局一改，就不再是四四方方的了，擴大的花園跟曲折的小徑迴廊，直接就把小妾們跟胤禛隔得遠遠的。周婷嘴角一翹，拿小手指頭勾住他的大掌。

這男人就算原來有千萬種不好，光是看他如今的模樣，自己也要想盡辦法留住他。男人在前頭奮鬥，這後院裡她要是看不住，那以後他當了皇帝可怎麼辦？難道還打開大門，迎接對手進來？就當作是練習，也要把這個新來的鎖死在她自個兒的院子裡，別說什麼大家能共有一個丈夫，到了她這裡，就別想著能再出去。

第六十九章　不知規矩

這回進宮請安時，德妃拉住周婷開解了好半天，她是得過康熙授意的，一方面高興兒子升了位置，一方面又心疼周婷懷著身子還得操心這個。

瑞草端了托盤過來，給德妃的是六瓣瓜片，給周婷的是核桃乳酪，她放下盤子屈了屈膝蓋，做出十分恭敬的模樣，笑著說：「下頭廚房裡剛得了蝦餅，不知道雍親王福晉要不要進一些？」

德妃指著她笑，周婷拿帕子掩住了嘴，伸手就打賞了個鐲子過去，德妃嗔她一眼。「這丫頭，慣會討巧。」

「只當是我饞母妃這兒的蝦餅。」周婷拿起銀勺舀了一勺酪往嘴裡送，瑞草知道她的口味，給她的那碗裡頭就不擱別的東西，周婷又是一笑。「母妃瞧瞧，她拿個鐲子可不冤吧？」

德妃瞧周婷笑晏晏的模樣嘆息了一聲，把她的手放在自己手裡摩挲。「這回旨意一下來，我都怔住了，原本我早看定了一個省心的，想著指進府裡去，妳也好安排，不料大阿哥那裡鬧出事來。」

話裡話外的意思都是「年氏是個不省心的」，德妃久在宮裡，自然有些消息管道，她根本不須主動叫人探聽，這些消息也都會送到她跟前來。

周婷放下碗來，斂了笑容，反手拍拍德妃。「我們爺聽了旨意也傻眼了。」說著往前湊了湊，問道：「聽說原是大哥要求過去的，怎的就落進我們府裡來了？別是有些什麼牽累吧？」

最後一句周婷問得有些忐忑，這時候凡是跟大阿哥沾了邊的都害怕著呢，她問出這話來也不算是在德妃面前刺探消息。

德妃果然給了她一個安心的眼神。「正是呢，萬歲爺的意思我大概知道一些，老大跟年家有些牽扯，說是私底下去求他們家的女兒，原本她是撂了牌子要等下回的……」

她話說到一半，還怕周婷不懂。「萬歲爺在這兒氣得砸了杯子，又同我說，老大許了年家要給年氏側福晉的位置呢。」

周婷馬上明白了，恐怕是大阿哥在康熙面前求還覺得不夠，又特地去結交年家。妯娌之間論起秀女家世時她聽過，這屆裡面只有年氏家世出挑，父親曾做過湖廣巡府工部侍郎，一個哥哥是廣東巡撫，另一個哥哥不滿三十就升了內閣學士，怪不得一個庶女也讓大阿哥捨了臉面去求呢。大阿哥是鑲藍旗的，這回把手伸進了年家的鑲黃旗裡，摸了康熙逆鱗。

德妃還怕周婷心裡不痛快，周婷卻先安慰起她來。「難怪呢，我還說雖然家世過得去，到底是庶出的，怎麼一進府就能當側福晉，竟是有這個緣故在裡頭。」

康熙這是扶植胤禛的意思？周婷猜不透這個，卻明白一點，大阿哥既然話裡話外嚷出了側福晉的名號，年家定是有些心動。

年家就算不為了庶女，也要為了自己家嫡女，那個年氏還有個嫡妹，庶姊都當上親王側福晉了，嫡妹肯定不能低。康熙最是注重這些，看看先前太子妃的庶妹跟嫡妹兩個各自落在誰家，就能知道個大概了。

「怎麼也是個庶出的，如今又擔了不該她擔的位置，妳放寬心，若是她敢胡折騰，我第一個就饒不了她！」德妃擰著眉說道。

瑞草端了蝦餅過來，煎得香氣撲鼻，餅面上微微帶著金黃，看得周婷直嚥口水，正巧胤禛過來了，瑞草趕緊多添一副筷子。

「怎麼，餓了？」胤禛把帽子拿下來遞給宮女，走過去瞧見周婷碟子裡的蝦餅只剩一半，嘴角帶著笑。「來母妃這裡討吃的？」

「有了身子的人禁不得餓，在我這裡還講究什麼。」德妃假意瞪他。「你在我肚子裡時，一天得吃七頓呢。」

那時德妃身分仍不高，雖有康熙的寵愛，也不能越了規矩要東西，想吃什麼只好忍著。

「明明過了季，我卻偏偏想吃酸桃子，夢裡都饞到不行。」

胤禛訥訥不言，周婷打起圓場。「這時候已經過季了，等明年桃樹結果時，叫咱們爺親自給母妃摘了送來。」

德妃一個沒撐住，笑了起來。

珍珠領了福敏跟福慧從太后宮裡回來，她們每回都被太后留下來談天，此時聽見了周婷的話，福慧就一本正經地告訴德妃說：「福慧也給您摘桃子。」

德妃輕拍著手掌笑說：「這兩個活寶貝唷，過來。」

福敏跟福慧扭股糖一般黏在德妃身上不肯下來，兩個人還為德妃揉起腿來，喜得德妃合不攏嘴。只是她們人小力薄，不一會兒就累了，福敏便扭頭尋了個小凳子過來，讓了一半給福慧。兩人原本是在捶腿，鬧著鬧著就玩起別的來。

回到家裡周婷就把德妃的話告訴胤禛，他臉上風平浪靜的，一點兒都瞧不出起伏，只把她按到枕頭上，叫她好好歇一歇，轉頭就去了書房。他捏著一張年家送來的拜帖，瞇起了眼睛，半晌才說道：「蘇培盛，磨墨。」

胤禛沒有見年家人，而是回了封信過去，把年氏進門的日子往後推了又推，年羹堯接到回音就皺起了眉頭。他之前同大阿哥頗有牽扯，也不是沒存過選邊站的心思，誰知道大阿哥竟蠢得跟個婦人似地玩咒術那一套。

如今上頭指了一條路給他，他正好往那邊走。他的元配是明珠的孫女，才子納蘭性德的女兒，按關係跟大阿哥更近，可他本身卻一直看好八阿哥胤禩，同大阿哥並不親近。如今出了這事，父親的書信裡把他罵了個狗血淋頭，讓他一應操辦庶妹的婚事，同幾位阿哥都不要過分親近。

他卻覺得這是他一直尋求的機會，八阿哥雖好，卻已經被萬歲爺一巴掌給定死了，罵得這麼難聽，再難有翻身的可能。四阿哥卻不一樣，他新近得寵，又不露鋒芒，連首告大阿哥魘咒的三阿哥都沒他這麼快升了位置。如今萬歲爺指了庶妹過去，兩人結交也有正當緣由，跟大阿哥那邊七扯八繞的關係並不相同。

心裡已經打算好，偏偏那邊不接他的話頭，很是冷淡的樣子。年羹堯皺起了眉頭，猜測那邊許是因為之前大阿哥求娶庶妹的風聲，恐怕不怎麼喜歡她。

雖說好歹是個側室，但四阿哥卻一點都不上心，年羹堯不由得焦躁起來。怎麼樣就是個庶出的，若是嫡親的妹妹嫁過去，這層關係才更穩當呢……

轉眼間，日子就到了康熙四十八年，二月時周婷又為胤禛生下一個阿哥，如今月子也做完了，正是春暖花開之時。

周婷為福敏跟福慧綁上紅絨花，福慧摸著短短的頭髮，又問了一次：「額娘，我什麼時候能留頭呀？」

周婷伸手刮了刮她的鼻子。「妳大姊姊什麼時候留的，妳就什麼時候留。」

福慧扁了扁嘴對著鏡子左看右看，福敏早就乖乖地戴好了紅寶石如意項圈，手裡拿著福慧的項圈，伸長了胳膊為她套在脖子上，仰著頭問周婷：「額娘，我會寫壽字了。」

「好。」周婷伏下去親親她的面頰。「福敏祝壽時寫給皇瑪法瞧，好不好？」她很鼓勵兩個女兒多跟康熙親近，她們兩個膽子本來就大，跟那些一站在康熙面前就束手束腳、不知道怎麼說話的女兒跟孫女們很不一樣。

康熙年紀愈大愈是喜歡小孩子，兒女跟孫輩們把他當君王一樣供著，他反而覺得失了天倫，因此只要在寧壽宮裡見著這兩個小傢伙，就要抱起來逗一逗。見得愈多次，福敏與福慧在他面前就愈放鬆，每回見面都能掰著手指頭告訴皇瑪法她們每天都做些什麼。

康熙也能耐得住性子問，四歲不到的孩子能做多少事，不過就是餵了池塘裡的紅錦鯉、溜了胤禛給的黃毛紅嘴鳥兒，再跑到畫堂前頭逗一逗那兩隻小白狗，說到最後，福慧肅著小臉伸出指頭。「我還同酸梅湯玩了！」

這句話跟前面她說的「跟鳥兒玩」、「餵魚了」、「逗小狗了」完全是一個語氣。從此弘昭的小名算是傳了出去，就連康熙都會時不時打趣兩句。近一年來發生的事夠他煩心的了，能跟孫輩在一起說笑一陣實屬難得。太后雖不通政事，也知道康熙近來心情不好，就是復立了太子，父子之間也不同以往了。她見兩個孩子能逗樂康熙，就時常召她們進宮玩一會兒，還每回都有賞賜。

胤禛從屋子外頭進來，身上穿著五爪團龍的禮服。福敏見他進來，整個人飛撲過來，巴住他的腿要他抱，胤禛也不生氣，拎著她就抱了起來。「弟弟都好了，妳們還不快些？」

周婷身上的禮服早就換好了，她站起來吩咐烏蘇嬤嬤跟翡翠看好五阿哥，最後在大穿衣鏡前照了照，就牽著福慧的手往外走去。

車才到門口，迎頭就碰上了八阿哥府裡的馬車，胤禛還沒發話，前頭就讓開了道，周婷坐在車聽見動靜，心中一嘆。自從康熙當著諸大臣的面申斥八阿哥「妄博虛名，柔奸成性」之後，八阿哥府裡就有些死氣沈沈，就連庶子的出生都沒能為這個家裡帶來一些喜氣。

胤禛原就跟八阿哥不是一路人，過去還能攀談兩句，道個好、問個安，如今就連宜薇也不大肯同周婷一處交際了。她們見著了面，還能點點頭、笑一笑，卻再不能夠如同過去那樣談天了。

除了胤禛被單獨拎出來封了親王，其他阿哥們陸陸續續也有所封，只有八阿哥連貝勒都給革了。康熙把一腔怒火都發洩在他身上，申斥的旨意一道接著一道，連行事都套上了「乖間沽名」的帽子。

不光是他，宜薇也被帶了出來，康熙直斥她嫉妒成性，甚至連胤禩那個庶子都選擇性無視，直言他無子。宜薇沒有娘家，她是從安親王府出嫁的，這回連娘家都被連累了，教養、體統不好的錯誤全扣在他們頭上，宜薇已經稱病好長一段時間，幾乎都沒出過門。

太子復立以後，這些亂七八糟的事才逐漸淡了下去，胤禩這個貝勒還是最近才又提上來的。這對一個要強好勝的人無疑是巨大打擊，原先大家推舉他當太子時，門前車馬不休，等到康熙把話說絕，旋即門庭清冷，再不復以往，他自己第一個先頂不住了。

求醫問藥的事還是胤禛奏上去的，康熙准許八阿哥看病，太醫才敢進他的門，還沒等他的病好透呢，太子不但放了出來，還重新被立。

去歲出了這樣的事，今年的生辰康熙就有意辦得熱鬧一些，長安街上彩綢結成的「萬壽無疆」處處可見，華燈寶燭，甚至還有演神仙祝壽的，幾個孩子哪裡按捺得住，腦袋還在車裡，眼睛卻黏在外頭縮不回來。

大格格長到這麼大也不曾見過幾回街景，她還顧忌著規矩只露了眼睛，弘時差點就撲出車窗外去。周婷把他拉了回來，敲敲他的頭當作懲罰，誰知一個才拉回來，另一個就快要摔出去，弘昭的胳膊都伸出去了，被福敏一把抱過來。

福慧發現外頭賣吃食的小攤上有許多是她不曾吃過的，她便指著其中一個問周婷：「那是什麼呀？」

「那是豆汁，快坐好了，不許把手伸到外頭去。」周婷掃了一眼就又坐正了，外頭一片歡慶，好像之前那些血都沒流過似的。

胤禛在前頭騎馬，不時轉回頭來看周婷跟孩子們坐的車，看見兩個女兒圓溜溜的烏黑大眼瞪大了的模樣，笑了起來，拉過馬籠頭踱到車邊上去。

福慧笑得眼睛都瞇起來了。「阿瑪，我要吃那個。」說著指了指外頭草垛子上插著的冰糖葫蘆，看著那晶瑩的紅果嚥了嚥口水。

胤禛一點頭自有跟車的人去買，周婷不好探出頭去說話，外頭這麼吵嚷，也不知道這東西乾不乾淨，剛要說話，小張子就在外頭說：「奴才在老字號店鋪裡頭買的，保管乾淨。」

周婷這才許了。福慧捏在手裡的竹棒移到自己跟姊姊的中間，兩人湊過去伸出小舌頭舔了一口，又伸到弘昭面前讓他也舔了舔。

弘時也分了一串，跟弘昀兩個分著吃，大格格早過了吃零嘴的年紀，掩著帕子笑。「這會兒吃飽了，進宮可用不了九九盒了。」

福敏笑得甜蜜蜜的，伸了棒子過去。「大姊姊也吃。」

大格格趕緊搖頭，她臉上敷了茉莉粉，怕壞了妝，不敢吃這個。幾個孩子啃了兩口就又放下了，跟車的丫頭就遞了帕子過來幫他們擦手擦臉。

臨進宮，周婷再把這幾個孩子都打量一回，見沒什麼不妥的，又叮囑弘昭：「見了皇瑪法，要說萬壽無疆。」看到弘昭點了頭，就示意福敏跟福慧牽著他，這才幫自己理了理衣裳。

女眷們的位子設在一處，孩子們自有嬤嬤看著，周婷剛要去尋惠容跟怡寧，就被一個臉生的婦人攔住了路。

她臉上掛著淺淺的笑，身上是外命女的禮服。周婷也不覺得奇怪，自從胤禛比兄弟們都早封親王之後，只要在公開場合露臉，就會有女眷前來攀談。

周婷見她笑，臉上也帶出笑來。「不知夫人是？」

這麼一問，那婦人的神色就顯得有些尷尬。「我是詩嵐的二嫂，年家的次媳。」

周婷恍然大悟，嘴角邊的笑意就淡了下來，原來是年羹堯的繼室，奉恩輔國公蘇燕的女兒。心裡大概明白她為了什麼找上自己，卻不先開口，拿眼睛打量她一回。元配是納蘭性德的女兒，繼室是輔國公家的女兒，這個年羹堯很有妻運嘛！

胤禛是打心眼裡沒拿這個未過門的側福晉當一回事，周婷生孩子時也沒有放鬆前院的來往，小張子更是有事必報，周婷就從他那兒知道年家遞了好幾回帖子，胤禛硬是避而不見的事。

再看不上這個姑娘，也不該輕慢了年家才是，周婷雖然高興，卻又覺得胤禛的態度有些古怪。太不當一回事，感覺就像故意壓著年家似的。

她懷著小兒子七、八個月時，府裡就已經修整得差不多了，只是她肚子太大不好挪動，這一拖就拖到孩子足月，一家子才遷回府去。如今才遷回去沒多久，年家竟然就等不及了？

蘇氏見周婷不搭她的腔，神色更添幾分窘迫，卻不能再拖，再往下拖，那個庶出的小姑還以為是家裡阻礙她的婚姻，每日不是吟詞就是作賦，那迎風流淚、對景傷情的模樣簡直噁心死人，而她自己才五歲的女兒，竟也跟著學起這些來，嚷著要收雨水跟露水來玩，再不把她打發走，不知會成個什麼樣兒！

周婷不說話，蘇氏只好自己先笑起來，笑了兩聲又覺得臊得慌。她這輩子都沒做過這種出格的事，若不是有紅色壽字燈籠的光掩著，她臉上都能開染坊了。

想到丈夫的叮囑和女兒鬧著不肯穿鮮色衣服的樣子，蘇氏就狠下心開了口：「旨意也下來一陣子了，咱們該備的卻一樣都沒動。之前是福晉身子不方便，不敢擾了您，如今咱們也好把日子定一定了。」

跟在周婷身後的珍珠眉毛都要豎起來了，周婷臉上卻瞧不出喜怒，她只淡淡掃了蘇氏一眼，嘴角勾出個笑來。「我原懷著身子，我們爺萬事不讓我沾手，似是聽說已經在準備了，等我回去問一問。」

說著她又裝出一副懊惱的模樣來。「我那幾個魔星，日日磨得我沒半刻空閒，竟忘了這事，實在是要跟夫人道一聲惱了。」

蘇氏哪裡敢接這話，臉都要笑僵了不說，嘴裡還得趕緊說好話：「這是福晉的福氣呢，京裡誰不說福晉您福氣好。」

除了大阿哥先福晉還有三福晉，皇家的兒媳婦裡就只有四福晉兒女緣分最厚，她是兩兒兩女湊足了兩個好字的齊全人兒，滿京城誰不知道雍親王夫婦情深意篤，又是剛得兒子，蘇氏此時來問這些，的確是有些澆人冷水。

蘇氏心裡也明白這不是處事的道理，但她嘴苦心更苦，若家裡那個庶出的姑奶奶是個靠譜的，她也不會這麼急。丈夫有丈夫的打算，她卻只有女兒一個掌中寶，前頭納蘭氏留下的三個兒子已經快長成了，她卻只得了一個女兒，直把她看得跟眼珠子似的，現在那位姑奶奶卻當著她的面挖她的眼珠子，她可真是急壞了。

洗三跟滿月她都不能過去說這些掃人興的話，平日遞過去的帖子全被以「福晉要休養」的理由給駁了回來。丈夫被拒絕到整個人火大，太子復立後就不再催著她把庶妹的婚事給辦了。

然而若是年詩嵐不趕緊出了門，自己就要留下來替她操辦嫁妝，這一留也不知會留到哪年哪月去，橫豎旨意上頭只說賜婚，可沒有確切的日子。再拖下去，丈夫可就要外放到四川了，讓丈夫帶著小妾一起去，山高路遠的，什麼時候她才能生出自己的兒子來？

這麼一想，蘇氏又再把心一橫，開口道：「時候不等人，就是日子不立刻定下來，總該叫人先量了屋子才是。」

周婷起先還淡淡聽著，後頭見蘇氏逼得緊，臉上的笑意反倒深了起來。「真是好嫂嫂，為了妹妹這麼操心，也是我的不是，我們爺說了會辦，我竟忘了再問。這事我知道了，回去定會給年夫人一個回音。」

蘇氏從周婷這裡再套不出半句話來，那邊又有人過來尋，只好訕笑著屈了膝蓋，周婷朝她點點頭後就往裡頭走過去，珍珠氣得半死。「這哪裡是有規矩的人家！」

周婷的手搭在她胳膊上捏一捏，壓低了聲音。「年家既然著急，就讓她們再急一會兒。」

散了宴各家乘著馬車回去，福敏跟福慧炫耀著康熙給的紫玉葫蘆，弘昭字還咬不準呢，就跟在姊姊們後頭一起向康熙唱了首《八角鼓咚咚》，康熙笑著問兩個丫頭：「這個是酸梅湯吧。」

弘昭他還太小，並不常進宮來，因此康熙不太認得。

弘昭聽見康熙問了，也不知道是取笑他的，大大方方地點了頭。康熙一個個給了紫玉葫蘆，又單賞了本字帖給福敏。孩子們都睏倦了，胤禛扶著周婷上車時，她遠遠瞧見了蘇氏，嘴巴一抿就進了車裡。

對年氏，周婷本來就沒什麼好客氣的，既然年家做了這麼不知規矩的事，那她也不必給年家面子。年家是出過從二品的官，但細論起來這樣的家世在京城裡不過就是二流，跟著天子進關的人家經歷了兩代還屹立不搖的多得是，年羹堯真正得勢那也是後來的事。

周婷知道歷史上有過一個大名鼎鼎的年大將軍，誰小時候還能沒看過幾部不靠譜的清宮戲呢？戲裡頭把這個大將軍演得多麼英明神武，連皇帝看上的女人都拜倒在他的盔甲下，由不得他不遭皇帝嫉恨，可事實上現在的年羹堯根本就是個文官，年家在湖廣一帶再有根基，沒有胤禛他就沒有那一天。

她一上車臉色就有些不好看，幾個孩子馬上發現了，福敏跟福慧互看一眼，立刻雙腿併攏、手交疊著放在膝蓋上乖乖坐好，小心翼翼地忖著周婷的臉色。比起阿瑪，她們更害怕額娘，額娘發起脾氣來，她們再怎麼撒嬌賣乖都沒用。

弘昀跟弘時這回沒跟周婷坐在一輛車裡，福敏跟福慧都不敢開口，大格格就更不敢說話了。她心裡還在納悶，明明宴席上臉色挺好的，怎麼這時候卻掛起臉子來？

珍珠跟碧璽一左一右跟著車，小張子剛才來的路上賣了個好，此時還惦記著再露一回臉，便湊到珍珠身邊問：「小格格可要買麵人？」

珍珠瞧了他一眼，笑了笑說：「你有心了。」說完就側身問車裡的人。「格格可要麵人來玩？」

福敏與福慧明明想要，又不敢應聲，還是周婷發了話：「多捏幾個來吧，給後頭車裡也送幾個過去。」

小張子聽見周婷的聲音就知道不對勁，探頭見車簾子隨著馬拉車的動作輕晃，裡頭卻靜悄悄的，不似來時那麼熱鬧，便一溜小跑著去了捏麵人的攤子拿了幾個現成的，齊天大聖、關公舞刀給了弘時跟弘昭；嫦娥奔月、麻姑獻壽給了福敏與福慧，這才一抹汗回到了蘇培盛身邊。

胤禛騎在馬上，蘇培盛在下頭跟著，他知道小張子的舉動，見他這麼快就回來，有意問給胤禛聽：「怎麼著，格格沒要麵人？」

小張子苦哈哈地一笑。「沒討著好。」說得蘇培盛作勢抬腿踢他。

這一番動靜胤禛自然聽到了，蘇培盛點到即止，只要讓主子爺知道自己待兩個格格是盡了心的就成。

這一回胤禛的車倒是比胤禩的車先到，福敏與福慧安靜了一會兒就睏了，頭一點一點的，大眼睛瞇了起來，手裡還捏著麵人不肯放。那麵人捏得精細，福慧拿了抱著白兔的嫦娥不肯放手，奶嬤嬤便為她裹上披風，整個人從車裡頭抱出來。

胤禛就站在車邊，福慧被包裹得只留一雙眼睛在外頭，一見著他，她就撐起了眼皮揮著手裡的麵人。「阿瑪，我要小兔子。」

胤禛伸手摸摸她的頭，周婷踩著小凳子下車，胤禛走過去搭她的手，周婷朝他笑了笑，兩人就並肩往正院走去。

既是萬壽節，連家裡的奴才下人都要穿著鮮豔，迴廊裡還掛了一溜紅燈籠。

周婷一路走，一路想著怎麼跟胤禛開口，想不到胤禛先問了起來：「怎麼，剛才在宴上有什麼不痛快的？」

她心裡一樂，臉上卻淡淡的，拿眼睛斜他。「倒也不是不痛快，開宴前年氏的二嫂尋了過來，問我什麼時候才能來量屋子準備家具。說是送了帖子過來，卻沒人搭理。」

周婷眼睛的餘光一直沒離開胤禛的臉，見他皺起眉頭，吐出一口氣。「當著這麼些妯娌的面，往後我這嫉妒的名聲可要傳出去了。」

蘇氏雖然挑了個僻靜的地方，但她既然做了初一，周婷就不客氣地做了十五，反正人來人往那麼些太監跟宮女，不愁這些話傳不出去。

胤禛的臉整個陰了下來，正妻的職責裡頭有一項是為丈夫討小老婆，但人的心偏了，看什麼都是偏的。不說胤禛現在不待見年家，進門的還是個沒有半點情分的人，就算是前世那個年氏，他也不會給年家作臉，抬得他們不知道天高地厚。

「不知規矩的東西！」胤禛忍著怒氣斥了一聲，怪不得周婷臉上不好看，挑著這個時機當著眾人的面問出來，還不就是想藉著命婦們都在場，讓周婷不論說了什麼，年家都能理論。

年家的帖子是胤禛攔下來的，周婷又是生產又是坐月子的，他不欲讓她煩心這些。側福晉說起來好聽，不過就是個妾，年家仗著什麼，竟敢到周婷面前說嘴?!

胤禛想到年家這番舉動，就冷笑一聲說道：「既然如此，叫他們擇了日子過來量房，也不必住在西邊了，東邊那個院子單撥給她，年家來的人妳也不必見，直接叫人領過去就是了。」

東邊那個院子說起來倒比西邊那個更大些，也是獨門獨院，裡頭還有個小廚房，卻偏偏在最角落的地方，從那邊往正院去，路都要多走半刻。年氏要是住在西邊，還能跟那些妾室們一處說話、做事有些交際，要是去了東邊，那就跟軟禁沒什麼分別了，更何況鈕祜祿氏就是死在那裡頭的。

夜裡月色正好，周婷胸口那股悶氣吐了出來，臉上帶著笑意。「知道了，總歸屋子都是修葺過的，也不算怠慢了她。」

這個話題沒再繼續下去，周婷見好就收，兩人牽著手往正房裡頭走了一段，周婷的話題又繞到了兒女上頭。「福慧又要東西了？」

「不過一隻兔子，又不是什麼稀罕的東西。」胤禛提到女兒，神色就鬆了下來。

「她房裡頭專門養寵物的丫頭就有兩個了。」周婷不贊同地說。

胤禛卻覺得平常。「又不光是她，還有福敏呢，她們還小，等開了蒙就好了。」說到女兒就想到兒子，胤禛幾個兒子裡頭，唯獨對弘昭上心，他只有兩歲，話都說得不清不楚的，胤禛就已經教起他《三字經》來，還一臉得意地跟周婷誇耀弘昭聰明。

兩人踱著步子慢慢往正房去，孩子們早就先抱回去睡了。夜花香氣漸濃，身上被涼風一吹很是舒爽，胤禛算了算日子。「再兩、三個月就是福敏跟福慧的生辰，我預備撥些田地到她們名下，算是提前備的嫁妝。」

周婷睨他一眼。「就你這麼個寵法，誰家敢娶回去？」

「我的女兒再不愁嫁，怎麼沒人敢娶！」胤禛一副理所當然的模樣。

夫妻兩個閒話著進了正房，先去瞧了小兒子，小人兒睡得香甜，邊上守夜的嬤嬤見周婷跟胤禛進來了，趕緊起來行禮，小丫頭則在悠車旁邊打扇。周婷為兒子掖了掖薄被，又摸摸頭，見沒出汗，就衝著嬤嬤點點頭。

胤禛捏了捏兒子的小手，把周婷一摟。「咱們兒子怎麼看怎麼像我。」

「是像呢，這對耳朵最像。」福敏跟福慧都是大眼睛圓鼻頭，長得一副乖巧模樣，這個小兒子卻跟弘昭一樣長得像胤禛，耳朵也有些招風，脖子後頭那顆痣更是同胤禛與弘昭一模一樣。

周婷拿這個取笑胤禛，他也不惱，捏了捏兒子的圓臉蛋。「四個都像我，妳要是吃醋了，就生一個像妳的。」

說得周婷嗔他一眼，扭身往內室裡去。暖閣裡又是嬤嬤又是丫頭，兩人行起事來也不敢高聲，胤禛塞了辮子過去讓她咬著，兩人摟在一處糾纏，出了一身汗以後，摟抱在一起睡了。

第七十章 低人一等

次日周婷就差人送信給年家，這事愈近，她心裡就愈是跟堵了石頭般一樣難受。胤禛的意思是不必給年家面子，到時候抬進來往東院一放就是了，可迎側室是有禮儀的，還得擺酒席出來，再怎麼不給人面子，這些事卻不能不辦。

她沈著臉坐了一會兒，半天才揚聲叫了珍珠。「再兩、三個月就是福敏跟福慧的生辰，到時候必要辦宴，大格格那裡也該添置些衣裳首飾了，妳叫小張子跟著去採買，挑些時興的式樣過來。」

珍珠應了一聲，周婷又加上兩句：「叫他留心跑一跑看一看，瞧瞧年家都置辦了些什麼。」

出嫁的女兒不靠寵愛就是靠娘家，寵愛周婷一時半刻還不怕被她分走。這姑娘才十二歲，比大格格還小兩歲，臉沒長開、身子沒抽高，胤禛會看得上才奇怪。

剩下的就得看看娘家人對她是什麼態度了，雖然是個庶女，但到底在不在意她，從置辦的東西上頭就能看出來。年氏是從老家送過來選秀的，住在哥哥家裡，由嫂嫂辦嫁妝，京裡就這麼些鋪子，小張子跑一圈總能問出七、八成來。

小張子辦事俐落得很，年家人還沒來量屋子呢，他已經捏著單子過來了。珍珠給了他一對荷包，小張子一捏是軟的，心裡更喜。「奴才打小就是京城牆根底下趴大的，哪兒都熟，主子往後有事只管吩咐。」

「猴兒嘴真甜，往後有用得著你的時候。」珍珠身子一扭往正房去，小張子嘻嘻一笑，把荷包塞進袖子。

太監不能識字，這些東西他是硬記下來找了個寫信攤子讓人幫他寫的，總共花了不到十個大錢，卻得了重賞。小鄭子問他去了哪裡，被他兩個哈哈一打糊弄過去。

周婷拿眼睛一掃，嘴角就露出笑意來。小張子辦事細心，金銀首飾連幾分幾兩重都記得清清楚楚的，粗粗一看東西雖多，卻沒個實惠的。纏絲嵌寶石的金首飾樣式是輕巧漂亮，分量卻不如足金；料子顏色花紋嬌嫩鮮豔，質地也只是普通。

周婷心裡有了數，指著上頭的幾種花樣說：「照著這個花樣給大格格辦兩疋好的，差人做新衣裙給她。」

珍珠不解其意。「這樣花樣可重疊了呢？」

翡翠卻掩著嘴笑。「奴才去辦。」

周婷這裡萬事俱備，年府裡頭的蘇氏卻焦頭爛額，前頭剛送來了能進親王府量房子的好消息，後院裡頭年氏的丫頭就過來了。年氏自己說話軟綿綿的，連丫頭也都學得像隻蚊子一樣，一樁事要小聲說上老半天，蘇氏還礙著年氏即將嫁出門，不能發落她的丫頭。

蘇氏正等著那個ㄚ頭小聲哼哼呢，不過這回幾句話倒說得爽利明白，反而教她氣得肝疼，額角一抽一抽的，顧不得失態，抬手按住了額頭。

只聽那叫含蕊的ㄚ頭說：「我們姑娘說了，既那邊府裡頭來了信，她也好開這個口了，我們姑娘在家裡頭用的是黃楊梨花木頭的家具呢。」

蘇氏聞言一噎，屋子裡侍候著的ㄚ頭也全愣住了，管事嬤嬤們全垂著頭，不敢去看蘇氏的臉色，只拿眼角的餘光掃了含蕊一回。

含蕊頭雖低著，眼裡卻帶著得意。蘇氏到底顧忌年氏將要出嫁，沒有當面發作，一屋子的管事嬤嬤不好當眾落了她的面子，蘇氏眼皮一掀，自有ㄚ頭湊過去把含蕊送出門。

蘇氏再無心情打理家事，該整理的都整理得差不多了，如今頭等要緊的事，就是趕緊送年詩嵐出門。她肚裡明白，心裡卻忍不下這口氣，等人一散，她狠狠摔了面前的茶盞。「好個威風的姑奶奶，這還沒出門呢，就把自己當個人物了！」

蘇氏的陪房李嬤嬤趕緊走過來勸她。「夫人小心傷了手，沒必要為了這沒眼力的東西氣壞了身子。」

一屋子都是蘇氏身邊的人，也沒什麼好顧忌的，轉臉就罵起來。「真拿自己比起嫡出的姑娘來，夫人平時給她顏面，她倒好，竟敢指使起人來了。」

蘇氏愈想愈嘔，她行事總是顧著自己是個繼室，比不上之前那個過世的得丈夫的心，肚皮又不爭氣，嫁過來五、六年只生了個女兒，平日打點幾個繼子跟這進京選秀的小姑的吃穿用度，沒有一樣不精心，可她竟拿起架子來要嫁妝！

蘇氏狠狠吐出一口氣。「竟好意思說出口，家裡總共就拿了兩千兩過來，還想要黃楊梨花木？作夢呢！」

小丫頭收拾了碎片，上過新茶，李嬤嬤捧在手裡吹涼遞過去。「也是夫人太好脾性了，讓個姨娘養的爬得這麼高。」

「哪裡是我願意捧著她，若不是家裡來了信一應交託給我，我才不攬這事呢！」蘇氏抿了口茶。「爺交代了要好好辦，卻只出這點錢，難道還要我貼補她不成?!」

「說到這個，我也有些納悶，怎麼也是給親王當側福晉，怎的老夫人就給這麼些？」李嬤嬤接了小丫頭遞來的手巾給蘇氏擦手。「莫不是……家裡並不待見這個姑娘？」

蘇氏嫁進來時間雖然不短，但大多都是待在京城裡，老家沒回去過幾次，偶爾見到這位小姑，也是在婆婆面前，看她身上的釵環、襖裙並不比嫡出的差多少，似乎待她不錯的樣子，如今一看卻不是那麼回事。

「怪不得她在京裡待了這麼些時候，家裡竟然沒人過問。」蘇氏眉頭一開，臉上泛出笑意。「今天就派人去量房子，宜早不宜遲，嬤嬤妳跟著一塊兒去，瞧瞧雍親王府是個什麼章程，若是能見著雍親王福晉，為我告個惱。」

婆婆已經擺明了不待見這個小姑，若是夫家也不拿她當一回事，看她還有什麼臉好意思跟自己要這個、要那個。

李嬤嬤領命去了，回來時一臉倦意，茶都顧不上先喝一口，就往蘇氏的院裡趕，在夾道裡碰到含蕊，只當作沒聽見她說話，快步走進正房。

蘇氏一見她就問：「可見著福晉的面了？」

李嬤嬤老臉一紅。「奴才在門上等了一會兒，就由管事嬤嬤領路往院子裡去，雍親王福晉倒是派了個丫頭過來，看穿戴也不是一等的。」

蘇氏知道這裡頭恐怕也有自己行事不周的緣故，對方如此怠慢雖是打了年家的臉，但說好聽些是她小姑，說難聽點不過是姨娘養的，犯不著為了她去爭那一口氣。「那是怎麼安排的？妳瞧那屋子如何？」

李嬤嬤撇了撇嘴角。「屋子倒是重新粉刷過，窗子也剛上過漆，欄杆磚瓦都整過，整個王府都是剛修葺的，哪邊都透著新。」

「那就是瞧不出了。」蘇氏擰了擰眉頭。

李嬤嬤卻笑了。「屋子雖好，地方卻偏得很，奴才跟著繞了好大一個圈子才到。丁點兒大一個小院子，空落落的，別說花樹，連草也少見，領奴才進去的那個丫頭還說，這是雍親王親自吩咐下來的。」

蘇氏當即把案一拍，說道：「既然院子這樣小，想必擺不下多少東西。春燕，拿著冊子，咱們往姑娘屋子裡走一遭，她既不知道京城物品的市價，我總該跟她說一說。」

「夫人就該這樣，平日慣得她不知道門往哪面開了，哪家的庶出姑娘敢跟嫡媳挑三揀四？」李嬤嬤在前頭引著，ㄚ頭們在蘇氏身邊排了一串，彼此交換幾個眼色，平日雖然嘴上親熱，其實心底都沒拿年氏當一回事。

年氏正坐在繡榻邊上，手邊放著絲線籃子，拿著繡綳為胤禛繡扇套，一面描著花樣，一面甜蜜蜜地算著嫁出門的日子。再不久，她就又能跟四郎在一起了。

這扇套得在洞房後第二天早上為他掛上，上頭得打個同心結才好。年氏想著就低頭一笑，一張白皙的臉蛋染上緋紅，纖細的影子投在窗上，更顯窈窕。

才剛下針，就聽見蘇氏進來的聲音。年氏放下針，微微一笑，站起來引座。「嫂嫂這會兒怎麼有空過來？掃雪，快烹了茶來。」

蘇氏扯了扯面皮坐到繡榻上，還沒開口，就見女兒從內室奔到她身邊。「娘，您怎麼來了？」

蘇氏皺了皺眉頭，狠狠掃了女兒身邊的ㄚ頭一眼，接著使了個眼色給在一旁站著的春燕。「娘同妳姑姑有話說，讓春燕抱妳回去。」

「萱姊兒快來，今天新擺了個石榴盆景，結了紅通通的果子，萱姊兒想不想去瞧一瞧？」春燕笑著走過來抱女孩起來，豈料她出力掙扎，春燕差一點往後倒，還是李嬤嬤上前托了一把才抱住了，兩個人合力把孩子往外帶。

蘇氏原先還頗多顧忌，既然家裡跟雍親王府都擺明了不待見年氏，她也不需再跟她客氣，就當面把帳好好理一理。

「我原同李嬤嬤說妳沒幾日就要嫁出門了，該學著瞧一瞧帳冊，將來也不至被奴才誆騙。正好今天雍親王府遞了話過來叫人去量屋子，大概秋天前頭就要把事情辦了。」

蘇氏接過茶盞抿了一口，臉上依舊笑盈盈的，一副親熱的模樣。「家裡把置辦東西的銀子送了過來，妳與我一道瞧吧，也好知道外頭的市價。雖說是嫁進了王府裡頭，凡事輪不著姑娘當家做主，可手裡捏的這些，總要知道斤兩。」說是兩個人一道瞧，蘇氏卻打算全甩給年氏自己辦，總歸就那麼些銀子，看她能辦出點什麼來。

蘇氏拿話刺了過來，年氏卻渾然不覺，手裡還捏著繡繃，聽見「嫁妝」時臉上還飄起兩朵紅暈。

蘇氏心裡冷冷一哂，見她手中拿著一塊天青色料子，知道這是為男人做東西，暗暗諷了幾句沒教養，剛準備再多說兩句讓她應下，年氏卻已經放下針線點頭應了。「嫂嫂好心，我若推辭，就是不知好歹了。只是我愚笨得很，還請嫂嫂多多費心。」

等的就是她這句話！蘇氏如了願，又看她連裝規矩推辭一下都不肯，往後進了王府肯定有虧好吃。不過這些到底不關她的事，蘇氏起身一笑。「成了，妳忙妳的，我過一會兒把各家鋪子的單子送來讓妳瞧瞧，有好的就拿筆勾了，我吩咐下人去鋪子裡下訂。」

紫鶯捧了冊子遞給年氏，她不好意思當著蘇氏的面翻開來看有多少銀子，客客氣氣地把蘇氏送出房門。

蘇氏一回正屋就見女兒在發脾氣，幾個丫頭圍著她不讓她出去，蘇氏嘆了口氣，走過去安撫她。「姑姑將要出嫁，正忙亂呢，妳沒事別老往她屋子裡頭鑽。」

「等她嫁了再想親近就不能了，這時候不去哪時候去？」話直接衝出口，巴掌大的小臉板得死死的，一雙眼睛瞪著，眉頭也擰了起來。

蘇氏雖對自己的女兒有千萬耐心，見她這樣也板起了臉，李嬤嬤趕緊一把把萱姊兒抱起來，哄她道：「萱姊兒的出身不同，怎麼好常跟她一處混？」

萱姊兒眼珠子一轉。「嬤嬤胡說，姑姑這是要嫁去王府呢，往後說不準有大造化的，娘現在不依著她，以後她不理咱們怎辦？」

蘇氏差點昏倒，臉皮都脹紅了。「是誰在妳面前說的?!」

連李嬤嬤都嚇了一跳，伸手捂住她的嘴，眼睛往窗戶外頭一掃，見沒生人在，才吐出一口氣。「這話萬萬不能說。」

京城裡鬧了將近大半年，多少人為了天家的事丟了官，有的連命都不保。索額圖在世時那麼風光，他的女兒還是孝誠皇后，也就是太子的生母，家裡的人不也殺頭的殺頭、流放的流放？

蘇氏見女兒不知輕重，剛要狠狠斥她兩句再發落她身邊的下人，就見女兒被她這麼一發脾氣，臉都嚇白了。

蘇氏見女兒這樣，又止不住心疼。孩子才五歲，還沒留頭，身邊的丫頭也多是蘇氏特地挑出來給女兒的玩伴，讓她實在說不出要打發丫頭的話來。

她心思往年氏那邊一轉，暗暗吃驚，掩下話頭說：「這話以後不許再說，讓我聽見一次，就罰妳一個月不許出房門！」一揮手就叫奶嬤嬤抱了她回屋。

奶嬤嬤跟女兒出去以後，蘇氏恨得直捶桌。「萱姊兒才多大，她屋子裡的丫頭哪個有膽敢說這話，定是那姑奶奶自己說出來的，她竟敢有這樣的想頭！」

李嬤嬤唸了一聲佛。「平日看起來是軟綿綿、嬌滴滴的一個人，心氣也太高了，這事她竟然也敢想！夫人趕緊拿個主意才是。」

「前先大阿哥來求她當側福晉，恐怕她也是聽見了風聲的。怪不得敢要這個、要那個，把自個兒看得也太高了！」蘇氏憤怒非常。

蘇氏再有能耐，也是內宅婦人，在安排嫁妝、打點家事方面，她有一百個法子讓年氏自嚥苦果，可扯到了前頭的事，她就半點主意也沒了，只好等丈夫回來以後一五一十全說了，還要為女兒辯白兩句：「萱姊兒正是聽風就是雨的年紀，幸好這回是在家裡說的，萬一我帶著她出去串門子時說漏了嘴，可怎麼辦才好？」

年羹堯有自己的打算，原本他是覺得四阿哥近來勢頭盛，跟他親近自有好處，結果冷不防萬歲爺又復立太子，現下他還是不要妄動，畢竟以後的事誰能說得準，那麼多人保的八阿哥不都被削成白板一塊？如今還是守拙的好，要不然他今年何必求人通關係，想盡辦法要外放到四川呢？

「那邊那個從小心眼就多，把女兒同她隔得遠些，身邊那些個丫頭也不能再要了，只當咱們沒配丫頭過去，橫豎我就要外放了，該怎麼辦就怎麼辦，不理會她就是。」年羹堯說道。

「這怎麼成，總該有兩個陪嫁過去才是，不然面上難看呢。」蘇氏在心裡盤算了一回。「要不這樣，從外頭買兩個丫頭進來，等到出門時再配給她，她帶來的那兩個一瞧就不是省心的，等事一了，就打發人送回老家。」

年羹堯點了點頭。「妳瞧著辦吧。」

得了丈夫的話，蘇氏辦起事來就沒了顧忌。年氏住的地方被看得死緊，屋子裡的丫頭不許出來串門子，只說外頭繡莊活做得不精細，要她們繡枕套跟帳子。

年氏原還想駁，蘇氏把帳冊往她房裡一送，她自己算了算兩千兩銀子還真不夠置辦，心裡叫苦，就連扇套也沒時間做了，先把最緊要的東西趕出來再說。

年氏看著帳冊不住發愁。她原本就有心理準備，知道這一世額娘不可能為她備下多少東西，卻沒想到會這麼少，就連首飾跟布料也沒有，全折成了銀子交給嫂嫂置辦。

京裡好東西是多，南北鋪子開了一溜，可她手裡的這些錢，能買的東西實在有限。把四季衣裳跟首飾置全了，擺設上頭只能揀次等的，她粗粗一看就忍不住委屈，再是庶出，她也是嫁進親王府的，額娘怎麼能這樣苛待她？她眼圈不禁一紅，旋即又忍了回去。

等她跟四郎在一起以後，哪裡還會缺這些？年氏抬手拭一拭眼睛，臉上泛出笑意來，拿起剪子把小衣上的線頭給剪了。上輩子她就是穿著鴛鴦戲水的肚兜同四郎圓房的，他還問這是不是她自己繡的，誇那鴛鴦的眼睛跟活的一樣。

年氏想起那情景，粉面含春。她將小衣拿起來細瞧，水紅色的緞子上頭兩隻羽毛細密的比翼鳥挨在一起，嘴巴一抿，臉蛋更紅了。上一回四郎折騰得她差點誤了向那拉氏請安的時辰，年氏咬了咬嘴唇，這一回她就看看這個那拉氏是不是還能忍得住。

想到那拉氏竟然有了兩兒兩女，她心頭就忍不住泛酸，手指頭不住在比翼鴛鴦的翅膀上頭摩挲。這一回就算來得晚了些，她也依舊會是四郎心尖上的人。

第七十一章　獨守空閨

九月初，年氏終於坐上窄轎，一顛一顛地往院子裡去，在大門前還能聽見喧鬧聲，往裡頭走幾步再拐了個彎，就一點聲音也聽不見了。這一路又漫長又寂靜，耳邊聽不見該有的鼓樂聲，跟著送她進府的下人們也不似剛才熱熱鬧鬧地說笑，若不是還有腳步聲，她幾乎以為自己進了一座空宅院。

年氏很想要掀開簾子瞧瞧外頭是個什麼樣，到底還是按捺住了。再心焦她也得忍著，辦喜事時院子裡定有許許多多丫頭來回穿梭，被人瞧見就會看輕她了。

她一抬手按住心口，那裡滾熱得像是馬上就要跳出來一樣。年氏深吸了一口氣，從寬大的袖子裡摸了個小小的喜果出來。

按她的身分是不能行大禮的，就是喜果，她也不能拿。昨夜裡安歇之前，她要含蕊偷偷拿銀子去廚房要了個喜果過來，今晨偷偷藏在袖子裡，這喜果個頭雖不大卻紅通通的，讓人一看就知道甜得很。年氏把果子牢牢地捏在手裡，嘴角止不住地翹起來，她自清醒過來，就一直盼著這一天，也不知道現在的四郎可還是她記憶中那副模樣。

想著想著，年氏又搖了搖頭，如今的四郎，比她初嫁時還年輕呢。她在心裡勾勒了他的眉眼一遍，臉上一陣陣發紅發燙。

這條路好似沒有盡頭，年氏卻渾不在意，前世她嫁給四郎時他還不是親王，親王府自然比郡王府要大得多。

轎子外頭又是另一番景象，那跟來送嫁妝的年家下人們抬著箱子只管跟著轎夫，誰知道路愈走愈偏遠，外頭還紮了彩綢，裡邊的小道竟連花也沒擺一盆。

那些粗使婆子原就碎嘴，來之前又是得了蘇氏吩咐的，因為箱子並不重，兩人抬起來還有餘力，彼此互看一眼，內心起了輕蔑之意。

這位姑奶奶在家備嫁的這段時日，並沒少讓她們出力氣，原先還指望她手裡撒些錢出來，誰知道她把錢看得死緊。她們原還想著沒撈到好處也罷，起碼能跟來王府看看這天家氣派，誰知道這裡頭冷冷清清，半點沒有布置過的樣子，還不如縣太爺娶妾呢！

小轎子總算落了地，身後一片放箱子的聲音，年氏搭著丫頭的手往屋子裡去，她此時還不敢側臉張望，目光頂著自己的鞋尖一路進屋，兩個丫頭朝她一屈膝蓋，她這才吃驚起來。

那一身衣裳的確是含蕊跟掃雪她們為了她的婚事做的新衣，人卻不是原來那兩個人了。

兩個丫頭見年氏吃驚，微微一屈膝蓋。「奴婢得了吩咐，陪過來侍候側福晉。」

兩個丫頭全都眼生得很，年氏竟從未見過，她剛要問掃雪跟含蕊去了哪裡，就有個嬤嬤進來了。年氏認不得她，微微皺起眉頭，那嬤嬤湊上來手一抬，扶著她的胳膊往床上去。

「側福晉請坐。」

模樣跟語氣都很客氣，手腳卻不輕，說是請，動作卻重，年氏一個沒坐好，喜果就從袖子裡滾落出來，骨碌碌滾到兩個新丫頭腳邊。

那嬤嬤一見喜果，臉就板了起來，也不點明年氏沒守規矩，反而從桌上拿了碟糕過來。「側福晉若熬不住就用些這個，那果子又有核又有聲，不該拿了在喜轎上吃。」

年氏的臉脹得通紅，那兩個丫頭木木呆呆，也不知道幫主人辯白兩句，只湊在一處站得遠遠的。嬤嬤見年氏不說話，行了個禮。「奴才是內務府特地指派給側福晉的精奇嬤嬤，王府裡頭規矩大，奴才就倚老賣老，幫襯側福晉一些。」

精奇嬤嬤是專門教導規矩的嬤嬤，阿哥跟格格們的身邊都會配上兩個，這一個卻是德妃特地賜下來的，也不知怎的，德妃一想到年氏的模樣就心驚肉跳。宮裡沒什麼事是秘密，德妃很快就知道蘇氏當面找過周婷的事。

她肚子裡罵了好幾句不知規矩，眉頭一緊一鬆，就想到這個辦法來。挑一個厲害的放在年氏身邊，時時刻刻看著她，若有什麼不妥當的，也好及時報給周婷聽。

年氏擰起眉頭，以為周婷故意為難她，特地求了個嬤嬤過來折騰她。可是規矩上頭她還真不差，在王府裡待了十幾年，又在宮中住了那麼些日子，一舉一動都不可能讓人挑出刺來。她當下斂了怒意，端坐在床上，定要教四郎知道這是那拉氏刻意為難她。

桂嬤嬤見年氏不搭理自己，就轉了頭打量起兩個丫頭來。她眼睛一掃，見一個身長、一個身短，一個的裙子明顯折過，另一個的比甲套在身上空落落，衣服全都不甚合身的樣子，內心了然，這一看就知道是臨走時安排跟過來的。於是她把手一招，指使起來。「妳出去看著側福晉的箱子，妳留下來侍候。」

等桂嬤嬤跟要看住箱子的丫頭退出去了，年氏才抬起眼睛來問留下來的丫頭。「原先我身邊侍候著的含蕊跟掃雪去了哪兒？」

要買十三、四歲的陪嫁丫頭很不容易，大戶人家挑丫頭不會買歲數這麼大的，都得趁小買進府裡細細調教，這樣使起來才順手。

上了年紀的不是曾被前主人賣過，就是人牙子留下來特地調教好往煙花地送的，這兩個年紀沒到，長得也不出挑，既是往王府裡送，自然要挑乾淨清白的，但被賣過的丫頭總有地方不甚好，不是蠢笨，就是性子懶不聽使喚。

這個丫頭一看就知道規矩學了沒多久，聽見年氏問話，臉上笑得熱情，趕緊答道：「原來兩位姊姊臨走前鬧起肚子來，夫人怕沒人跟轎不好看，才指了我跟桃枝先跟來，等兩位姊姊身子好了，再換過來。」

年氏一臉不信，都是一樣的飯菜，怎麼偏偏是掃雪跟含蕊鬧了肚子？她昨天心情好，又不能吃得太多，所以把幾碗肉菜全賞了兩個丫頭，她們難道是貪嘴了？

「她叫桃枝，妳叫什麼？」年氏有些不耐煩地問。

「奴婢叫桃葉。」

年氏聽她還自稱「奴婢」，心裡有點不悅，嫂嫂怎麼指了個一點規矩都不懂的丫頭過來？她暗暗咬著嘴唇，不管掃雪跟含蕊到底是不是真的鬧肚子才不能跟轎，她一定要想辦法把那兩個丫頭換回來。

丈夫娶側室，妻子卻要坐陪女眷，周婷這幾天都沒睡好，再有準備，她的心裡也不好受。幾年下來，她差一點就要把胤禛當成丈夫了，現在卻要幫他娶小老婆，還得在女客面前裝出歡喜的模樣。

翡翠一看周婷的臉色，就知道她乏了，趕緊要小丫頭拿了杯釅茶過來。周婷含一口在嘴裡細細噙了，品著那苦味，人才精神了些，又撐起笑來招呼人落坐吃席。

福敏與福慧根本不知道側室是什麼、妾又是什麼，她們只知道前院裡頭張著燈，就跟過年似的，想要偷溜過去瞧瞧，粉晶跟碧璽卻看得牢牢的，一步都不許她們出屋子去。福慧忍不住，在屋子裡繞了幾個圈，直嚷著要出門。

大格格也坐在屋裡，她已經訂了親，不再能再輕易見外客。她手裡捏著一副鞋樣子，正為弘昀做鞋，見福慧纏得緊，放下手裡的針線。「福慧聽話，額娘在前頭忙呢。」

「額娘忙什麼？為什麼咱們不能過去？」各種節日大家都在一處，怎麼今天不在一起了？福慧偏著小臉，一點都不明白。

大格格臉蛋一紅，也不知道怎麼回答，只低了頭看著手中的鞋樣子。「妳乖乖待著，額娘回來了定會誇妳。」

福慧皺起眉來跟她阿瑪一模一樣，就算大格格這麼說，她還是不開心。

弘昀已經知道一些事了，他日日在前院讀書，聽到的東西比內宅裡頭多得多，他一時嘴快，回道：「是阿瑪娶側室。」

「什麼是側室？」這回連福敏都好奇起來了。

大格格瞪了弘昀一眼。「那是大人們的事，不是咱們該管的。」

一旁的嬤嬤聽見他們愈說愈不像樣，使了眼色給粉晶跟碧璽，兩個丫頭趕緊拿了吃的、玩的出來分散幾個孩子的注意力。

弘昀見自己說錯了話，縮著脖子偎到姊姊身邊，大格格看看他，又看看外頭的湖面，低了頭繼續穿針引線。

胤禛今昔不同往日，娶個側室也熱鬧得很，沒收到帖子的還要藉著這個理由送禮過來，那些在席的自然更是拉住他好好交際了一回，一圈圈應酬過來，他已經有了些醉意，等賓客散了，他接過蘇培盛手裡的冷毛巾抹了把臉，一臉倦意。

小張子在前頭提著燈，胤禛虛扶著蘇培盛的手，眼睛已經瞇了起來，腳步一拐就要往正院去。前頭的小張子抬起頭來飛快地看了蘇培盛一眼，就跟了上去。

胤禛被夜風一吹，更添醉意。那酒雖淡，喝多了也還是會茫，他覺察出身邊的人腳步頓了又頓，還有些不耐煩道：「緊著些。」

蘇培盛閉緊了嘴巴，後頭的下人見蘇公公都不開口提醒主子爺走錯路，自然更不會出聲了。

胤禛就跟沒瞧見那一排紅燈籠似的，逕自往正院去。

女客散得比男客更早些，周婷還沒來得及對著那些燒到一半的蠟燭心酸感嘆一番，就被女兒跟兒子鬧個不休。福敏跟福慧不斷扯著她的衣裳，問她什麼是側室。

她還真是解釋不出口，以後女兒嫁了人，難道也要面對這些側室嗎？正按著額角不知道說些什麼才好時，胤禛從外頭進來了，他一進門就先打了個酒嗝，看到兩個女兒繞著周婷轉，周婷又皺著眉頭的模樣，假意訓道：「又鬧妳們額娘了？」

還沒等周婷站起來，福敏跟福慧已經撲了過去。「阿瑪，阿瑪，什麼是側室？」

胤禛這才迷迷糊糊記起來，今天是他迎側室進門的日子。心裡這麼想，眼睛卻落在周婷身上，見她穿著一身紅衣，目不轉睛地盯著自己，心頭一熱。醉眼看人原就多三分俏，他此時意動起來，腳步打著飄往周婷身邊撲過去，珍珠跟翡翠眼看不對勁，趕緊把兩個格格抱了出去。

還沒掩上門呢，就聽見裡頭周婷一聲輕叫，很快又沒了聲息。兩個丫頭耳朵泛紅，烏蘇嬤嬤把住門，笑得合不攏嘴。「快叫廚房去燒了熱水來。」

珍珠有些為難地看了烏蘇嬤嬤一眼，紅著臉道：「那邊院子裡……要不要差人送了信去？」

年氏坐在床上一動也不動，時間愈久，她臉上的羞意就愈盛，外頭有一丁點兒動靜，她都恨不得出去張望。

桃枝跟桃葉兩個待在屋子裡侍候年氏，她們雖被年家的管事嬤嬤教導了兩日，可日子還淺，這樣的丫頭在尋常人家是不能進主子屋裡侍候的。桃枝跟桃葉盯著博古架上頭擺的祈壽長春白石盆景，只覺得自己掉進了富貴窩。

年氏人雖不方便動，卻將兩個丫頭的舉動全看在眼裡，桃葉還問她一聲要不要喝茶，桃枝就只顧著看妝檯跟落地玻璃燈，哪裡像是侍候人的樣子。

外頭起先還能聽見人聲，夜愈是深就愈是靜，年氏的屋子裡沒有座鐘，也沒點香算時辰，她只當是因為自己盼得起勁，所以才感覺時間過得慢，哪裡知道前頭的宴席已經散了。

桂嬤嬤不知去了何處，這屋子裡就只有她們主僕三人，等了半天還不見有人來，桃枝不安分地動了動腳，剛想找個藉口溜出去找些東西來吃，就聽見年氏開口吩咐道：「去院子裡頭瞧瞧。」

桃枝趕緊出門，誰知還沒邁出門檻，就被個小丫頭給攔住了。那丫頭束著條紅綢腰帶，身上穿著豆綠色的比甲，一進門就先朝年氏蹲了禮。「請側福晉的安，桂嬤嬤吩咐奴才過來侍候側福晉，恐兩位姊姊不熟地頭，奴才這就去催水。」

年氏皺起了眉頭。「怎麼這時候催水？」四郎還沒過來呢！

那丫頭還是一臉喜盈盈的笑容。「側福晉可是餓了？先吃些東西也好。」說著就走到桌邊擺起筷子來。

年氏的臉色更加難看。「王爺什麼時候來？」

那丫頭捂了嘴，屈著膝蓋告罪。「剛蘇公公叫人傳了信來，說是主子爺不勝酒力，已經歇下了，請側福晉也早些安歇。」

年氏身子一歪，一口氣差點沒提起來，她死死咬住嘴唇，小丫頭卻已經像沒事的人似地又直起了身子，嘴裡說出一串串話來：「這道釀鴨子是灶上的拿手活，側福晉嚐一嚐吧。」說著拿筷子挾了塊胸脯肉放到碟子裡，就像沒瞧見年氏青白的臉色似的。

桃枝與桃葉兩個互望一眼，也不知怎麼開口，她們倆跟年氏一樣從今天早上開始就沒吃過東西，此時早已餓得前胸貼後背，怕年氏作態不吃，她們要跟著挨餓，於是一人一邊扶住她。「姑娘好歹吃一些。」

那丫頭笑咪咪地溜了兩人一眼。「給兩位姊姊提個醒，進了王府的門，可就不能再似家裡那邊渾叫了。」她一邊俐落地盛了一碗湯擺到年氏面前，一邊抽了帕子拭手。「如今就該叫側福晉了。」

桃枝跟桃葉兩個是新來的，跟年氏也沒什麼交情，面前這個丫頭就是地頭蛇，若是不打聽好了宅子裡的門道，將來得罪了人都不曉得。桃枝聽了她的話，趕緊攀起來。「是呢，謝謝妳教導。」

桃葉學著她的樣子為年氏挾菜。「側福晉用一些，總不能就這麼餓肚子。」

年氏此時哪還有心思理會她們，她的心剛才有多熱，現在就有多冷，一桌子的菜早就已經擺涼了，顏色紅黃白綠配得好看，那葷菜上頭卻已結出一層淡淡的油花，她把碟子一推。「送了熱水來吧。」

剛還聊得起勁的三個丫頭一下子噤了聲，桃枝與桃葉看向「地頭蛇」，卻見她臉上沒有一絲懼色，很快就應了下來。「兩位姊姊侍候側福晉梳洗，奴才這就去催水。」

熱水很快就被抬了進來，兩個粗壯的婆子放下水正等打賞，不料年氏根本沒那個心情。桃枝與桃葉兩個倒是知道這個規矩，無奈兩人都不能替年氏做主，只好陪著笑送她們出了門。

年氏整個人懨懨的，泡在浴桶裡任由桃枝為她洗頭，頭髮還是她自己拆下來的，因為這兩個丫頭根本沒學過細活。她心裡突然恨起了蘇氏，若是她能指個得力的人跟著自己，還有辦法去探探消息，把這兩個蠢貨放到她身邊，等於蒙起她的眼睛、堵上她的耳朵。

她秀眉一蹙，大概明白是那拉氏把四郎留了下來，新婚之夜叫她獨守空房，給她這麼大的難堪。從知道那拉氏已經有兩女兩子的時候開始，她就一直覺得這不是原來那個那拉氏了。

桃葉手上一緊，扯掉了年氏兩根頭髮，她吃痛地回頭瞪了她一眼，地頭蛇——小喜兒在旁邊微微一笑。「還是我來吧。」

說著她接過了牛角梳子，一下下順著年氏的頭髮，手上的力道不輕不重，年氏這才滿意了些。

床上鋪著鴛鴦被、鴛鴦枕，卻只睡了一個人，年氏也不要她們守夜。桃枝與桃葉樂得輕鬆，扯住小喜兒的袖子到了下人屋裡，灶上有人熱了飯送過來，小喜兒就摸出兩個大錢塞過去。「勞煩嬤嬤了。」

桃枝跟桃葉剛喝了一口熱湯，就聽見小喜兒問：「兩位姊姊慢慢吃，桂嬤嬤剛才囑咐我問兩位姊姊幾句話呢。」

桃枝與桃葉知道桂嬤嬤的厲害，趕緊放下碗來，小喜兒一見就笑了。「不過是為了好好侍候側福晉罷了，例如側福晉的小日子是什麼時候？嬤嬤好記下來為側福晉調理身子呢。」

兩個丫頭聽了以後面面相覷，又不好說自己是上轎前才被派過來的，只好搖頭不說話，小喜兒卻笑了。「難怪我看側福晉身量不足。」

三人吃了飯，自有小丫頭過來收拾，一個屋子裡頭擺了三張桌，小喜兒指著左面兩張叫她們安置，自己則趁著拎熱水的工夫拐去了桂嬤嬤屋子裡。

年氏合上了眼，卻怎麼也睡不著，她摸著被子上的繡紋暗暗垂淚，心裡唸了一遍又一遍的四郎，又咬著牙根發狠，就算今天見不著四郎，明天她也要教他一見難忘。

天才濛濛亮，年氏就坐起身來，開了妝鏡拿出梳子梳頭，小喜兒本是過來催床的，聽見裡頭有動靜拍拍門進來，她俐落地打開年氏的衣箱，問道：「側福晉今天穿哪一套？」

年氏昨夜裡就已經想好了，指了件月白色繡竹梅蘭挑線裙子，又點了雙同色半月水波紋的繡鞋。

早上侍候的人更多，桂嬤嬤領了一個丫頭來。「奴才見側福晉身邊兩個丫頭不頂用，還得細細學些侍候人的活計，先調了個會梳頭的丫頭來，這兩個等奴才調教好了，再給側福晉送來。」

年氏的腰肢本就纖細，衣裳又做得合身，穿在她身上顯得身條更細，她臉上敷了層薄薄的茉莉花妝粉，淡淡掃了眉毛，正在攬鏡自視。見身後的梳頭丫頭把她的頭髮梳成婦人式，她抬手攔了，正想叫她梳成姑娘式的，好教四郎看得分明，桂嬤嬤的臉卻出現在鏡子裡。「側福晉快著些，今天得給福晉敬茶呢。」桂嬤嬤似乎知道她的心思，臉板得方方正正的。

年氏不敢再有出格的舉動，挑了幾件首飾插戴在頭上，扶了小喜兒的手就往正房去。昨天她是被轎子抬進來的，今天卻沒轎子抬她過去，清晨空氣裡頭還帶著些薄霧水氣，還沒走到園子裡，年氏就喘個不停，她此時才知道原來自己的院子偏僻成這樣。

幸好她起了個大早，不然繞這麼大個圈子，四郎肯定已經走了。園子裡頭只有下人在灑掃，見她經過都肅手立住，年氏的眼睛往那一個個連起來的院落看過去，這麼多的屋子卻把她排得那麼遠，四郎竟然也不管？

珍珠引了她過去，年氏往正房門口一站，福了福身。「給福晉請安。」

誰知正房裡頭半晌都沒有聲音，年氏順勢裝作站不穩要倒下的模樣，珍珠就一把托住了她。「還請側福晉進裡頭等吧。」話是這麼說，為她引了座，卻沒人去催周婷起來。

昨夜鬧到多晚大家都知道，這會兒裡頭還睡得沈呢，烏蘇嬤嬤也沒想到年氏這麼早就來了，拿眼睛從上到下地溜了她一回，接著使了個眼色給珍珠。

胤禛酒喝多了，昨夜裡跟周婷又像是真的洞房一回似的，纏著她磨個不住，直把她磨成了一攤水，掛在他的腰上不住呻吟，衣裳都沒來得及脫。今天起來，胤禛就看見錦被上兩人的衣裳也纏在一起，被子掉到腰間。

周婷上身只剩一件小衣，被子掩在大腿根上，半露半搭裹住了胸前兩團脂膏。胤禛捂著額頭，覺得下身瘆得緊，想是昨天夜裡要得狠了，卻偏偏又從腰上一直酥麻到了四肢，忍不住探手過去撥弄她，見她滿面暈紅、皮膚泛光的模樣，不禁湊上去含住一朵紅蕊。

周婷半夢半醒之間，感覺腿又被人架了起來，身上還瘆得很呢，腰卻先軟了，輕哼一聲就被胤禛捏住了腿間的軟肉。昨夜胤禛在她身上不知戰了多少個回合，明明已經累得很了，被他這樣一揉，又熱了起來。

年氏沒等到珍珠去催門，先等到了蘇培盛，他的手裡還捧著朝服。年氏的指甲差一點就掐斷了，蘇培盛在這裡，說明四郎昨夜是在正院過夜！什麼喝多了不勝酒力，都是騙人的！

丫頭們捧盆拎水進去了，年氏眼看著僕婦收拾了床褥出來，臉上青白交錯，腦子一片空白，眼裡盛了淚。她的四郎，怎麼變成現在這樣！

胤禛一出來，就見年氏側著身子搖搖欲墜的模樣，眉頭一皺，剛要說些什麼，大格格就領著福敏與福慧過來請安了。

年氏站直身來，正等著嬤嬤們介紹彼此過後再見禮，就聽福慧指著自己問：「妳是哪家的姊姊呀？」

胤禛有些尷尬，烏蘇嬤嬤、珍珠跟翡翠都在內室裡，蘇培盛只好垂著腦袋裝聾作啞。胤禛以手做拳咳了一聲，不知怎麼開口跟女兒解釋這件事，大格格也當作沒聽見，連個圓場都不打。

福慧好奇極了，張著烏溜溜的大眼睛盯著胤禛看，胤禛的目光往年氏身上一掃，又轉回來落到大女兒身上。剛開始還不覺得，此時一看，年氏竟比福雅還要小些，偏偏又是同樣顏色跟樣式的衣裙。怪不得福慧認錯，年氏比大格格還小兩歲，此時雖梳了個婦人頭，五官卻是沒長開的樣子。月白色本就朦朧，單看還覺得年氏體態纖巧，同大格格一比，就顯得她單薄。

福慧搖了搖胤禛的袖子，胤禛轉過臉來，張口結舌。他很清楚這兩個女兒追根究柢的性子，十足十像他自己，他若說這是「側福晉」，那福敏與福慧定要問「側福晉」是什麼，偏偏兩個小傢伙半懂不懂，若說出些教人尷尬的話來……

這樣一想，胤禛趕緊整了整朝服準備出門，板著臉嚴肅道：「問妳們額娘去。」

周婷剛好出來，聽了他的話，嗔他一眼。她臉上紅暈未消，眼裡還殘留著水光，眼波流轉的樣子教胤禛身下一緊，想見昨天夜裡弄的新花樣，心又癢了起來。

福敏此時才開口說話，她走過去仰臉看著周婷的肚子，很是敬畏地說：「額娘，阿瑪有沒有把小弟弟塞進妳肚子裡？」

年氏頓時身子一軟，暈厥過去。

第七十二章 夜哭不止

周婷到寧壽宮門外時，各個主位和妯娌們幾乎都已經到了，周婷略平一平氣，理理衣裳才邁過門檻，還沒出聲請安呢，就被幾道目光給盯住了。

誰都知道昨天雍親王府進新人，還是個大家都見過的窈窕人兒，擺到誰家裡都要忌憚的，偏偏落到四福晉那裡。擔心周婷夜裡不好過，惠容跟怡寧遠遠一眼掃過去，見她臉色尚好，兩人微微笑一笑就又扭過臉去，不再把目光放到她身上，也免得把別人也引過去。

周婷還沒走到跟前，德妃就搭了手過來，很是關切地看了她一眼，見她氣息雖然略喘，臉色卻紅潤，心中感嘆她果然端得住，也就側一側身子。「可是孩子又鬧了？」算是為她找了個藉口。

周婷順勢認下來。「可不是，這幾個魔星，光會纏人，咱們爺被福敏跟福慧抱住了腿，非得一個個掂過來轉個圈子才放他走。」

胤禛疼女兒是大家都知道的事，太后聽了就是一笑。「這兩個娃娃怎的不帶來給我見一見，也有幾日沒進宮了，上回見福慧時，我還許了她一個新鳥籠呢。」

妯娌習慣了進新人的事，聽周婷這麼說，覺得她是在遮掩，全都順著話頭扯一回，又把話題拐到去暢春園賞秋的事情上。

周婷臉上帶著笑，內心卻皺緊了眉頭。年氏這一倒把兩個孩子嚇著了，那麼大一個人，就這樣直挺挺倒在胤禛腳邊，胤禛還沒來得及反應呢，福慧就放聲大哭，她就站在胤禛身旁，年氏一隻手正巧搭在她腳面上。

兩個孩子哪裡見過這個，平日下人要是有個小毛病，都不許在她們倆面前侍候，更別說親眼看著人倒在面前了。福敏平時很有些小大人的樣子，這次也嚇壞了，見妹妹哭，她也跟著哭起來。周婷抱了一個抱不住另一個，胤禛趕緊把女兒摟在懷裡哄，福慧扯著胤禛的領子，硬是趴在他身上不肯下來。

一時之間誰也沒顧上倒在地上的年氏，還是大格格見丫頭跟嬤嬤們來回奔忙插不進手，這才指了指地上的年氏。她自然知道這是新進門的側福晉，來的時候已經得了戴嬤嬤的提點，她期期艾艾地開了口：「這位……趕緊送回去吧。」

若不是大格格提起，胤禛還沒想起年氏來，他一皺眉頭剛要發火，又怕再次嚇著了女兒，於是強忍著怒氣，狠狠瞪了一眼跟著年氏的丫頭。「還不把人帶下去！」

丫頭們哪有這個力氣，又是抬又是抱的，也不知道年氏磕著沒有，最後才又叫個婆子進來把她揹了出去。

這麼一鬧，兩人都沒顧上用早膳就匆匆出了門，珍珠與烏蘇嬤嬤留在福敏與福慧身邊照顧，又宣了太醫。

周婷掛念著女兒，有些心不在焉，好幾次沒接著妯娌間遞過來的話頭，德妃轉過眼來朝她使了幾回眼色，她也有好幾次沒接著。

惠容跟怡寧幫了忙，幾番替她接了話頭過去，幾回之後在座的哪還有不明白的，有的皺了皺眉頭，有的擔憂地看了她一眼。周婷自己也知道她這樣不行，可福敏跟福慧自生下來以後一點小毛病都沒有過，身邊又有那麼多人看顧著，從來沒讓她們受過這麼大的驚嚇。哭聲止都止不住，一聲聲簡直就是在揪她的心。她把孩子摟在懷裡又是拍又是哄，最後還開始哼起歌來，偏偏自己都急得要掉淚了。孩子真是心頭肉，叫人戳一下都直痛到骨子裡。

兩個女兒哭累了睡過去，胤禛怎麼都不放心，叫蘇培盛親自去請太醫過來，這會兒還沒定論呢。

等寧壽宮裡散了，德妃就拉住她問：「家裡有什麼事？」這個兒媳婦不是那樣沒輕重的人，見她神色裡帶著焦急，就知道斷不是為了府裡進新人的事情不開心。

周婷也不瞞她，隱去了胤禛沒去年氏房裡過夜的事，只說她來請安時當著孩子的面暈過去，把兩個孩子給嚇著了。德妃聽了擰起眉頭。「弘昭幾個沒事吧？」

「弘昀身子弱，白天又要讀書，我平日不叫他過來請安，弘昭正是覺多的時候，沒撞上這事，只是福敏跟福慧兩個嚇壞了，我怕夜裡兩個孩子會發熱。」周婷有些擔憂地說道。

德妃難得有生氣的時候，從鼻子裡哼出一聲來。「她既身子不好，就叫她好好在屋子裡待著，別往妳身邊湊，哪個孩子能見到這些？」

按照宮中的規矩，打罵宮女跟太監都不能在主子面前，更別說是小孩子了，犯了天大的事，也只捂了嘴帶下去修理。

更何況這是頭一回在福晉面前請安，她就出這樣的亂子。德妃眼睛一睇，這樣不安分的若沒個人看著，說不定還會鬧出些什麼來，她有心問問胤禛是怎麼處置的，又不好張口，只能加倍安慰周婷。

「既是這樣，妳今天就別過來請安，告個假也沒什麼。」德妃知道周婷的意思，昨天才剛進新人，今天她就稱病，不知道會被說成什麼樣子，可她到底擔心孫女。「成了，也別在我這邊待了，趕緊回去瞧瞧，可請了太醫？」

「早請過去了，我出門時兩個孩子已經睡了。」年氏那邊周婷還沒來得及過問。她要是身子不好真暈就罷了，從此只不許她出門，但她要是假暈想博得胤禛的憐惜，周婷也不會這麼輕易就放過她。

這會兒天雖涼了下來，卻還沒到鋪地毯的時候，年氏這麼僵著身子倒在地上，一時半刻還沒人理，看她那副弱相總要病個幾天，然而，不管她是真病還是假病，周婷都打定主意讓她「病」，胤禛跟前還沒混上個臉熟，教他丟到腦後去，再容易不過。

周婷告罪一聲辭了出去，德妃愈想愈不安心，趕緊差人拿了東西賜過去，又叫太監去太醫院打聽消息，這一來一回，宮裡該知道的就全都知道了。

福敏與福慧從沒喝過苦藥汁，喝兩口、吐一口地用完了藥，臉色懨懨地團在周婷的身上不肯起來，九月的天，讓周婷身上硬是一層一層地出汗。兩個孩子都吃不下飯，弘昭被奶嬤嬤抱著過來看兩個姊姊，見周婷抱著她們拍背，也鬧著要一起睡。

於是三個孩子跟一個大人睡在一張炕上，弘昭翹著小屁股睡著了，福敏與福慧卻一會兒瞧瞧窗外，一會兒勾勾周婷的手指頭，臉色蒼白，更顯得眼圈黑，不似平日裡那樣靈動。好不容易閉上眼睛睡著了，呼吸卻是又輕又淺，顯然沒有睡熟，周婷也不敢驚動她們，嘴裡不住哼歌。

胤禛一忙完就趕緊回家，福慧已經被周婷摟在懷裡睡著了，福敏還有些半夢半醒，她掀掀眼皮，見是胤禛來了，嘴巴一扁，滿臉委屈的神色，周婷連忙拍拍她，低下來親她一口。

胤禛坐在床沿上，伸手摸摸孩子的頭，悄聲問：「太醫說什麼了？」

「只怕夜裡要發熱。」周婷蹙了蹙眉頭，摸摸女兒的小臉。胤禛握住她的手，福慧扭了扭身子，胤禛就伸手去拍拍她的背。

天色還早，周婷知道這些日子胤禛比過去更忙，靠著他一陣子，就推了推他。「你去忙吧，這裡我看著就行了。」

胤禛又逗留了一會兒，將要出門時他才說：「年氏既然身子不好，就別出院門了，往後別讓她往孩子跟前湊。」見周婷點頭，這才去了書房。

珍珠見胤禛出去了才進來，伏在周婷耳邊低聲說：「那邊院裡的過來回報，太醫說是氣血兩虛。」

年氏從昨天夜裡到現在都沒吃過飯，一大早又走了這麼長一段路，說不定她本來就有貧血，一時血糖太低暈過去，也屬正常。

周婷略一點頭，嘴唇微微嚅動。「去庫裡拿些補藥送去，爺說了，叫她好好將養。」說著就去撥弄女兒的小手，見她們這會兒氣沈了，呼吸也放緩了，她才安下心來。

珍珠領命而去，揀了些補身子的藥材裝在匣子裡，一路往東院前行。

這窄小院落中的彩綢還沒取下來，被風一揚打著圈飄動，明明滿目都是鮮亮顏色，卻偏偏沒有一點喜氣，院子裡守門的婆子早上開了大門送年氏出去，還沒打個盹呢，就見主子被抬了回來。

年氏被灌了一碗甜湯，已經醒轉過來，桃枝跟桃葉很不得她的心，被桂嬤嬤領下去重教規矩她也沒攔著，如今房裡只有一個小喜兒侍候，珍珠一進門就見小喜兒正在幫她揉腿，想必是早上走了那麼些路，腳瘦了。

珍珠行了禮，指一指身後一個小丫頭，小喜兒趕緊站起來。「側福晉剛剛醒轉呢。」

年氏正看著帳子發愣，聽見小喜兒說話才轉過頭來，珍珠因早上發生的事，沒有幾分好臉色，臉皮一扯就又放了下來。「我們主子知道側福晉身子虛，特地叫我拿些補藥過來，又吩咐往後側福晉不必趕個大早過去請安，好好將養身子才是正理。」說完了拿眼風一掃小喜兒。「且仔細侍候著，若有當面殷勤，背後卻懶怠使壞不盡心的地方，小心嬤嬤的板子。」

年氏本不欲理珍珠，聽她這樣指桑罵槐，胸口一滯。不過是個丫頭，也敢在她面前這般說話？年氏把牙一咬。「替我同福晉告個罪，我身子一向不好，今天又趕著去請安，走得急了些。」

珍珠還是一副皮笑肉不笑的臉。「喲，可當不得側福晉這話，如今萬幸是兩位格格沒事，若有一點差錯，哪個都脫不了干係。」

年氏皺著眉頭不明所以，小喜兒湊過去把話一說，她這才白了臉，有心辯解幾句，珍珠卻已經蹲了禮。「這也是主子爺的意思，叫側福晉好好在院子裡養身子呢。」

這話一出口，年氏更說不出話來。小喜兒送珍珠到門口，湊在她耳朵上說了幾句話，珍珠微微一驚，眼睛往屋子裡頭一掃，露出個笑來，朝小喜兒點了點頭，便逕自穿過院子往回走。守門的婆子陪著笑，她只當沒瞧見。

桂嬤嬤既是德妃挑過來的，自然向著周婷，她捏住了桃枝跟桃葉兩個，用規矩不妥當的藉口把她們拘在屋子裡，不讓她們往年氏跟前湊，年氏身邊就只剩下府裡調派給她的丫頭了。

她還沒能跟胤禛單獨說上一句話，就被看住了養起病來，身邊的丫頭雖沒有怠慢她，但到底不是自家跟過來的，她不敢吩咐她們出去幫忙打聽消息。在宮裡住了這些年，這點道理年氏還懂。

周婷也不苛待她，補湯、補藥一應俱全。可內務府裡發放下來的年例，周婷卻留了個心眼，全按單子上頭的東西差人送去東院。

按照以往的慣例，側福晉一年的用度和每日的飲食分例中有用不完的或者已經不時興的，全都折成銀子，例如日用裡頭就有炭火，夏日不用時就折成銀子，就連官員俸祿中的糙米，大多數也是賤價賣給米行，自家再貼銀子進去買精米、好米來吃。

周婷知道年氏沒有多少錢，那嫁妝箱子裡頭有些什麼，丫頭們在歸置的時候摸了個一清二楚，沒等第二天日頭出來就報到周婷面前去了，她既沒錢，周婷自然不會送錢上門。

年氏知道此時自己沒有半點根基，當時為了置辦一份像樣的嫁妝，把兩千兩用得乾乾淨淨，甚至還貼補上了私房，她有心想要拉攏身邊幾個丫頭，又拿不出東西來。

她做了許多年的側福晉，先是有娘家給的銀子跟銀票，後來又有胤禛的寵愛，從沒想過自己也有銀錢不湊手的時候。她細細看了年例的單子，這才發現這麼多年自己從沒在意過的事。宮中哪怕是個答應，也是要發銀子的，而皇子福晉跟側福晉卻只發衣裳料子，銀子一文都沒有！

年氏前世在母親身邊時只理過幾日家，隔了二十幾年早就忘得一乾二淨，這些東西就算能換錢，她也不知道怎麼個換法。

秋日裡的雨下得纏綿，點點滴滴打在窗框上，年氏扶著床沿站起來往外頭一看，天井又窄又小，別說芭蕉梧桐，就是棵草也見不著，那打著結的彩綢也沒人取下來，被雨一澆，濕答答地皺在柱上，哪裡還有喜慶的樣子。她頹然往後一靠，突然明白這已經不是她的前世了。

年氏的手指摳著床上的雕花，怔怔出神，雖只瞧了一眼，她也沒錯過那拉氏那滿臉的紅暈和腰肢柔軟的樣子，分明就是藉著四郎喝多了酒，把他給留住了，那明明就是她的洞房花燭夜！

本來道理全在她這邊的，明明就是她受了這天大的委屈，卻沒想到會把兩個格格給嚇病了。她們這一病，四郎連問都沒叫人過來問一聲。年氏閉了閉眼睛，若是按他原來的脾氣，怎麼也要說正妻不規矩，就算不憐惜她，也該補償她才是，偏偏被這事給攪亂了。

雨滴滴答答落得人心煩，四郎的性子她摸得很透，若是兩個孩子不好，自己是怎麼也不會順他的眼了。年氏蹙著眉頭睜開眼睛，別的消息不敢問，兩個孩子的病情還是能打聽，她略一沈吟就開了口：「惜月，上回妳說兩個格格病了，這些日子可好些了？」

小喜兒先是身子一頓，這才想起年氏為自己改了名，扭頭就笑。「聽說退了熱，已經好了。」

年氏鬆了口氣，這樣乾等著四郎過來看她，短時間內是不可能了，她必須想個別的法子。年氏轉著手上的鐲子，咬了咬嘴唇。「妳去正院告訴福晉，我想見一見我娘家嫂嫂。」

蘇氏待她再不好，聽說她病了，總要過來看一看，年氏不明白蘇氏為什麼要把她的丫頭換掉，可如今她能依靠的，就只有娘家了。

惜月聽了，沒有立刻答應下來，滿臉為難地說：「雖說兩個格格好些了，正院裡也還忙著，這時候過去，怕福晉不會允。」

年氏顧不了這麼多，她一定要見到蘇氏。再不想承認，她也明白過去四郎待她好，有一部分是因為她有個能幹的哥哥。「我初來乍到就為福晉惹了這樣的麻煩，心裡著實不安，很想叫娘家嫂嫂過來說說話，妳且去問。」

惜月把頭一點，年氏擺擺手叫她出去，惜月往後退了兩步，到了廊下一甩簾子。她雖是個二等丫頭，但桃枝跟桃葉連年氏都沒辦法看顧，她儼然已經是這個院子裡的一等丫頭了，她的腳還沒沾著濕地，就有小丫頭打傘過來接她。

兩人一前一後轉身出了門往正院走去，小丫頭跟在惜月身後打著油紙傘。「喜兒姊，主子也太不體貼人了，一場秋雨一場寒，怎麼偏這時候叫人辦差事？」

惜月朝她笑了笑，也不叫她改口。她很不喜歡「惜月」這個酸味十足的名字，卻偏偏不能拒絕。

一路走過去，各院的婆子們都守在門前偷懶，雨天比雪天舒服，雪天要不斷掃雪，雨天卻能不出院門，就連在院子裡灑掃的，都得閒弄點吃食湊在一處嗑牙。

還沒走到正院，兩人的裙襬就全濕了，門口自然有人引她們進去，珍珠叫人拿了毛巾讓她們擦拭，指一指正房說：「福晉看了兩個格格一夜，這會兒正在補覺呢，若沒什麼緊要事，同我先說，得了信再叫人過去回。」

惜月把事情說完了就要走，珍珠拉住她，那邊小丫頭已經端了糖蒸酥酪來。「這雨往身上一打也冷得很，不若吃點東西再回。」

惜月身邊的小丫頭早已嚥起口水來，珍珠順勢把惜月拉到一邊，兩人頭碰著頭說了一會兒話，珍珠才親自把她送到院門口。

周婷幾日沒能好好睡上一覺，胤禛特地去德妃那邊為她告假，讓她在家裡休息，不必進宮請安。她正歪在羅漢床上補眠，翡翠搭了條紫羔絨的薄絲毯子蓋在她身上，爐子裡燃著安神香，伴著雨聲，一場好夢。

珍珠悄聲進來，見周婷睡得沈，便坐在榻上拿了絲線打起絡子來，剛打了個半個如意，就聽見周婷要水喝，她趕緊調了蜜鹵子端過去，先讓周婷喝了杯溫水，再拿蜜水給周婷。

「東院那邊的，說想見見娘家嫂嫂呢。」珍珠輕聲稟道。

珍珠放下茶盞在周婷身後墊了個枕頭，周婷伸手理理頭髮，掩口打了個哈欠。「月例送過去了？」

除了衣料，府裡還會給每個妾發月例銀，周婷算是大方的，給年氏一個月二十兩的月例銀。這個數目放到外頭算不少了，一個巡撫一年也不過一百三十兩的俸祿，可年氏初來乍到，打點下人、疏通關係，哪裡不用花錢呢？

周婷捏著茶碗蓋，勾了勾嘴角。「許了她。」

不怕她動，就怕她不動呢！周婷在心中冷哼，胤禛洞房花燭夜留宿正房，就已經把年氏得罪死了，若是個能不惹事的，又怎麼會當著胤禛的面暈倒在地？不管她是真暈還是假暈，都已經徹底與自己對立了，就算是為了孩子，她也不會讓胤禛去碰年氏一根手指頭。

想到年氏那些簡薄的嫁妝，覺得年氏在家裡只怕不受待見，周婷就又添了一句：「就算那頭不肯過來，也要叫人請了來！」

珍珠應了聲，伸手接過茶盞放到炕桌上，轉頭出去吩咐小丫頭向東院傳話，珍珠自然把周婷的話潤色了幾分，說得又漂亮又爽利。

這一回福敏與福慧可是遭了罪，事發當天夜裡就發起熱來，周婷叫人拿了冰塊放在水裡讓丫頭絞帕子，好為她們降溫，一直守到半夜。初時兩個孩子還睡得熟，到了後半夜竟又燒起來，嘴裡嗚嗚咽咽不知道在說什麼。

珍珠把夏天用的小玉枕拿了出來，周婷親自拿毛巾包了冰塊放在兩個孩子脖子後頭，這還是她去看病時急診室的醫師教她的辦法，說這樣降溫最快。

這回周婷是真的沒忍住眼淚，哪個當娘的能眼睜睜看著孩子受這種苦，她握著她們倆的小手直掉淚，胤禛在她背後踱步子轉圈，一面安慰她，一面發脾氣把太醫院的院判叫了過來，又是摸脈又是開藥，折騰了整整一日一夜。

熱度好不容易退了下去，兩個孩子還是一點精神都沒有，懨懨地躺在床上。碧玉熬了稠稠的粥，把上頭那層粥油給刮下來，由周婷親手餵給她們吃。

因這不是風寒，所以不怕感染，周婷准許弘時跟弘昭過來看看她們，弘昭還不懂事，便湊過去給兩個姊姊「呼呼」。

弘時卻知道兩個妹妹是被新進門的側福晉給嚇病的，他才五歲，卻已經分辨得清好壞，他拉著福慧的手安慰她。「福敏不難受，福慧不難受，叫阿瑪發落她！」

福敏跟福慧下巴都尖了，嘴裡沒味，吃什麼都不香，原來圓滾滾的蘋果臉都給瘦沒了。不只德妃，就連康熙都吩咐了人過來詢問狀況，太后也是擔心得不得了。

胤禛心疼到不行，平日還嫌她們吵鬧，冷不防不往他跟前湊著討抱，他又不習慣了。眼看孩子夜裡總是哭鬧，周婷便把她們抱到正房去，睡在自己跟胤禛當中，一人哄一個，讓胤禛當了回真正的奶爸。

夫妻之間一步一坎的感情才能更好，叫男人當甩手掌櫃，他自然會去別的女人那裡「被需要」。周婷拿這些兒女事煩胤禛，他倒覺得這裡沒有他不成，更樂意當個好阿瑪。

只是病在兒身，疼在娘心，周婷這幾天跟著兩個女兒吃不下、睡不足，腰都細了一圈，胤禛把她的憔悴看在眼裡，這天回來看完兩個孩子，就摟著她的肩頭撫慰她。

「皇阿瑪把圓明園賞給了我，等福敏跟福慧好一些，咱們一家子搬過去。那兒有山有水，比府裡頭的小花園更有趣味。」說著順了順她的頭髮。「妳忙了這些天，也正好放鬆一些，太后跟母妃都要去暢春園，大家離得近了，請安方便些。」

既是一家子，那麼年氏去不去？周婷白日裡睡得多了，此時倒不覺得睏，只是裝裝樣子瞇著眼睛靠在胤禛身上。秋意漸濃，正是一年中最舒適的時節，她就這麼懶洋洋地不說話。

胤禛側過臉來往她眼皮上親了親。「年氏身子不好，怕過了病氣給妳和孩子，就叫她待在院子不要挪動了。」

周婷低低應了一聲，心頭微動，攀著他的肩膀拿嘴唇貼住他的下巴，一點一點往上蹭過去，舌頭頂開了薄唇吸吮起來。

桂花教雨一打落了滿地，院子裡滿是甜膩膩的香氣，被夜風吹送了進來。胤禛被她含得舌頭發麻，身子是酥的，慾望卻硬了起來，他伸手一帶，兩人就這樣順勢倒進了帳子裡。

第七十三章 期盼落空

一得知年氏的要求，蘇氏立刻皺起了眉頭。她當然不想去，丈夫就要外放了，理東西、點人頭、收拾屋子都來不及，哪裡有工夫去瞧那個庶出的小姑，關心她過得好不好？橫豎嫁出去了就是別人家的人，年氏又不是當家主母，往後她們根本不會常常交際相見，可雍親王府裡派來的嬤嬤一副殷勤的樣子，又教蘇氏猶豫起來。

年氏進門那一天的前情後狀，跟去的婆子早就回來稟告蘇氏。雍親王府裡的宴席雖然擺得不失格，後院裡卻沒多熱鬧，就知道她並不受看重，可現在一看，卻又不像是不看重她的樣子。

年氏雖不規矩，相貌卻好，又最愛弄些風花雪月的事，或許是這般模樣入了雍親王的眼，得了寵？才不過幾日，她就有法子指使婆子到娘家來叫她過去相見，倒是有手段。

蘇氏抬眼細細打量了那個嬤嬤的穿戴，見她身上整齊、舉止有度，看樣子也是有些體面能在主子面前侍候的。她咬著唇略一沈吟，勉強應下了。反正不日就要出京去四川了，這回就當全了禮數，以後見面也不會太尷尬。

雍親王府來了人，家裡的下人自然要嚼幾句舌頭，萱姊兒聽見了，眼珠子一轉，跑去正房找蘇氏。過來問話的嬤嬤還沒走，萱姊兒就拎著裙子跑進來撲在蘇氏身上，從蘇氏懷裡偏過臉打量起那嬤嬤。

蘇氏見女兒來了，神色緩和了兩分，她摸摸女兒的頭，笑咪咪地回話：「還請嬤嬤回了側福晉，我早就想去瞧她，只是她哥哥不日就要出京赴任，家裡忙亂得很，這才耽誤了，明天我就登門拜訪。」

「是不是去看姑姑？我也要去！」萱姊兒在蘇氏懷裡扭了兩下。

蘇氏心裡皺眉，手上卻輕輕拍她兩下，笑道：「這孩子同她姑姑最好，被我慣壞了。」

那嬤嬤來的時候已經得了珍珠的吩咐，只要把人請去就成，根本就沒說年氏病了，只說離了娘家思念家人，這才請蘇氏過府見面的，當下就陪起笑臉。「那自然好，側福晉也說想念姪女呢。」

這完全是睜眼說瞎話，偏偏蘇氏信了。女兒三不五時就往年氏屋子裡頭鑽，年氏出嫁叨念兩句再正常不過。這個小姑雖搞不清楚狀況，倒還懂幾分人情，蘇氏心頭一熨貼，答得更快：「小孩子沒學過規矩，只怕出格。」

那嬤嬤客氣地答說不會，之後便要告辭。蘇氏使了個眼色給李嬤嬤，李嬤嬤會意，一路親自送那嬤嬤到角門邊，又給了個荷包。李嬤嬤回來以後還跟蘇氏論了兩句：「沒想到大姑奶奶竟有這樣的福氣。」語氣很是詫異。

萱姊兒的眼睛往李嬤嬤身上一掃，忍下原本要說的話，從蘇氏身上爬了下來。「娘，我穿新衣去好不好？」

蘇氏只有她一個寶貝蛋，哪有不允的，點了頭就叫春燕送她回房。等女兒跨出門檻，她才拿茶啜了一口。「也不奇怪，她年輕相貌又好，一時新鮮也有可能。」

蘇氏很明白後宅裡的彎彎繞繞，她父親是八公之一，府裡排場不小，姨娘也多，但只要看一看周婷，就知道年氏要想真的出頭，還有很長一段路要走。

「夫人的意思是，咱們不要太近？」李嬤嬤本來不看好年氏，覺得她就是塊燙手山芋，送那嬤嬤出門時還旁敲側擊地探問兩句。那嬤嬤話裡話外都是年氏的日子過得不錯的樣子，若真是這樣，蘇氏跟她多多來往倒沒有壞處。

蘇氏微微點了點頭，指了丫頭要她去庫裡拿些禮物，既是上親王府拜訪，總不好空手上門，東西給周婷的，也有給王府裡幾個孩子的，最後才是給年氏的。

理完了事，蘇氏才說：「咱們還不知道能沾到她什麼光呢，福晉可是有子有女，咱們家如今雖不差，又怎麼比得過那些隨天子過來的。」

年家祖上再顯赫，那也是過去的事，雖說如今又顯貴了，但細論起來並不能跟那拉氏相提並論。周婷身邊養著那些孩子，除了她親生的，就是沒了娘的，王府裡就她一家獨大。年氏再漂亮有什麼用，就算她懷了身子，也不過多點寵愛，動不了周婷的根基。

李嬤嬤聽蘇氏一說也明白過來，可回到房裡的萱姊兒卻不明白，她把新做的衣裳全翻了出來，一件件比對著。

這可是千載難逢的機會，說不定她還能在年氏那裡見到雍正呢！她挑著裙子跟繡鞋，又打開妝匣子找出飾品。不枉她看了那麼多穿越小說，一知道自己竟然是年貴妃的姪女，她就樂歪了。本來還覺得年氏已經出嫁，全家又要去四川，兩人很難繼續親近，沒想到她之前花的那些功夫現在得到了報償。

只要她有辦法進府，就能纏著姑姑把自己留下來了。萱姊兒作著美夢，旁邊的春燕就提醒了一句：「萱姊兒這裙子太素了些，如今還在喜事上頭，合該穿得喜氣些呢。」說著挑了件桃紅彩蝶戲花的裙子。「這件俏麗，也不讓人挑毛病。」

萱姊兒皺了皺眉頭。自從她知道年氏要嫁進雍親王府，她就琢磨起她的性格喜好來，年氏以後可是獲得獨寵，雍正肯定最吃她這一套，因此她不光是行動上模仿，連穿衣、打扮也學起來。

然而，她只是個小孩子，再纏著要，蘇氏也不可能盡做些素色衣裳給她。既然春燕說了，她就勉強應下來，反正來日方長，她總有辦法留在那裡。這麼一想，萱姊兒就把衣裳收攏起來，眼巴巴地盼著明天早些來。

第二天上午蘇氏抱了女兒，坐著轎子就往雍親王府去。她一開口就是求見周婷，守門的人也沒讓她多等，一會兒就領了她跟萱姊兒進去。

蘇氏一路往正院去，覺得花園景緻十分別緻。她知道年氏的院子很偏，有心問問，那領路的丫頭卻連頭都不側一下，一路把她引去正院。

王府格局更動很大，蘇氏一直走到水榭前頭，才知道周婷沒打算在正堂裡見她，腳步頓時一滯。這是她頭一回上門，周婷該在正堂裡見她才算全了她的臉面，沒想到周婷竟直接叫人把她帶到這裡。

若是關係親近，這樣反而更顯親熱，偏偏她是頭一回來，看樣子這是真把她當成了小妾家的親戚，根本沒把她放在眼裡。蘇氏心裡氣憤，面上卻不顯，萱姊兒則是根本就不懂這裡頭的門道，一路貪看新鮮，好幾次都是蘇氏拉了拉她才往前走。

到了水榭邊，那丫頭頭一回開口：「且等等。」說著就掀了簾子進去稟報。

這個舉動把蘇氏氣得肝疼，又不能發作，心中猜疑周婷這樣不給她面子，難道年氏真受寵了不成？不然雍親王福晉平素這樣妥貼的人，怎麼會這麼做？

只聽見裡頭懶洋洋一聲，小丫頭打起簾子來請她進去。蘇氏再不高興也堆出個笑來，剛一進門就見周婷歪在靠椅邊上，一雙丫頭坐在榻腳上拿著玉錘為她敲腿。

那一回見周婷，她剛坐完月子不久，豐腴得很，現在人倒清瘦了下來。蘇氏見她臉上雖有倦色，氣色卻很不錯。陽光照在湖面上投進玻璃房裡來，背著光也能瞧得出她的皮膚泛著光，透出粉色紅暈來。

周婷腰後頭墊了個大迎枕，她眼睛抬都沒抬，只往蘇氏那邊略微點點頭，聲音還是那副懶洋洋、勁頭不足的模樣，卻讓蘇氏聽出些端倪來。她心頭一跳，對年氏得了寵的猜測瞬間淡下去，只等著聽周婷發話。

「側福晉剛進門就病了，我尋思或許是想家人了，這才讓年夫人走這一遭。珍珠，妳領了人過去吧。」周婷連頭都沒抬一下，說著就伸出手去，由小丫頭幫她揉胳膊。

蘇氏氣苦，這哪裡是把她當作命婦看待，根本就是當成下人似地吩咐了！可在萱姊兒眼裡，周婷就是個豐豔的婦人，身子軟在榻上，露出一截手腕，一條粉色珍珠長鍊繞了三、四圈掛在上頭，珠光流轉，只這一樣就讓她覺得富貴得不可言喻。

「想是夜裡涼了，我們姑奶奶在家就嬌貴，一吹風就身子不舒坦。」蘇氏不肯就這樣乖乖離去，話一出嘴，口氣不免壞了幾分。

她剛一說完，周婷就掀掀眼皮掃她一眼，臉上露了半個笑，一句話都沒說。珍珠卻笑了一聲。「是呢，到了這會兒還沒能下床敬茶，這側福晉的身子，嘖……」

蘇氏臉色大變，不明白中間出了什麼差錯，按說第二天就該在福晉面前敬茶的，還是……從那時起就沒下過床？難不成進門當天夜裡就病了？

她想到年氏身子弱，許是夜裡受了折騰才病了，臉上不禁一紅，心裡啐了一口。但誰不是這樣過來的，哪裡就不能下床了？蘇氏心裡發虛，和順地跟著珍珠往年氏院子裡去。

珍珠也不給年氏留面子，除了不提胤禛夜宿正房，一字一句都刺得蘇氏抬不起頭來。蘇氏這才知道為什麼萬壽節上對她還客客氣氣的周婷，這會兒這麼不給她臉，這個小姑竟是第一次請安就嚇病了兩個小格格。

「萬歲爺跟德妃娘娘都遣了人來問，就是太后也心疼得不得了呢。」

珍珠最後一句話直接教蘇氏抬不起頭來，她知道自己是受了年氏的連累，愈發憤怒。萱姊兒不服氣，幾次想要說話，卻都被蘇氏掐了手。

一進東院的門，蘇氏更加明白年氏如今的處境了，她哪裡是得了寵，分明就是不受待見。她還沒說話，萱姊兒就撲了過去，叫了聲：「姑姑！」

年氏歪在床上，穿著家常的芽黃衣裳，這原是嬌嫩的顏色，此時卻襯得沒了精神，見蘇氏跟萱姊兒穿得喜慶，心裡先自惱了。

她身邊只有一個惜月，又是上茶又是端點心，忙得團團轉，蘇氏見狀，問道：「那兩個丫頭怎不在側福晉身邊侍候？」

不提這個倒罷，一提起來年氏就有氣。桂嬤嬤正教桃枝與桃葉行禮，原來這兩個丫頭連叫人、蹲禮都沒學全，讓年氏跟著受了丫頭的輕視。桂嬤嬤當著丫頭們的面，也敢端著精奇嬤嬤的架子指點她兩句，教丫頭們以為她這個側福晉根本不懂禮數。可她現在有事求蘇氏，只好忍下不提，指使了惜月出去，拉著蘇氏的手就紅了眼眶。

一方面是真委屈，一方面是她已經習慣在父親面前擺著委屈的樣子，此時一出口就是要蘇氏幫她把側福晉的年例換成銀子。

惜月往窗下一歪，耳朵聽得分明，她叫了個小丫頭站到門邊等吩咐，自己則往桂嬤嬤屋子裡去，三、兩句就把年氏的要求說給桂嬤嬤聽。她拿了個桔子在手裡剝了皮，遞給桂嬤嬤。「這真是作夢呢，福晉若是知道了，只要不讓側福晉娘家人進門，她能怎辦？」

桂嬤嬤到底在宮裡待過，笑了一聲。「妳懂什麼。」說著把桔子接過來放進嘴裡嚼了嚼。「要妳說的事，說了沒有？」

惜月點了點頭。「這麼大的事，我隔天就告訴珍珠姊姊了。」

桂嬤嬤讚許地應了一聲，瞧著正在廊下練蹲禮的桃枝與桃葉，笑了一聲。「咱們這個福晉，真是個齊全人兒。」

惜月一笑就露出嘴裡一對尖尖的虎牙。「若教這年夫人知道爺根本沒踏進院門，她還會不會再上側福晉的門？」

胤禛沒有宿在年氏這邊的事從上到下沒一個人敢說出去，胤禛的人滲透到每個院落。周婷捏著管家權，發落下人更是方便，下人們雖有議論，也只是覺得這個年氏不入主子爺的眼，哪裡敢到外頭去說。

就是年氏自己也不能開這個口，沒有洞房、沒有敬茶，就算她上了玉牒又怎麼樣，男主人跟女主人都沒認可她是這個家裡的一分子，這種打臉的事她在娘家人面前遮掩尚且不及，怎麼會主動說出來？

蘇氏管了這些年的家，年氏所求對她來說簡單得很，這也是當官人家的慣例了，跟俸祿一起發出來的米都是陳年的糙米，不是賣掉就是留下來給家裡的下人吃，自己再花銀錢去鋪子裡買精米來吃。

但蘇氏一路受了氣過來，很不願意再沾手年氏的事。本來她就沒指望過年氏能得寵，但周婷派去的人給了她希望，她心中雖然明白年氏短時間內動搖不了正妻的地位，但自家出去的女兒得了寵，對象又是雍親王，蘇氏心裡難免有些別的念頭。

誰知進府一看全然不是這麼回事，現在她連聽年氏說完話都不耐煩。這些事她幫了是情面，不幫是本分，本來不過抬抬手的事情，她卻不想再蹚這渾水了。

「姑奶奶聽我一聲勸吧。」蘇氏一半真心一半假意地嘆道。她是真心想叫年氏安分一些，日子又不是過不下去，要這大筆的銀子不過就是想拿錢開道，買通了下人好辦事。至於要辦什麼事，那還用說？宮中管綠頭牌的小太監還能讓子姪輩在京裡置下房產來呢！蘇氏不知道年氏還是處子身，只以為洞房那天已經成了事，若是這樣還沒能留住，讓男人剛過了一晚就不再惦記妳，那還不如安安分分老實待著，再折騰又有什麼用？

蘇氏內心不願意，嘴上還要留著分寸，不好把話說絕了。「這事按理該是當家人去辦的。姑奶奶進門才幾天，兩個小格格就病了，這是福晉給妳留了臉，沒讓人到外頭去傳，若是她有意叫人出去說嘴，咱們家的姑娘可都別活了。」

蘇氏這麼說倒是真的，宮裡頭瞞不住，外頭卻是風雨不透，她還暗暗感嘆周婷厚道，若她心狠一些，年家女身上等於貼了標籤，像樣一點的人家誰敢要?!

年氏扯了扯嘴角，心裡只覺得不屑。那拉氏這是心虛呢，娶側室當天把丈夫留在自己屋子裡，這事要是傳了出去，她那賢良的好名聲就徹底毀了。

蘇氏不明就裡，見年氏不當一回事，皺了皺眉頭。年家大房只有庶女，她這房卻是有個寶貝女兒，更別說還有個嫡出的小姑呢！年氏這是真不懂得人家手下留情了呢，還是根本不把年家當一回事？

這樣一想，蘇氏心中不免有些疙瘩，再說話時就沒了之前那種勸意。「姑奶奶已經成了別人家的人了，這些事也就由不得自身。妳哥哥不日就要去四川，一家子都要跟過去，宅子裡就只留兩房人家看屋子，這事還真沒法子立即幫妳辦。」

年氏哪裡不知道蘇氏是有意推託，這個嫂嫂待她沒有半分真心，然而，她此時卻只能依靠她。年氏把氣一忍，眼圈一紅，淚光盈盈。「嫂嫂哪裡知道我的艱難，原先辦嫁妝時為了咱們家面上好看，一分現銀都沒留下，全置辦成了東西，如今只靠府裡頭的月例過活，就是打點下人也不夠呢。」

蘇氏剛要反駁，萱姊兒就巴著她的手，扯住她的袖子搖她。「娘，就幫姑姑換了吧！咱們家有錢，貼補一些又不是難事。」

她這一說，蘇氏的臉當場垮下來，狠狠瞪著女兒。萱姊兒被蘇氏寵慣了，根本不怕她，眨巴著眼睛看向年氏。「姑姑太可憐了。」

年氏的眼淚再也忍不住了，滾落在被子上頭，她不禁抽出帕子拭了拭。這一世的際遇天差地別，她也常自憐自嘆，此時被萱姊兒說破，只覺得自己受了天大的委屈，連丫頭跟婆子的臉色都要看。

蘇氏繃著一張臉不說話，萱姊兒正要開口，惜月就拎了食盒進來。她拿出海棠碟子擺了四樣鮮果糕點，笑咪咪地說道：「這是廚房裡頭拿手的金絲卷，知道側福晉娘家嫂嫂來訪，特地送過來的呢。」

年氏抓到機會，趕緊說道：「倒難為她們想著，妳給了賞錢沒有？」她一面說，一面偷偷打量起蘇氏來。

蘇氏沒有說話。廚房藉著有親戚來串門子的場合送點心討賞，也算是慣例，哪家都脫不了這個情況，但年氏說得這麼急切，很有幾分作戲的意思。她拿不準是不是年氏故意，乾脆閉口不說話，抽出帕子捏了個金絲卷放到女兒手裡。

惜月先是瞪了瞪眼睛，爾後又笑。「側福晉多心了，府裡沒那些個規矩，主子們要什麼使人去廚房說一聲，自有人記下來，到了月底耗費多少食材跟人工，管事嬤嬤們都是另外算的，並不用咱們自家出。」

這還是那拉氏訂下來的規矩，這個給賞錢、那個也給賞錢，廚房裡的下人就學會看人下菜碟，誰給的錢多就先把東西給誰，倒怠慢了先去的，這才有了這種規定。自李氏當了家，讓心腹管了廚房以後，這條規矩就算廢了，等周婷把管事權接過來之後覺得舊例可行，就又實行起來。

年氏早已記不得那拉氏是怎麼管家的，聽惜月這麼一說就下不了臺，只好強笑道：「總歸下頭人辛苦呢，也該給兩個賞錢的。」

惜月卻不順著她的話頭。「側福晉體恤下人，可要是奴才壞了規矩，桂嬤嬤要訓呢。」
蘇氏輕笑一聲，卻不是對著年氏，而是衝著自己的女兒。「萱姊兒慢些，別噎著了。」硬是一眼都沒往年氏那裡看。
年氏臉上一白，死死咬了一下唇。她再說不出什麼話來打動蘇氏，就像她也不能跟父親還有母親明說自己有一天會寵冠後宮，自己的兒子福惠會是雍親王最疼愛的兒子一樣。
蘇氏還想再勸一勸她。「姑奶奶說府裡的月例有二十兩，也算富足了，我看這兒規矩重得很，何必為了些銀錢壞了福晉的規矩呢？下人是要給些甜點，卻不必這樣，該給便給，姑奶奶是正經上了牒的主子，難道他們還敢怠慢妳不成？」她打定了主意不再來看年氏，最後說了一句：「姑奶奶有事去跟福晉討了主意就是。」
蘇氏不肯答應，年氏正在傷腦筋呢，就從小丫頭嘴裡知道了闔府都要遷去圓明園，她這裡卻遲遲沒有接到通知。惜月打聽回來以後稟告她，除了正房和幾個阿哥、格格，連最早跟了主子爺的宋氏都沒資格跟著去。年氏心裡一涼，難道那拉氏是真的不要臉面了？
這一走，要讓四郎再想起她來就難上加難了，年氏再不願意，也沒有其他法子，只好放下身段去跟周婷陪罪，她就不信跟胤禛碰面以後，他還能讓她留在府裡。
這天年氏早早起來讓惜月為她淨面梳頭，她原就愛素淡衣裳，此時更不盛妝，淡掃娥眉，原本一身旗裝穿在身上空落落，她就把腰背處細心縫上，讓腰腿都顯了出來。

年氏自知自己相貌好，前一世她過門時覺得福晉看上去比四郎還要老上許多歲，成日除了理家就是唸佛，身上連鮮豔衣裳都不見，更別說首飾、胭脂。這一世她曾在宮中遠遠見過周婷一眼，當時不曾細看，只知道她通身氣派同原來很不一樣，可請安那天匆匆一瞥卻教她吃了一驚，周婷膚色瑩白、唇若含丹，一頭烏髮綰在腦後，不需首飾增添顏色，便光彩照人。

此時年氏看看鏡子裡自己還沒長開的模樣，不由得有些喪氣，便開了胭脂盒子為唇上添些紅暈，整裝完畢以後就站起來，搭了惜月的手往正房去。她早早打聽好了，昨夜四郎又歇在正院。

這一回周婷沒讓她等，珍珠早得了吩咐，只要這位一來，福敏跟福慧就不必來請安，但大格格是一定要來。珍珠使了一個眼色過去，小丫頭就快步往大格格院子裡去了。

第七十四章　情海生波

胤禛這兩天興致很高，兄弟間只他一人得了圓明園，園子是新建的，他前世在那邊待了許久，這一回過去卻是攜妻帶子，不免有些志得意滿。跟福敏、福慧說了好些裡頭的山水，聽兩個小女兒要這個、要那個，他都一一點頭應了。

由於內心滿足，夜裡兩人行事就更纏綿，弄了一回抱在一處摟著說話，走了睏意又來了一回。

胤禛一夜好眠，手掌搭在周婷圓潤的胸脯上頭，正睡得香呢，就聽見外頭珍珠說年氏來了。他眉頭一皺，周婷也醒轉了過來，低頭一看兩人的腿還纏在一起呢，又是臉紅又是甜蜜，蹭一蹭他，抬了腿出來。

帳子半掩半遮，胤禛還閉著眼睛躺在床上，周婷已經梳洗好了先出房門，她還沒說話年氏就先行了禮，半蹲著還沒起來淚就打在地毯上頭。

「妾真是沒有臉面見福晉。」年氏抽泣一聲，捏著帕子拭起淚來，她愈是擦拭臉上就愈是晶瑩，淚珠順著臉頰滾到下巴尖上。

周婷的笑意冷了下去。她聽見裡頭胤禛起身的動靜，放緩了聲音說：「妳既然身子不好，就該好好養著，我這裡並沒有請安的規矩。」

胤禛聽見哭聲，不耐煩地皺起眉頭。蘇培盛為他繫了腰帶，心中已經認定這個年氏翻不出風浪，也樂得賣人情給周婷。「爺，福晉那兒怕一時半刻說不完，可要去小格格院子裡？」

胤禛早上必定要抱一抱女兒再去早朝，他聽了以後眉間皺褶更深，看一看座鐘，就快到請安的時辰了，趕緊掀了簾子出去。他見年氏露著一段粉頸，淡白著一張臉，精神不好的樣子，怕她又嚇著兩個女兒，冷淡地說道：「妳且回去，不需沒事就往正房來。」

他話音才落，就見年氏微微側了身子，蹙著一雙秀眉，滿眼含淚地看著他。

周婷坐在上首，從她這個位置剛好可以將年氏溜過去的眼波和胤禛的反應盡收眼底。年氏的側影窈窕纖弱，月白色的袍子襯得她素面淡雅，此時又蹙著眉頭粉淚盈盈，轉向胤禛的那半邊臉上含怨帶嗔。

胤禛本是不耐煩的，見到她這副模樣竟神色一恍，頓住了腳步。周婷看得分明，交疊在一起的雙手微微一緊，心口跟著泛酸，說不清是苦還是澀，只覺得喉嚨堵得慌，說不出話來。

年氏自然也察覺到了，她內心得意，更把臉仰起來，換成一副驚慌的模樣，頭往周婷這邊一偏，耳邊掛著的蝶型墜子輕靈晃動，把她臉頰的線條襯得柔美。

年氏低垂粉頸，兩隻手絞在一處，手裡捏著的帕子扯得緊緊的，臉頰泛著紅暈，睫毛掀動，淚珠要落不落，一副動了春心卻還拚命克制的模樣，就連周婷也要為她這番做作叫一聲好了。

周婷知道自己該站起來打破這場面，可就是不動不說話，心頭那層苦繞著五臟六腑繞了個來回，她乾脆藉著拿茶盞的動作往胤禛那邊看過去。胤禛的眼睛還盯在年氏身上，周婷神色一冷，屋子裡一時竟沒人說話，落針可聞。

蘇培盛縮起了腦袋。太監最擅琢磨主子心意，原先他吃準了胤禛不待見年氏，這回卻又拿不定主意了。太監雖沒當過男人，卻很能把握男人的心思，看見胤禛眼珠子動都不動一下，喉頭一動。

他還沒說話，周婷的目光就冷冷刺在他身上，彷彿將他的心思看得一清二楚似的，只這一瞬，就教蘇培盛手心冷汗直冒，當下就把到了嘴邊的話嚥了回去。

還是年氏自己先撐不住了，她本來以為那拉氏會說些什麼打破這局面，誰知道她竟就這樣一動也不動地坐在上首，神色安閒地看著四郎盯住自己。她知道自己這副模樣有多得四郎喜歡，每每她使小性子的時候，只要做出這些舉動，四郎總會依了她，現在他可不就看呆了眼？

就算她現在身子還沒長開，模樣卻還是美好，她最滿意的就是自己這個相貌，這具身體的母親是個姨娘，原是下頭人孝敬給她父親的，本就生得纖細單薄、眉目婉轉，比她前世更勝一籌，這也是她這輩子得的唯一好處了。

年氏咬了咬嘴角，低垂著的睫毛微微顫動，又往胤禛那兒斜了一眼，就再不去瞧他，復又屈著膝蓋朝周婷行禮，聲音輕輕顫顫的，受了驚似地叫了一聲：「福晉……」

周婷勾著唇角，露出半個帶著玩味的笑意來。從李氏到宋氏再到如今的年氏，雖生得不一樣，招數卻都差不多。李氏模樣美豔，多是嬌嗔，宋氏卻同年氏一樣，折腰垂頸、行動綿軟、身段風流。

同一個款式擺在一起高下立見，年氏這一招倒比宋氏用得更精湛些。宋氏被胤禛禁足，周婷有好些日子不曾見過她了，第二個兒子生下來時，她倒是求人過來說項。周婷見了她一面，當時還感嘆纖纖弱女這一套實在不合適久用，現在她的皮膚不復光澤，看起來老了許多，模樣說不出的怪異，年氏也是走這條路線，說不準把她跟年氏擺在一處，倒能教學相長。

「妳身子不好，就不必行禮了，坐吧。」周婷淡淡開口，珍珠上了拿溫水調開的蜜來。周婷也不去看胤禛，拿起來一口接一口地飲盡。她抽出帕子一拭唇角。「我說過妳身子不便不必來請安，可是下人們怠慢了妳？」

周婷知道年氏是為了什麼，她當然也有辦法拒絕，可她現在卻想瞧瞧胤禛是個什麼反應，若他為了這一折腰、一低首的風情就心動，那她就更要為了自己打算。

她這麼想的時候，還拿起銀勺子舀了勺銀銚子煮爛的燕窩粥吃。廚房裡知道她不愛吃潔粉梅花糖，只拿冰糖調味，帶著一點點的甜意，周婷就著那甜味把喉嚨口那點酸意和著燕窩粥一併嚥了下去。

年氏的聲音還在打顫，此時更帶著些急切。「沒有，只是昨天妾的娘家嫂嫂過來，數落了妾一頓，妾自知沒有臉面到福晉跟前來，只是不請罪，心實不安。」

年氏是被人從正院一路抬回去的，多少雙眼睛看見了，宅子裡一陣瘋傳。周婷那時正顧著兩個女兒，也是有心讓人傳出去，根本沒攔著。年氏若有心請罪，早就來了，怎麼會等到這個時候?!

珍珠立在門邊，裡頭的情景她看得清楚，內心焦急不已，時不時轉頭去看院門，見到大格格到來，她鬆了口氣，趕緊快步過去引她進來。

胤禛的目光收了回來，指節不住摩挲著拇指上頭的玉板指，心頭一動，這個年氏太過熟悉了些。他已記不清楚上一世的年氏長得什麼樣子，卻還記得她許多舉動，此時一看，不免起疑。難道年家女全是這副模樣不成？

胤禛還沒察覺出周婷的變化，蘇培盛卻在心中轉完了念頭，知道自己差一點就得罪了周婷。他那姪子已經靠周婷手裡漏的錢財小有積蓄，翻年就想在京裡置一間鋪子了，幫忙銷售玻璃廠的貨品，這時候可萬萬不能得罪她。

「爺，可要去瞧瞧小格格？」蘇培盛低著聲音提醒。

大格格正好進來，聲音響脆地請了安。「請阿瑪安，請額娘安。」

大格格不傻，身邊還有個戴嬤嬤指點著，對於周婷把她叫來的原因，也有些明白。她心裡也曾羞惱過，覺得周婷這不能說清道明的心思很教人心頭不暢，卻明白此時她不向著周婷聽她安排，往後的日子不會好過。雖說親事定了，可她還要依靠周婷為她做臉。

宗室女的嫁妝都由內務府出，但每家都還會再備上一些，得不得寵，全從這上頭看。戴嬤嬤說得對，女兒家出嫁就是靠娘家，若是娘家都不拿她當一回事，婆家又怎麼會看重呢？

她兩個弟弟一個體弱多病，到現在不過每日上半天課，射箭、弓馬連碰一下都難，她不願意教弘昀再背上什麼包袱，只願他能把身子養好。弘時身體健康，也更得胤禛看重，卻早早不記得李氏了，祭日裡周婷許他去上一回香，他還好奇地問她那個受他香火的人是誰。

大格格心頭直泛苦。她同李氏不一樣，李氏活著時一門心思想把兒子要回來，只有兒子回來了，她才能重得胤禛的關注，這些話在她病著時一天反反覆覆不知要叨念幾回。大格格先還聽她的，年紀愈長，就愈是明白兩個弟弟養在周婷跟前的好處，不僅是弟弟們，就連自己的待遇也不一樣。

她這才轉過心思，面上裝作不知，卻往周婷這裡來得更勤，見到年氏在場，她也大大方方地行了半禮，然後笑著說道：「兩個妹妹正在鬧呢，額娘快去瞧瞧吧！」

大格格現在也會拿捏著分寸跟周婷撒撒嬌了，愈是如此，下人們愈是待她恭敬，就連胤禛的態度也更軟一些。

周婷聞言就笑。「這兩個丫頭，沒有一天是安生的。」說著看了胤禛一眼。

他聽見兩個女兒的事，就鬆了眉頭，眼見就要邁步出去，年氏偏湊了上來，聲音軟軟的。「妾也該去探望兩個小格格呢。」

她竟想跟在他們後頭一起過去！胤禛剛鬆下的眉頭立刻又緊了起來。「妳不必去了。」秋意漸濃，見她這樣單薄還穿著單衣，更不願讓她跟孩子多接觸。「既然福晉許了妳不用請安，就在院子裡將養吧。」

周婷已經到了門邊，胤禛跟在她後頭，往福敏跟福慧的屋子裡去。空氣中帶著濕意，鳥兒立在枝頭鳴唱，周婷深吸一口濡濕的空氣，心中吃不準胤禛是什麼意思。說他不待見年氏，剛才那話又不像之前那樣說得生硬，眼角餘光還能瞧見年氏驚喜地抬起眉。

她不由得吃起味來，然而臉上笑容卻不變，語氣清淡地問：「這回挪園子，爺可要把年氏一同帶去？」晨風一吹，這話就散在風裡。

這對胤禛來說合該是件再平常不過的事，正妻就是打理家宅事務的，可他乍聽之下竟不辨出其中滋味，頭一偏就瞧見周婷瑩潤如玉的臉上帶著淡笑，側著臉等他回答。

胤禛訝然，身後一眾下人一個一個地拖慢了步伐，大格格更是腳步一頓，指派起丫頭去剪花枝，聲音不輕不響，正好讓胤禛跟周婷聽見。「那一枝花開得好，剪了回去擺在案上。」

他既沒說好，也沒說不好，就這麼抿著嘴垂著手往前走去。周婷等了一刻，見他不再開口，也不追問他的答案，兩人就這麼沈默著去了兩個女兒的屋子裡。

福慧正抱著匣子點東西，見了胤禛，歡叫一聲「阿瑪」，像隻小鴿子似地撲過去，纏在胤禛身上嘰嘰咕咕，告訴胤禛她這個要帶、那個要帶，還伸出一隻指頭要求。「喏，福慧要個鞦韆架，好不好？」

胤禛拍拍她的背點頭，福慧湊上去「吧噠」一聲親在胤禛臉上，又去數自己匣子裡頭的小玩意兒了。平郡王訥爾蘇的妻子曹佳氏生了個兒子，福敏與福慧做了長輩，周婷準備賀禮時被她們瞧見了，便鬧著也要送禮給這個沒見過面的小輩，正挑得起勁呢。

福敏卻看出母親不怎麼高興的樣子，她們本來每天都要去正房的，偏偏今天嬤嬤攔了不讓她們去。小孩子最是敏感，嬤嬤們言語裡漏了一些出來，她就明白了，眼睛一轉問道：「額娘，是不是那個人在？」

周婷不解其意，福敏咬著手指頭想了半天才說：「就是穿孝的那個姊姊！」

周婷這才反應來，一時啞然。一直沒跟她對視過的胤禛此時把臉轉過來，兩人對望一眼，不知是不是該樂。

年氏穿的不是月白色就是天青色，身上的首飾也都很素，胤禛為福全戴孝一年，福敏跟福慧也是整整一年沒穿過鮮豔衣裳，因此印象深刻得很，對她來說，這樣的穿著打扮，可不就是在守孝？

胤禛剛才那點氣一下子散了，他摟了福慧過去，一隻手搭在周婷的肩上微微用力捏了一把。「還醋不醋?這也值得？」

幸好屋子沒有旁人，周婷立刻紅了一張臉，正尷尬間，外頭傳來珍珠聲音：「今天廚房備了黃魚麵，主子可要嚐一嚐？」

福慧先瞧瞧胤禛，再瞧瞧周婷，拍著巴掌大叫：「要醋！」

這事情就這麼過去，周婷不明白自己到底是吃醋還是失望，有心開口又不知該問什麼、怎麼問出口；胤禛也不清楚自己到底在氣惱什麼，又該怎麼辯白。

算算也有五、六年了，自胤禛近了周婷的身，還從沒出過這樣的糟心事，年氏這一齣攪渾了一池子水。這些天兩人就這麼不鹹不淡地處著，胤禛來還是照樣來正院，用飯、歇息也都還在周婷那裡，但相處起來總是有些彆扭。

夜裡兩人睡在一張床上，卻跟天下所有鬧了脾氣又誰都不肯先低頭的夫妻一樣，人就躺在旁邊，卻硬是不伸手過去，好像中間存了一條隱形的楚河漢界。

周婷心頭酸了幾天，她知道現在最該做的就是放下身段來，把這事圓過去。在古代女人連吃醋都不應該，何況她的身分早就沒了吃醋的權利，若是平頭百姓，或許還能拎著丈夫的耳朵來兩句河東獅吼，只可惜她要是這麼做了，非被人剝了皮不可。

原本周婷的日子過得像一池靜水，胤禛這麼長時間的體貼溫存讓過去那些碎屑污泥全都沈到了池底，她只看見池子上頭映著的柳枝花影，看得久了也就忘了這池底下原來沈積的一層齷齪厚泥，這一攪，就把原先看起來鮮亮的花影給攪碎了。

她心底泛著說不清的意味，有點委屈、有點心酸還有點頓悟，就這麼悶了幾天，到底把自己給勸了回來。她這是日子太好過了，真把睡在身邊的男人當成了親密無間的丈夫，模糊了界限。

再不能這樣下去，周婷暗暗警省，她可還有四個孩子呢！再不濟也該為了孩子著想。沈溺情愛，指望靠男人的眷顧愛戀安穩一世，未免也太沒用了些。

她一想通，就把那剪不斷、理還亂的千頭萬緒全打包好，一口氣扔到了腦後。這些天她一直懶洋洋的，好多事情都壓著沒吩咐，此時便一樁樁、一件件拿出來安排，有胤禛生辰的事，還有圓明園裡頭宴請康熙的事，全都該加緊辦起來了。

她這邊不動，胤禛那邊竟也沒催，要不是她自己轉過彎來，很多事就來不及了。康熙遊園在前，胤禛生辰在後，有的事能壓後，有的事卻得提前。

後半年節日多，京裡好的戲班若不早些訂下來，可就訂不到了，周婷捏著單子，還是勾了筱月紅。這個戲班一紅就紅了五、六年，常有新戲上演，走的是創新路線，京裡的老班子走的是經典路線，周婷乾脆請兩個班來，老班子一齣痲姑獻壽，一齣就讓筱月紅演新戲，反正這戲差不多就是辦給女人看的，妯娌們說好就成了。

至於裝飾園子方面，這些事馮氏辦慣了，周婷只要差人吩咐過去就好，可她卻突然想見見這個同鄉了，哪怕什麼話都不能對她說，起碼也能看一看這個活得比她痛快的人，聽她說說外頭的事，出一出心裡的悶氣。

馮九如去年年初聽說坐著船出海了，周婷一直沒有過問，她自己這裡的事就沒斷過，先是廢太子那會兒提心弔膽，又是忙建園子、挪屋子、準備紅白喜事與四時節禮，中間一段還生孩子坐月子，竟沒找到機會把馮氏找來細細問一問出海的事。

馮氏一接到帖子就過來了，她人比之前幾次見面時更顯精神，臉盤卻黑了許多，見了周婷行完禮，就拿了好幾個盒子出來。「原想等兩天就來見福晉的，想不到福晉先想著我了。」

周婷拿眼打量她一回，就笑道：「聽說馮九如出了海，怎的，妳也跟著去了？」

馮氏身段雖纖細，一副南方人的長相，眉目裡卻帶著英氣，原還拿妝粉衣裳給蓋住，才容易在貴婦之間走動，這回身上透出來的颯爽卻怎麼都掩不住。「我跟咱們家掌櫃去了南洋，待足了小半年，這才剛回來呢，錯過了五阿哥的采生禮，倒是罪過了。」

周婷一怔，她沒想到馮氏竟然真的跟著一塊兒去了。

就在周婷怔愣間，馮氏把盒子打開來，指著裡頭毛筆似的東西說道：「這是拿松鼠毛紮的刷子，洗臉、抹粉都好用，全是湖州手藝，咱們鋪子裡正要上貨呢。」

「既是湖州手藝，怎的妳去了南洋才想到？」周婷有意跟她閒話。她在宅子裡待得太久，骨頭都要鏽了。

「下了船雖有意思，船上日子卻難過，這才琢磨了這個出來。這回去南洋，倒是開了眼界了。」馮氏微微一笑。「咱們掌櫃的帶了好些稀罕玩意兒，原還弄了株果子樹，船上沒能養活，就只有米給帶回來了。」

「我聽說那邊匠人手藝極好，可是真的？上回那對娃娃，福敏跟福慧很是喜歡呢。」周婷笑了笑。跟洋人來往得多倒是好事，總該讓這裡的人知道火器的厲害。

馮氏也是同一個想法，她揀著洋人發展得好的東西多說了幾回，很是感慨地說：「咱們的東西雖精細，耗費卻長，一件盆景，手藝好的老師父也要做上十天半月，這還是好幾個人忙活，那邊卻是一人一道工序，三、四天就能做出來了。樣子雖不及咱們的，卻勝在出貨快。」

周婷微微一笑。「倒是各有千秋，那些洋鬼子哪裡知道什麼叫匠心獨具？咱們鋪子的貨雖出得慢些，卻勝在沒一件重複的。妳也知道，我們爺就講究一個『巧』字，若是做得拙了，他這邊就過不了關。買得起玻璃的人家，哪裡願意要爛玩意兒。」

當然是各有各的好處，那種是大量生產的，東西就失了逸趣，遇到胤禛這樣的人，一對花瓶的花樣得相襯，卻不能一模一樣，這才能入他的眼。

「倒是我想差了，若咱們做中等人家的生意，倒能用一用這個法子。」馮氏有馮氏的想法，如果不是賣給上流社會，那麼花樣就不用多，一批一批地造，既銷得好，又能省時間。

兩人閒話一下午，周婷也聽了一肚子的生意經。走的時候馮氏說道：「咱們如今的大船還是及不上洋鬼子的，咱們家掌櫃的心大，想買一艘人家的過來，拆開來瞧瞧到底哪裡不如人呢！」

周婷輕笑一聲，看來「山寨版」自古有之，她笑著點了點頭。「這事妳只管去辦，我來同爺打招呼就是。」話是這麼說，真要跟胤禛講，她就拿捏不準語氣了，倒真跟吵過架的夫妻似的。

周婷想好夜裡要跟胤禛開口，也準備好用平常的語調把事情徐徐說出來，就跟過去那樣，偏偏這天胤禛沒來。

第七十五章　暴雨交心

珍珠忐忑地回了小張子過來報的話：「爺今夜歇在書房裡。」

周婷捧著茶盞，從窗戶裡看著小張子拎著玻璃風燈從廊下過去，穿過迴廊往書房的方向去。把茶盞輕輕磕在炕桌上頭，周婷將嘴裡那口茶嚥下去。「天氣愈發涼了，打發人送厚褥子過去，叫蘇培盛準備燒地龍，夜裡濕氣重，別教爺涼著了，廚房裡備好的湯也送一碗過去。」

周婷吩咐的東西已經由人送到書房，小張子回了話以後就縮著脖子站在外間。就隔著一道簾子，小張子回給蘇培盛的話，胤禛聽得一清二楚。

蘇培盛掀了簾子進去，剛一抬眼，就見胤禛的臉陰得跟外頭的天色一樣，趕緊討好地說：「主子爺，福晉差人送了褥子過來，還有雞皮酸筍湯，爺可要用一碗？」

半天都沒等到胤禛應聲，蘇培盛把頭壓得更低，過了好一會兒才聽見他口氣冷冰冰地扔給他兩個字：「出去。」

蘇培盛彎著腰退出去，到外間時才鬆了口氣。

胤禛用食指叩著桌面，早先他那氣明明散了的，這幾天倒又愈積愈厚了。原本兩人睡在床上時哪一天不說些瑣碎的事，這些天兩人在一處話卻愈來愈少。胤禛知道那天周婷是吃醋了，可要他拉下臉來先湊過去，卻是辦不到。

這種滋味他還是第一次嘗試，愧疚、憐惜這兩種感情他都是在她身上嚐到的，這會兒竟又多生出了一種——心虛。明明他看年氏就不是那個意思，她這一彆扭，倒像他意圖不軌似的。

胤禛把筆一扔，玉版宣紙上頭半天也沒落下一個字，他反著手清了清喉嚨，覺得自己這場氣堵得一點道理也沒有。

原還有個人跟自己一樣彆扭，好歹算是兩個人擰著脾氣在對幹，可這兩天她卻愈來愈自在，好像放下了那天的事，既沒跟他討個說法，也沒再問是不是要帶年氏去，就這麼乾吊著他，反而讓他不自在起來。

他怎麼可能會帶年氏去呢?!

胤禛一陣心煩，站起來就往內室去。簾子還沒拉起來，藉著燈光，他能看見外頭的芭蕉被驟雨打彎了葉子，再遠一點是細密的雨幕，烏漆抹黑的什麼也看不見。這雨落得人心躁！他又在屋子裡轉起圈來。

外頭的蘇培盛見兩個小徒弟在交換眼色，狠狠瞪了他們一眼。其實他自己也琢磨不清主子爺是什麼意思，像是跟福晉鬧脾氣，卻一回來就要問正房都做了些什麼。也不怪他琢磨不清，太監到底不是男人，哪裡能知道這裡頭的門道，只好夾緊尾巴不往跟前湊，萬一遭到池魚之殃可冤枉了。

那廂胤禛睡不著，這廂周婷人是躺在床上，也翻來覆去沒睡著。胤禛不在，珍珠就在外頭守夜，她聽見裡頭的響動，不敢吭聲，知道周婷不是要水，只是心裡不好受。

珍珠防著周婷夜裡起來，豎著耳朵聽了一夜，然而裡頭的人卻沒說話，一直到了三更天，才勉強不動了。珍珠鬆了一口氣，瞪著發疼的眼睛悄聲打了個呵欠，拉起被子睡去。

第二天起來，胤禛連早膳都沒過來吃，下了朝人是回來了，卻沒往正院來，還待在書房裡。

周婷望著窗外一層密過一層的秋雨斂了眉頭，珍珠跟翡翠不禁互換了一個眼色。這幾天周婷神色不對勁，哪裡瞞得過貼身丫頭，不說別的，之前連著幾夜廚房燒著的熱水就沒抬進過正房的門，昨天夜裡爺根本沒來，任誰都知道，兩個主子這是擰起來了。

珍珠隱約摸著點頭緒，卻不知道該怎麼勸周婷，雖說兩個主子好了這麼些時候，誰都不想看他們就這麼生分了，但新人總是要進，爺還沒給那邊好臉色瞧呢，主子這就鬧彆扭了，要是再有些什麼，回到過去的日子可怎辦？

珍珠暗暗嘆氣，翡翠倒比她端得住，她拿了這回遷園子要用的家具跟擺設單子一樁樁去問周婷，周婷拿在手裡翻了兩頁，點著幾案說：「將這個鑲斑竹棕竹的擺在阿哥們屋子裡頭，這彩漆貼貝的就擺到格格們屋子裡頭。」說著抬手揉了揉額角。「東西可備得差不多了？」

翡翠應了一聲。「都備下了，馮記那裡送了新盆景來，有金錢菊花堆地景的跟仙鶴騰雲靈芝番花的，福晉可要留下幾盆來？」

「那仙鶴的叫馮記多送幾盆過來，這邊擺兩盆，其餘的全送到那邊園子裡頭去，爺的生辰快到了，也討個好口彩。」周婷懶洋洋地揮一揮手。「要緊的是阿哥跟格格們，他們還小，慣常用的東西得先送過去。」

珍珠也看出來了，給周婷一些事情做，比讓她發呆要強，於是拿托盤端了藕粉桂花糖糕過來，一掀食盒就是撲鼻的香甜。「這是廚房拿剛收的桂花做的，可香呢，主子進一些罷。」

今年雨水比往年多，倒把園子裡的桂花催肥了，剛被雨打落還來不及掃，枝頭上就又開了出來，落一場，開一場，一直開到九月中，丫頭們收了枝上的桂花，或是調餡做糕，或是製香薰屋子，熱鬧了好一陣子。

周婷才拿起一塊來張口欲問，珍珠就機靈地說：「東西兩邊院子都已經送過去了。」說著就笑了。主子就是這樣的人，李氏在的時候也是如此，再不待見，大面上也是一絲都不會錯的。

周婷勾著嘴角一笑，她其實是想問書房裡有沒有送過去，這下倒不好開口了。她心裡一哂，連個丫頭都把自己的心思摸得這麼通透，枕邊人卻不知她心中所想。周婷把咬了一口的糖糕放在海棠碟上，偏頭往窗子外頭望去。

胤禛坐在案前，眉頭皺得死緊，他這裡揪著不放，她倒好，整個丟開手了。胤禛瞧著還在冒熱氣的桂花糕，心頭那把火倏地一下竄了起來，他陰著臉站起來往外頭去，蘇培盛趕緊拿油傘在後頭緊緊跟著。

蘇培盛以為他這是要往正院去，那吊著的心往下一放，剛要順著牆拐彎，就見胤禛陰惻惻地瞪他一眼。「往東院去！」

蘇培盛瞠目結舌，沒等胤禛瞪他第二眼就緊跟上去，他扭著頭朝小張子用勁兒使眼色，小張子便退後兩步，矮身往正院報信去了。

蘇培盛為胤禛打傘，後頭自然還有幫他打傘的小太監，這本是小張子做的活兒，他這一離開，蘇培盛身上就空了一空，密密的雨絲很快打濕了他的肩頭。小鄭子趕緊湊過去替補，蘇培盛則一直保持著撐傘的姿勢，目光不再往後看，半垂著頭，裝出規矩的奴才模樣。

胤禛雖走在前頭，也不過只錯開了半步，蘇培盛身邊空了一空他怎會不知。他斜睨了蘇培盛一眼，昏暗的天光下只見一道影子往後退去，被雨幕一掩，也不知道是不是去了正院。胤禛擰著的眉頭鬆了一鬆，忍不住多瞧了蘇培盛一眼，還是這個奴才跟他最久，最知道他的心思。

他剛才憑著一股怒氣要往東院去，這會兒腳步卻愈拖愈慢，在大雨裡頭踱著步子往前，衣裳的下襬淋得透濕。奴才都是跟著主子的步伐往前挪，胤禛用的傘跟他們不同，他不過濕了靴子跟下裳，前頭開道的、跟後頭跟著打燈的，半邊身子卻全都浸透了。

因為下雨，天色昏暗，開道的太監提著玻璃風燈在前頭走，那燈是拿玻璃封住的，倒不怕被雨澆滅，只是手柄被雨浸得濕滑，太監只能用兩隻手使勁攥住了往前提，心裡直犯嘀咕。

主子爺也不是沒有過興致好起來往亭臺裡去聽雨的時候，可這樣在大雨裡散起步來也太奇怪了，說是要去東院，這步子邁得又不像。領頭的大太監蘇培盛這時本該勸一勸，卻偏偏壓低了頭，一個字都不吐，那些小太監們更沒有在胤禛面前開口的資格，全都縮著脖子裝駱駝，踢踏著腳往前走，長而窄的夾道裡就只見到這一排不明不暗的燈火慢慢挪動。

只是走得再慢，路也有盡頭。

年氏住得雖偏，院子裡該有的卻一樣都不少。這裡人煙少，對主子進寵妨礙大，對奴才們更是如此，別的尚可，但用飯卻十分不方便，湯水一類小廚房裡就能燉，卻不能起油煙，大廚房裡送來的菜拎到這裡，都已經半溫了。

依年氏的分例，還能在小廚房裡熱上一熱，可做奴才的哪有這命，吃了冷食難消化，守門的婆子們正圍在一處喝熱茶暖胃，聽著外頭的雨聲閒嗑牙。「跟了什麼人就是什麼命，主子不得寵，輪到咱們也只有吃冷飯的分。」

「橫豎撈不著油，還不如閒一些，總歸再兩年我就卸了差事，叫我家最小的丫頭進來當差。」

吃飽了就睏，兩人說了一會兒話就揉起眼皮來，其中一個攏了攏身上的薄襖，搓了搓手。「再過兩天守門可就難熬了。」

另一個剛要回話，忽然見到夾道裡有人過來，遠遠只能望見燈影，看不清人，但這仗陣除了主子爺，還會有誰?!

兩人把茶壺跟杯子一藏，飛快往屋裡報信，年氏正靠著窗子聽雨，聽見簾子外頭回稟的聲音，聽清楚是胤禛來了，臉上一亮，趕緊站起來往鏡臺邊走去。

年氏匆忙忙攬鏡檢視，衣裳穿得好，只頭髮抿得太緊，她拿起牛角梳子刮一刮頭，帶出些髮絲來，顯得似攏非攏的慵懶模樣，又點了胭脂往嘴唇上輕輕一抹，這才重新靠回窗邊，從炕桌下頭摸出一本詩集來，穩住氣息裝出臨窗聽雨攤詩卷的模樣來。

面上裝著讀詩入迷，耳朵卻恨不能伸到簾子外頭，奈何雨愈下愈急，她又不好往窗子外頭張望，連轉頭都不能，只斜側著身子留一段背影，好教人一掀珠簾就見她歪在這裡。

胤禛進來時，一入眼就是年氏細腰削肩、翹著鞋尖，指如蘭花似地翻動那一卷書的模樣，銀底月白片、金邊琵琶襟的緊身小襖把腰掐得細細的，衣扣上掛著白玉蟬，隨著翻書的動作一起一伏，唇兒似抿非抿，睫毛如扇子似地垂著。

若他沒見著來回奔走備茶打水的丫頭，或許就相信她真不知道他進來了，偏偏園子小，一眼就望得到底，他才跨過院門，就見丫頭端著銀面盆往小廚房去，還有那拎了壺去燒水的。她不往前行禮等待，竟裝模作樣地留給他一個背影！

年氏已經聽見胤禛進來了，正等著他出聲喚她，她才好裝作驚慌的樣子從榻上滑下來，卻偏偏他卻一動都不動。她臉色泛紅，羞意連粉都蓋不住，莫不是四郎又跟那天一樣瞧呆了？年氏心裡雖得意，卻還想著後頭該怎辦，想著她就蹙一蹙眉頭故作愁態，嘴裡輕輕嘆出一聲。

胤禛瞧得分明，從鼻子裡哼出一聲來，從年氏臉紅再到她皺眉輕嘆，胤禛心裡的厭惡感愈來愈重，難不成她以為這番做作的樣子就能打動他？看起來這個年氏倒是長了許多心眼，竟還知道裝出風流美人的模樣來勾引他。

胤禛就站在門邊，沒那綺麗心思往內室去，內心直埋怨小張子動作太慢，又想到從正院過來也有一段路，丫頭定不會有太監腳步快，想著就頓了頓步子，在外室的椅子上坐定了。

年氏不得不轉過頭來，嘴裡叫著「惜月」，一遞眼見著了胤禛，趕緊從榻上下來，又是摸頭髮又是整衣裳，粉著一張臉軟步上前。「不知道爺來，竟沒去迎，是妾的罪過呢。」

胤禛卻不說話，嘴裡只應了一聲。年氏見他不答腔，略略心慌，一面往胤禛跟前挪步，一面叫著丫頭。「惜月，惜月，快去沏了茶來。」

她是想拿話把這陣尷尬給帶過去，誰知道話音剛落，惜月就端了茶來，身後還跟著個小丫頭，手裡端著托盤，上頭擺了散著熱氣的藕粉桂花糖糕，臉上笑嘻嘻地道：「奴才瞧見爺來就去吩咐人燒水去了，這糕剛蒸，側福晉可要嚐一嚐？」

一段話噎得年氏張不開口，俏臉又紅又白，胸口起伏了幾次才忍了下去。她接過惜月手裡的茶往胤禛面前端，就好像惜月沒有打她的臉那樣，帶著柔柔的笑意問道：「不知道爺喜歡什麼茶，此處只備了妾慣常喝的，爺且嚐一嚐吧。」

年氏對胤禛喜好知道頗深，備下的茶葉也是他平時喝的那種，粉彩蓋一掀，胤禛自然聞得出來。他深吸一口氣，這樣的龍井，外間難得，她又是從哪裡得到的？猜疑的目光還沒落到年氏身上，就聽見茶盞破碎的聲音，年氏還沒把那茶盅捧到他跟前，就把盅子磕在桌角上，不獨濕了她半幅裙子，就連胤禛身上也傾了茶葉。

年氏驚叫出聲，彎下腰抽出帕子為胤禛擦拭起來，惜月拿了毛巾過來，還沒近胤禛的身呢，就聽見年氏含羞帶怯地說：「妾粗手笨腳，污了爺的衣裳。」說著咬了咬嘴角。「不如……爺將這身換下來？」

胤禛從未來過東院，周婷也沒多此一舉地叫人送胤禛的家常衣裳來備著，年氏卻是早就準備好了。「是妾親手縫的，都是漿洗乾淨的。」說著拎著裙子為難道：「容妾也換一身。」

惜月臊得直想要避出去，偏過臉往後退了兩步。她雖是向著正院的，但叫她一個丫頭打斷爺的好事，實在沒這個膽子。話都已經說到這個分上，就差「請君入幕」了，她趕緊找藉口出去。「奴才再去沏茶。」說著就拿了托盤飛快地打了簾子出去。

胤禛目光陰陰地盯著那晃動的簾子，從小張子去報信，一直到他坐在這裡都有一刻鐘了，怎的還不來？

他站起來往窗邊走，還沒過去就被年氏拉住了袖子。「濕衣裳難受，爺快換下來吧。」說話間，耳邊米粒大的珍珠一晃，柳眉春腮，波光盈盈。

沒承過寵算什麼側室，年氏早就打定了主意，那一回見面時他這樣看自己，分明就是意動了，只要有意總會來尋的，可不就讓她等著了？

此時天已黃昏，兩人坐下來論一論詩，說一說詞，哪一句她都已經想好了——「繡被微寒值秋雨」，又應景又把她的委屈帶了出來，四郎定會憐惜她，夜裡正好宿在她屋子裡。

卻不想他人來了，心卻沒到，坐著不知道心裡在想些什麼。年氏暗暗著急，不日就要遷去圓明園了，放過了這次，說不定就沒下回了，這才拉下臉來情挑於他。

在年氏心裡她同四郎早已是夫妻，敦倫再平常不過，卻忘了在胤禛的眼裡，這同勾引沒有分別。爺們還沒顯出意思來呢，她就做出個勾人模樣來，哪裡是大戶人家出身的姑娘，連個丫頭都知道羞慚，她竟好意思拉著人不放！

胤禛猛力扯回袖子，年氏站立不穩倒在他身上，她這真不是故意的，初時還驚慌，等靠到他身上時，身體就先軟了半邊，這就更讓胤禛不齒。他冷冷瞥了她一眼，嘴角含著冷笑。「年家真是好教養！」

說著把人一推，掀了簾子出去。

蘇培盛正在外頭喝茶，人已經進去了，該做的他也都做了，瞧這架勢，不到晚膳也不會傳喚。剛拿起茶盞送到嘴邊，就見胤禛傘也不要，直往院門口走去，一口茶來不及嚥，全從他鼻子裡嗆了出來。

他一面咳嗽，一面快著步子往前跟，小太監來不及點燈就往前跑，跑到一半才發現風燈是暗的，七、八人的隊伍走得雜七雜八，還有忘了拿傘的，雨水直往領口裡灌。

胤禛氣上心頭，也不知是惱自己還是惱年氏，聽見蘇培盛問去哪兒，不禁恨恨地想：她就這麼不拿他當一回事？

這回他腳步沒拐，直往正院去了。

胤禛在夾道盡頭碰上小張子，他正苦著一張臉，見到胤禛時還來不及驚訝，就被他一腳踹在地上。

珍珠跟翡翠在屋子外頭急得打轉，從主子聽了小張子的話開始，就把她倆遣了出來，屋子裡誰都不許進，也不差人去叫爺回來，不說不動就這麼挨著窗子坐著望天。

兩個丫頭急得什麼似的，正在拿主意呢，就見正院門口衝進一個從頭到腳渾身濕透的人，他也不拍門，而是直接一腳上去，把門撞開了。

珍珠一聲驚叫，翡翠趕緊上前想攔，門卻又「砰」的一聲關上了。

廊下站著的丫頭全沒反應過來，剛要喊人，院門口就進來一群人，領頭的蘇培盛抹去臉上的雨水，朝她們倆打手勢。

珍珠跟翡翠交換了一個眼色，把耳朵貼到門上，裡頭的人不知道在說什麼，側著耳朵等了半天才鬆了口氣，好歹沒聽見主子爺摔打東西的聲音。

屋子裡比外頭還要暗，胤禛喘著大氣，周婷則張著嘴看向他，還沒站起來，團著的身子就被他扒開來。胤禛眼裡都要噴火了，直接把周婷按在炕上，水珠傾在她身上，周婷本來以為天氣已經夠涼了，卻還是起了一層雞皮疙瘩。

她還沒說話呢，下頭的裙子就被扯了開來，周婷咬著嘴唇抑住驚叫，一反手抽在胤禛肩上。身上那人壓上去拿舌頭頂開她的牙，周婷奮力掙扎起來，踢腿扭身，握住拳頭往他背上搥，誰知道剛才不過半抬頭的那傢伙，被她這麼搥了兩下，竟精神起來。

胤禛抬起臉來，原本是怒極了的，誰知這一碰她，他全身上下就只剩下一個地方還硬，其他都軟了下來。他嘴裡憋出一句：「妳怎的不叫人來尋我？」

周婷眼角含著淚光，伸手又搥他一下，只覺得自己這一拳頭下去，那地方又被頂開一點，身上的冷顫過去之後泛出火熱來，她咬著嘴唇狠狠瞪著他，就是不回答。

胤禛又問一聲：「旁人找了藉口來尋，妳怎麼不來？」

看著那樣的年氏，他突然想起過去他只要招了那些小貴人們，她定會找足了藉口來尋他，心頭那點火又被拱了起來，她怎麼就不知道尋他呢?!

周婷的眼淚再也忍不住，她吸著鼻子啞著聲音反問：「她們是誰？我是誰？」

她身子往後一縮就想逃，卻被胤禛握住腳踝使勁拉了過去，堵住嘴唇又是吸又是啃，身上的衣服被揉成一團，周婷遮得往上面遮不住下面，嘴裡嗚咽著，身子卻被他給擺布得愈來愈熱。

胤禛哪裡等得及，衣裳還是濕的，那地方先探了進去，起先還在門口打轉，等她哭音一頓就猛然頂了進去，周婷繃直了腳背，忍不住哼出一聲。

珍珠跟翡翠一張臉脹得通紅，這是正院，蘇培盛不敢往門前湊，見她們倆這副表情，也明白了幾分，嘆出一口氣。「兩位上些薑湯吧，咱們這一溜可全濕了。」

珍珠嚅著聲音點了頭，招過小丫頭。「快叫後頭備熱水去。」

周婷身上衣裳浸得透濕，繡著銀線菊的蜜合色小襖原是空落落地罩在身上，胤禛這麼不管不顧地一抱讓衣裳吃飽了水，緊巴巴地貼在身上，顯出胸腰來。

下襬淋淋漓漓的水濕了一小塊地毯，就連炕上鋪著的雲龍捧蝠坐褥上頭也都是水，周婷被胤禛堵了嘴一陣啃咬，嘴上原沒搽過胭脂，這時被吸吮得水潤紅嫩，微微張著不住喘氣。

胤禛見她老實了，才放開她換一口氣，周婷瞅準了機會就又掙扎起來。胤禛一隻手把她兩隻手腕一抓扣在頭頂，知道她這是在鬧彆扭，卻不曉得要怎麼哄她，密密貼著的地方被她一磨燙得灼人，剛才那猛力一頂差點就繳了械，只好先停在裡頭按兵不動，他伏下身來一面吸她的舌頭，一面把手伸進小襖裡頭揉那對山巒。

濕衣服緊緊巴在身上，胤禛的手指頭從肚臍下頭一寸寸掀開衣裳往上挪，指頭上的薄繭子滑過沾了水的皮膚，激起一陣顫慄。胤禛就算心裡再急，手上的動作卻很輕柔，等摸到山尖尖上時，那兩顆朱果早已凸了起來，正方便被他撚在手裡揉搓。

周婷心中明明惱著他，這一來卻從喉嚨逸出一聲，只輕輕一聲嗚咽，把胤禛那團火挑得更旺。剛才年氏這樣撩撥他，他都沒反應，身子底下這人只看他一眼，他那兒就受不了了，直想占有她的身子，教她的人跟這聲音一樣軟下來。

周婷想叫又不能叫，想再打他，手腕又被抓住了，她一急，屈了膝蓋剛要踢他，腳都還沒碰到他身上呢，就被他順勢又往裡頭動了動。

她一面發急一面委屈，等胤禛的舌頭再伸進來時，就被她咬住了舌尖。他一聲吃痛往後退，那地方卻寸土不讓，見她紅著眼瞪著自己，倒比之前那麼多回更讓他心癢。

胤禛忽然得意了起來，她並不是不在乎。他不知道該怎麼回答她，她自然跟那些女人不同，並不僅僅因為她是正妻，那些是妾。然而到底什麼地方不同，一時半刻他卻摸不清楚，明明她感到舒服，卻偏偏不肯讓他進裡面去。

胤禛只好把周婷摟起來拍她的背，他上身的衣裳還沒脫，周婷卻露出整個肩頭，一冷一熱之下，鼻子一抽打了個噴嚏出來。胤禛趕緊扯下衣裳，可是濕衣服重，連拉帶扯好幾下都沒能脫下一件來，身下的人見機又要跑，他一急抓住她的衣襬，卻把她身上那件小襖給扯了下來。

黃豆大小的珍珠扣蹦得老遠，彈在玻璃窗子上頭一聲脆響。周婷心裡也不是不願意，但一口氣不出她實在難受，總歸已經鬧到這分上了，她捏著拳頭又砸幾下，聲音帶著哭腔道：「你去東院怎麼不弄？」

胤禛下身卡了一半，不淺不深很是尷尬，上回周婷那醋吃得他心頭煩悶，這回這醋卻教他「食指大動」。他抓了她的手，拉她去摸他下身，啞著聲音跟她調笑。「這裡頭的東西哪一滴不是給了妳的？」

周婷耳朵整個紅透了，又是咬牙又嗔瞪，被他揉了這麼半天，說不想那是假的，卻不甘心還被他壓著，她手腳並用地打在他身上，只聽胤禛一聲急喘：「輕點。」下頭那一緊，銷魂至極。周婷趁胤禛閉眼愣神的工夫，翻身把他壓在下面，整個人坐上去動起來。

這回輪到胤禛屏住氣了，他兩隻手扶在周婷腰上，剛才那麼長的一段時間，讓他的忍耐到了臨界點，這一下到底的包容讓他急喘幾聲，差一點就敗下陣來，趕緊深吸幾口氣，挺腰往上配合著動起來。

周婷到底力氣有限，狠狠動了幾十下之後，就輕哼一聲伏在胤禛身上細喘，口中吐出來的熱氣全噴在胤禛胸口，惹得他挺腰坐起來抱她下了炕，往床上走去。

床是紫檀的，厚重結實，這會兒卻被兩個人搖得吱呀出聲，周婷從沒把胤禛抱得這麼緊過，一會兒拿舌尖刮他的喉結，一會兒貼著他的耳朵有意細吟，胤禛整個人都繃緊了，腿、腰、背上能使出來的力氣全用在她身上。

周婷這會兒一點也不冷了，只覺得腳尖都冒著熱氣。胤禛趴在她身上，含著她胸口的朱果，餘波不斷泛上來，歡愉的時間拉長了許久。她無力地伸著手指頭在他背上畫圈，舔著嘴角呻吟，胤禛捏了捏她的腰。「裡頭還有，要不要？」

周婷半眯著眼睛，眼波往他身上蕩過去，輕哼一聲，胤禛見狀又吸住她的舌頭。

屋子裡一片狼藉，炕桌歪在一邊，上頭擺著的東西散落在褥子上，地毯上頭雜七雜八地扔著濕衣服，拿金線勾出來的折枝花污了一片，周婷頭上的釵環落了一地，炕上有、床上有、地上也有。她耳朵上只剩下一只水滴型的紅寶石耳鐺，另一只也不知道胤禛是怎麼取下來的，又扔在了哪裡。

湖藍色疊絲的薄被把兩人裹在一起，身子輕飄飄的，好像連魂都在天上。

周婷拳頭一動，搥他一下。胤禛本摟著她欲睡，被她這一搥以為她又情動了，他伸手捏了一把。「夜裡再來。」

周婷微微一扭，胤禛的嘴又貼了過來，拍著她的背哄她。「全是妳的。」

第七十六章 雨過天晴

屋外頭的奴才等了半日也沒等到裡頭有人出來，珍珠跟翡翠原本想著要是裡面有爭執，就去尋烏蘇嬤嬤把小格格抱過來，用孩子把這兩人的脾氣緩一緩，等聽見裡頭的曖昧聲響，就都紅了臉叫水，爐子上還溫著紅糖薑茶，只等裡面叫人就送進去。

一直到該傳晚膳的時候，還是一點動靜都沒有，珍珠跟翡翠妳看我、我看妳，全都不敢去拍門，萬一兩個主子興頭正濃，那不是壞了事嗎？無計可施之下，她們只好看向蘇培盛。

蘇培盛從胤禛初知人事時就已經在邊上侍候，知道差不多該去叫門了，卻又覺得為難。這屋子裡頭的那一位可跟那些妾不同，誰敢打擾呀！

他只顧著喝薑湯、換衣裳，跟珍珠還有翡翠打馬虎眼。「不如姑娘叫廚下先備著，主子爺午膳就用得少，一會兒定會餓的。」

珍珠哪用他提醒，應下來笑咪咪地說：「公公先去用飯吧，這裡的事有咱們姊妹呢。」說著指一個小丫頭叫她拎食盒過來。「廚房今天做了肘子，公公可別客氣。」

雨漸漸歇住了，到了黃昏掌燈時，天邊竟出現了光線，珍珠鬆了一口氣，與翡翠相視一笑，再沒什麼比兩個主子和好更強的了。

才剛放下心，正院門邊就來了個小丫頭。珍珠一眼望過去，就知道是東院來的，她縮著腿不敢往院子裡邁。珍珠使了個眼色給翡翠，走過去把她攔在門外，鈕祜祿氏的丫頭鬧過那一齣之後，這些妾身邊的丫頭全都不能等閒待之，要是她也大聲嚷出來，壞了裡頭的事怎麼辦？

「姊姊，咱們側福晉病了，能不能回了福晉，叫個太醫來瞧瞧？」小丫頭很是老實，惜月特地派她來傳話。

珍珠聽了眉頭一皺。「是這幾日就不舒服，還是今天突然犯的呀？」想也知道是爺從東院出來了，那邊臉上掛不住。珍珠瞧不起年氏的作法，話卻說得殷勤，她拉著小丫頭的手。「妳別急，慢慢說。」

那丫頭年紀雖小，卻不是不懂事，她只說年氏最近幾天身體都不舒服，再跟珍珠請託一次之後就回東院去了。其實她眼睛一掃，就瞧見今天跟著胤禛去東院的太監這會兒全站在正房廊下，知道胤禛就在屋子裡頭，又見正屋並未透出燈光來，就一五一十全跟年氏說了。

年氏哪裡受得了這樣的打擊，被心心念念著的四郎一把推開，簡直就像要了她的命。惜月進去時，她正呆呆坐在地毯上，人雖沒傷著，卻只顧著流淚說不出話來。

惜月趕緊叫人去找桂嬤嬤來，兩個人合力把她架到床上。桂嬤嬤見這一地的茶水跟年氏身上的茶漬，還以為是她侍候得不好惹惱了胤禛，嘴裡先寬慰她兩句，再看惜月雖也遞水、拿乾淨衣裳，臉上神色卻不對勁，便抽空一問。聽完事情經過以後，她一張老臉臊得通紅，心裡直罵年氏下賤，這是八百輩子沒見過男人嗎？

她是宮裡出來的精奇嬤嬤，就算對象是小主兒，她也能教訓上幾句，當下就不軟不硬地唸了年氏兩句，誰知道年氏吃不足這兩句話的分量，又氣又羞急怒攻心，竟暈了過去。

惜月抿了抿嘴，著實看不起年氏，桂嬤嬤掐了年氏幾下人中，又拿薄荷油幫她抹在鼻子下頭，總算把人給弄醒了，但她到底有親王側福晉的身分，應該傳太醫過來。

珍珠得知事情以後正感到為難，蘇培盛就抬手把事給抹了。「這不值什麼，我叫人去太醫院就成。」

珍珠朝他點一點頭。「多謝公公了。」

蘇培盛擺了擺手，眼睛往屋子裡一溜。幸虧他沒得罪福晉，不然就沒好果子吃了。「這還客氣什麼，總歸是給主子辦事。」

胤禛得到饜足，這一覺就睡得沈穩香甜，他醒過來還沒掀開眼皮，就先把手伸到身邊人的腰臀上。周婷輕哼了一聲，腿間熱辣辣的麻癢剛剛褪了幾分，人還未醒，旁邊那隻手就又做起怪來。

周婷迷迷糊糊地推他一下，翻了個身面朝裡頭，抱著被子合眼不願睜開。胤禛順著她的動作翻身貼上去，把她的頭安在自己胳膊上，緊緊摟在一起。

周婷累極，她才動了那幾下就腰痠腿軟沒了力氣，後頭的事全是胤禛一個人辦的。她睫毛輕輕一顫，眼睛瞇了起來，這場彆扭算是鬧完了？

她抿了抿嘴巴，身體還累，內心卻清明起來，一隻手覆在胤禛扣在腰間的手上，緩緩勾勒他的指節，聲音帶著些沙啞，含含混混地吐出一句：「你為什麼回來？」

這話直接撞到胤禛心坎上，卻不知道該怎麼回答。他為什麼要來？自然是來看看她到底是不是不把他當一回事，可這話說出來又覺得矯情，他是夫，她是妻，她當然該把他放在心裡頭的。

胤禛不知怎的想到了前世，他那時篤定地認為一個合格的妻子就是為丈夫打理庶務、管好後院，一日三餐跟四時衣裳都不必來操心，這樣就是把丈夫放在心頭的表現了。只是這些她都做到過，兩人卻漸行遠漸。

一直到最後他住在圓明園那些日子裡，宮務也從沒教他分過心，大挑、小選這些皇后來辦的大事他就更沒插過手，全是她一人承擔，她做了這些從來也不居功，那麼些年下來他竟也習慣了。

這世經歷了幾年，胤禛這才知道原來自己並不滿足於這些，他想要的東西曾經投射在年氏身上，如今卻發現，那不過是年氏肯照著他心中設想的那樣去做而已。

看看現在這個年氏，就能明白個大概了。她把自己的喜好摸得透澈，屋子裡燃的是他過去最喜歡的伽南香，備的茶葉是明前龍井，就連衣裳她也是按著他的喜好在穿。

過去胤禛看她有多麼合意，現在看她就有多麼厭惡。這個女人從頭假到了腳，攤著詩集想勾引他談論什麼？春情？才嫁過來幾天就把這些事打聽得這麼清楚，可見是下了功夫的，衣裳跟褲子都備好了，她又是從哪裡知道尺寸的？

胤禛想著，就把周婷摟得更緊，他沒有立刻回答她的話，心思卻不住轉動，把前世今生都想過了一遍，嘴角勾起一點笑意來。他用手指梳理她烏黑濃密的鬢髮，嘴唇輕輕貼過去。

「我為什麼來，妳不知道？」

周婷的臉一下子紅了，從鼻子哼出一聲來，心裡卻跟灌了蜜一樣。胤禛見她眉目間倦極了，拍了拍她的臉頰。「起來披件衣裳，我叫人傳膳。」

珍珠跟翡翠一聽見聲音就進來掌燈，雖是侍候慣了主子，但哪裡見過這種場面。她們臉上臊得慌，還要為周婷遮掩，對視一眼以後，趕緊把歪著的炕桌給搬正，上頭的東西一件件理好，地毯上頭的衣服歸攏歸攏，省得被抬膳桌的丫頭們給瞧見。

周婷縮在胤禛身邊，把聲音聽得分明，兩個丫頭快手快腳地整理完，這才衝著帳子屈一屈膝蓋。「外頭濕氣重，奴才差人煮了紅糖薑茶，主子喝一碗祛祛寒吧。灶上今天得了幾隻野雞崽子，在砂鍋裡燉了湯，主子可要嚐一嚐？」

胤禛懶洋洋地完全不肯動彈，藉著帳子外頭的燈光直盯著周婷布滿紅暈的臉。周婷嗔他一眼，清了清嗓子道：「盛過來，再下點銀絲麵，若有存著的蟹油，就拿那個炒年糕條來吃。」

她又看看胤禛，見他的眼睛直往她胸前打轉，瞥了他一眼。「再來個鴛鴦煎牛筋，配齊了上來。」這是主菜，廚房裡頭還有備好的小菜，一桌子七、八道菜，夠他們吃的了。

剛要叫丫頭去備，珍珠想了想，咬了一下嘴唇。「東院的年側福晉急病，蘇公公已經差人請太醫去了。」這事當然不能瞞下來，到時要是出事，她也擔不起。

周婷一聽挑了挑眉毛，瞧了胤禛一眼。她有些吃不準年氏這是躲羞還是真病，沈吟一聲說道：「等會兒把太醫的脈案拿來細瞧，既然她病了就叫她好生養著，讓身邊的丫頭看緊一些，別教她往窗口廊下站著，若是又著了風，便是她們沒侍候好。」

珍珠退出去時，正好聽見胤禛跟周婷調笑。「妳怎知道她愛往窗口廊下站？」

周婷又從鼻子裡哼出一聲來。這有什麼好猜的，沒吃過豬肉，也見過豬走路，不說現代那些電視劇，就是她來這裡的這些年，也能總結出經驗來了。八阿哥家的新月為什麼對著月亮跳舞唱歌，鈕祜祿氏又為了什麼在落雪珠時還去打鞦韆，真以為是拍電視劇，旁邊還有十幾個場務幫她們吹風、撒花瓣呢！

周婷嗤了一聲，拿眼斜一斜胤禛，又轉過頭去。「這些都只能騙騙爺們家，哪家女人心裡沒譜？不過不去點破罷了。」

胤禛的手指頭上纏著周婷的髮絲，湊過去笑問：「那妳今天怎麼又點破了？」他都承認了，她怎麼能不認呢？

周婷趴在枕頭上不理胤禛，憑他怎麼問就是不答。

等膳桌端了進來，周婷一筷子挾了年糕往嘴裡頭送，咬得滿嘴蟹黃，珍珠備了菊花茶讓她漱口好解膩去腥。周婷含了一口，吐進痰盒裡頭，又飲了半杯茶，這才拿著帕子抹了嘴，吩咐道：「去東院瞧瞧，告訴年側福晉，不必整理東西了，她病著，不宜挪動。」

周婷邊說還邊往胤禛那瞧了一眼，珍珠應聲退了下去。

胤禛還真不知道這件事，按說年氏沒得到命令不應該整理起東西來，但想到她既然不規矩，存了拿捏住他的心思，早早打包東西準備跟著去圓明園倒像是她會做出來的事。

說到底，還是他上回賭氣沒給個答案的緣故。胤禛摸了摸鼻子，剛想伸手過去跟她示好一下，就見她扭過身子往床上去。

床幔跟被褥全是新換的，若不是天色已晚，屋裡的毯子也要重新鋪過，反正該知道的人都知道了。周婷把心頭那股臊意壓了下去，在她的地盤，難道這些下人還敢說嘴不成？

胤禛跟上去用胳膊碰她，被她反手拍出去。他耐著性子來了兩回，周婷就不再拒絕，任由他摟在懷裡。她把臉埋進他的胸膛。「我悶著這些也不知是為了什麼，母妃點過來的桂嬤嬤第二天就來回了我，說年氏手中捏著喜果進了喜房。」

說著周婷就啐了一口。「她還沒長成呢，就懂得這些彎繞，哪個爺們不被誑了去？」說著捏住胤禛腰上的肉，指尖輕輕一轉。「你不就看呆了？」

在過去，這些周婷她不會當面說出口，只能迂迴地從別人嘴裡透露給他聽。

胤禛拍著周婷背的手微微一頓，眉頭擰了起來，卻不是為了年氏不規矩。她都敢當面勾引了，還有什麼事做不出來？他只是悶悶地說道：「我哪裡是瞧她瞧呆了？這事妳怎麼不同我說？」

周婷又是一聲冷哼。「我難道不曾說過？你可信過？」

做這事的是過去的那拉氏，李氏跟宋氏那些小動作，她同樣看在眼裡，說給胤禛聽時，他卻不信，也是時機不對，那拉氏雖是正妻，卻是後頭進來的，怎比得上李氏與宋氏服侍他的時候長，他自然更偏向妾室。

「咱們別翻前頭那些舊帳。」胤禛撫著她的背為她順氣。「往後只有咱們在一處，這回去圓明園，我還尋了人來畫耕織圖，到時候把一家子都畫上去，我做漁公，妳做漁婆可好？」

「只有耕織圖，就沒行樂圖？」周婷先答了他最後一句，又翻身壓到他身上。「舊帳要翻，新帳也要算。」

胤禛兩隻手快速扶上她的腰，手指刮著她的鼻尖。「妳想怎麼算都成，我早說了，那裡頭的都是妳的。」

連著下了這麼多天的雨，放晴之後人都顯得精神起來，福敏與福慧尤其高興。小孩子最敏感，夫妻倆不對勁，她們當然察覺得出來。福敏站到周婷身邊扯著她的袖子，小心翼翼地看了她一會兒，露出一個笑來。

福慧早已經纏在胤禛身上。「阿瑪昨天沒來看我。」她又是嘟嘴又是皺眉，小腦袋一晃一晃地搖著，勾著胤禛的脖子不住撒嬌。

弘昭被周婷摟在懷裡，他比兩個姊姊沈默得多，悶頭玩新得的九連環，聽見福慧撒嬌要了一串東西，突然開了口：「額娘，我想養螞蟻。」

他話不多卻很流利，也是兩個姊姊常跟他玩的緣故，有大孩子帶著，小娃娃懂得更多一些。

兩歲的孩子剛能穩著走幾步路，只要天氣好，周婷每日都會帶他們出去走走，弘昭在樹蔭底下發現了個螞蟻窩，他人小不懂事，拿著枝條去撥，見螞蟻都是往一個洞裡頭鑽，起了興趣，聽見兩個姊姊要小貓，就想起這個來。

胤禛正不知道該怎麼回答他，周婷就一口答應下來。「好，咱們弘昭養螞蟻。」

胤禛見周婷都答應下來了，只好點頭，心裡盤算著叫蘇培盛去外頭打聽打聽，瞧瞧有沒有會養螞蟻的人。

另一個小肉團子笑出一下巴的口水。福敏去捏他的臉，他的脾氣卻大，一碰就張大了嘴叫喚，福慧捂著耳朵說：「快，快拿了酸梅湯給他。」

她以為小弟弟也像弘昭，一口酸梅湯就能哄住了。福慧這話惹得周婷跟胤禛直笑，就連弘昭自己也笑了起來。一家子正樂著時，外頭珍珠來報信。「主子，八福晉身邊的金桂來報，說是八福晉懷上身子了，想請您過去一趟呢。」

周婷訝然，看了胤禛一眼，見他眉目不動只微微點頭，就把弘昭往炕上一放，抬手理理衣裳，搭了軟轎往八阿哥府裡去。

第七十七章 忙裡偷閒

宜薇半靠在大迎枕上，頭上戴著灰鼠毛臥兔兒，身上搭著羔絨薄毯，臉頰瘦得凹了進去，平時拿粉蓋著瞧不出來，這時候一看，她彷彿一下子老了十歲，若不是周婷早先得了信，還以為她這是病了。

宜薇見到她，動了動嘴唇，卻沒發出聲音來，臉上似喜似悲。她怔怔瞧了周婷一會兒，淚珠順著臉頰滑到下巴，一顆顆打在羔絨上。

周婷趕緊上前握住她的手，問侍候在一旁的銀桂。「太醫是怎麼說的？」

銀桂與金桂兩個丫頭聽到消息時眉毛都笑彎了，卻沒能從宜薇臉上看出喜色來，銀桂悄悄向周婷打了個眼色，話一個字一個字地從嘴裡蹦出來。「太醫說了，咱們主子這是有了兩個月的身子。」

周婷先是一怔，隨即明白過來。小日子不來，換到平常婦人身上，頭一個想的便是懷上了，到了宜薇這裡，她卻以為自己是女科不調。自從八阿哥被康熙訓斥「年過三十而未有子」之後，宜薇這顆心真的冷了下來。

弘旺就算是庶子，在上頭人眼裡竟不算有子嗎？宜薇一直睡不好覺，還要提起精神去寬慰胤禩，他心裡比她更苦，兩個夫妻睡在一張床上，苦臉對著苦臉，好久都不曾行過夫妻事。

難得的那一回還是中秋節，他們一家雖然也去宮中飲宴，但哪裡還能比得上從前，冷冷清清連個推杯換盞的人都沒有。她在女眷裡頭還略好一些，總會有自家妯娌為她遞話頭過去，胤禩在外頭的情形可想而知。

那天夜裡他喝得大醉，兩人團在一處時，身上發力，內心卻都苦極。之後宜薇再沒有跟胤禩說過「來後院裡多轉轉，好生幾個孩子」這樣的話。得一個都這麼艱難了，後頭的就算生出來，她也脫不了一個「妒」字。

胤禩許是跟她一樣灰了心，皇阿瑪把他身上職務摘了個乾淨，眼瞅著排在前頭的全都封了王，更有像四阿哥這樣一下子成了親王的，他卻還是個貝勒。他連出去走動都不願意，只待在書房裡，宜薇不叫他用膳，他也想不起來自己得用飯，弄得兩人一樣憔悴。

原本她還能跟周婷訴苦，可太子被廢時眾人擁立八阿哥一事，倒好似胤禩有意在兄弟之間出頭，宜薇又從康熙那邊得了嫉妒之名，自此妯娌之間絕少走動，連原先處得好的情分也都淡了下來，再想訴苦，哪裡還開得了這個口？一樣是阿哥，原本胤禩比胤禛更得人心，這會兒一比，一個天上一個地下，再難走動。

宜薇這幾天提不起食慾，桌上的菜怎麼擺上來的就又怎麼撤走，原以為是脾胃不合，便懶得叫太醫過來。哪一回她不是抱著希望要太醫過來，又滿肚子失望地把人送回去，那一個個紅封給過不知道多少，煎藥用的藥爐子都能堆滿後廚房了，卻硬是一點起色也沒有。

宜薇認定自己不會懷孕，就由丫頭拿了棗泥山楂丸子給她開胃，吃了兩日還不見好，這才叫了太醫來，太醫一摸脈還不敢下定論，換一隻手又摸過兩回，這才又驚又疑地告訴宜薇她這是有了身子。

一時之間宜薇又悲又喜，太醫還沒走呢，她就倒在床上站不起來了，金桂這才把周婷給請來。她是貼身丫頭，知道宜薇這會兒見到胤禩會更無法平復，只好找周婷過來，巴望周婷能勸勸她。

周婷拉一拉宜薇的手。「妳這是做什麼，好不容易得了一個，不好好珍重，怎麼折騰起自己來了？」她有些明白宜薇的心事，卻不能提起來，兩家丈夫是對手，有些話再不能提，只好拿這些場面話勸一勸她。

宜薇看了周婷一眼，止住了淚。「若是早些有了，或許我這會兒就不是這般情狀，若是晚些有，我們爺也能死了那條心，怎麼偏偏是這個時候。」她眼中暗示的意味，倒教周婷說不出官方話來。

她嘆息一聲，握著宜薇的手緊了緊。她敢在自己面前講這種話，已經相當於攤牌了。太子雖然復立，卻再不如過去那樣得康熙的心，再加上他的爪牙全被剔了個乾淨，現在手頭根本無人可用，就是那些暗地裡支持他的，也不敢明著與他來往。

太子已經被咬出了一身血，最有競爭力的大阿哥又被關了起來，若說兄弟裡頭有誰從沒起過這個心思的，恐怕就只有七阿哥了。他天生當不了皇帝，是以不去想這些爭鬥，但其餘那些人誰心裡沒想過呢？哪怕是夜裡作夢，也總能夢見一、兩回。

周婷心頭泛苦，宜薇對她交了心，她卻不能開口承認。「該來的就是緣分，世世處處哪一樁不講求一個『緣』字，他就該是這會兒來，妳不去佛前還願，想這些做什麼？」

宜薇眼帶譏諷地睨了她一眼。「誰不知道妳們爺是愈走愈高了？」

周婷壓抑著怒氣，嘴上說得一派光風霽月。「我們爺憑本心做事，妳若是為了這個，實在犯不著，不然妳自己想想，哪一家的爺似我們爺這樣重情重意？」她愈說愈真，最後那兩分心虛也藏到了心底。

也不怪康熙看重胤禛，太子倒臺時，一群弟弟不是落井下石就是明哲保身，只有胤禛站出來為他作保，又是送衣被又是送吃食，康熙在氣頭上也不是沒有遷怒過胤禛，找他過去狠罵過兩回，都被胤禛直諫回去。周婷提著心怕胤禛觸怒了康熙讓自家倒楣，卻沒料到太子還有被放出來的一天，他這舉動搔到了康熙的癢處，就連太子也念著胤禛的好。

富貴險中求，胤禛這一步棋比這些兄弟不知道高明多少。周婷心裡嘆服，想起來又有些咬牙切齒，他把那些人的心思都摸得這麼透澈，怎麼就不知道她在想什麼？

想到他去了東院又冒雨回來，周婷心頭泛甜，口氣也軟了下來。「妳這會兒心緒不穩，怎麼怪起孩子來？好不容易懷上了，妳就這樣作踐他不成？」

宜薇垂下眼簾，嘴邊泛出個苦笑來。「我盼了這麼久，不知許了多少願，終於來了的時候竟不歡喜。」她這段時間雖然灰心，性格卻沒變，想一想又回轉過來，吩咐金桂往廚房去。「叫灶上燉些補身的湯來，就是餓著了我，也不能餓著他。」
周婷是生育過三回的人，把注意事項一條條說給宜薇聽，金桂跟銀桂紙上談兵過好多回，現在倒慌了手腳，把周婷說的記了又記，話說了兩筐才放周婷回家去。
福敏與福慧正在拿胤禛的私章玩，原先那個被弘昭抓周時抓了去，就一直由周婷收著，胤禛又重刻了一枚，正被福慧拿在手裡，抓著雲母紙印了一個又一個「禛」字。
福敏握著紫毫筆，她與福慧已經習了一段時候的字了，她寫得卻比福慧好許多。她沾著墨汁一筆一劃地寫著自己的名字，福敏兩個字筆劃都不少，一個福字就讓她用了一整張紙。
弘昭見兩個姊姊在玩，也拿筆在紙上亂抹，這裡一筆、那裡一筆，看不出抹了些什麼。
最小的肉團子爬了一會兒就累了，正翹著屁股睡在胤禛書房裡的羅漢床上，周婷一進來就忍不住笑，好好一個書房倒像幼稚園了。
胤禛袖手站在福敏後頭，很有興致地指點她如何下筆、如何轉折，她那點沒章法的字讓他看得不住點頭，見周婷來了，招手說：「我瞧咱們閨女這一筆字就是五妹妹也比不上。」
周婷拿帕子掩住了嘴，溫憲公主被康熙親讚過才華，是皇家格格之中少見的才女，「弱齡受教，性悅詩書」這樣的話，從康熙這個嚴厲的父親嘴裡說出來，已經是莫大的褒揚了。
周婷伸出手指刮了刮面皮。「大熱天都過了，爺倒賣起瓜來。」
胤禛笑一笑，漫不經心地問道：「那邊怎的？可總算懷上了？」

周婷嗔他一眼，心裡為宜薇一嘆。想到她有了那種心思，說不定別的兄弟也有了，她也不對胤禛遮掩。「爺且慢著些來，升得這麼快，教人眼熱呢。」

木秀於林，風必摧之。這個道理胤禛怎會不懂？只是他上頭還有個太子頂著，等太子再倒一回，那就是他的天下。他聽見周婷這麼說，皺了皺眉頭。「怎的，那邊給妳難看了？」

「她懷了孩子是喜事，哪會給我難看，也犯不著。」周婷說著轉了臉去逗一本正經起寫字的福敏。「八嬸嬸要生娃娃了，福敏又多一個弟弟，高不高興呀？」

福敏字雖寫得沒章法，一板一正的規矩卻學得極好，她聞言寫完最後一筆，將筆擱在青瓷筆架上頭，這才抬起臉來，神情嚴肅地說：「額娘生的，才是我弟弟。」

周婷眨了眨眼睛，女兒懵懂說出這番話，她倒不知道怎麼回才好。福敏見她不應，就去看胤禛，皺著眉頭嘟著嘴。

胤禛微微一笑，目光落在周婷身上，看得她臉紅，他這才點一點頭說道：「是這個道理。」

福敏得意地抿了抿嘴角，爬下椅子跟福慧玩在一處。福慧認得胤禛的名諱，她印滿了一張紙，拿起那枚壽山石把玩了一會兒，高高舉起來。「福慧也要，刻一個我的名兒。」說著又看看福敏。「也給姊姊一個。」

「好！」對著兩個女兒，胤禛就是個慈父，這會兒他興致高，更加願意滿足她們的要求。他指了蘇培盛把他私庫裡頭兩、三個匣子的壽山石拿出來。「一人挑一個，阿瑪叫人雕去。」

能讓胤禛藏進私庫裡頭的自然都是精品，周婷不禁搖了搖頭。她現在已經明白了，這幾個孩子大概就跟後世富足國家的王子、公主一樣，想想阿拉伯小公主頭上的鑽石，福敏跟福慧平時嬌慣些也就沒什麼了。

福慧眼明手快地捏了顆壽山桃花芙蓉石在手裡，湊在胤禛耳邊指著紅的那塊。「這裡要花，下面有小鳥兒。」

福敏揀了好幾塊在手裡看，最後拿了一塊壽山冰糖石，那石頭透得像是玻璃，卻比玻璃厚重。她點著一抹殷紅告訴胤禛說：「這裡刻艘船，紅的是太陽。」

正說得起勁，蘇培盛就磨磨蹭蹭地從外室進來，先瞅了周婷一眼，再看向胤禛，清一清喉嚨稟道：「東院下人來報，說年側福晉又暈厥了過去，怎麼都不醒，請爺示下。」

原來年氏得到周婷發的話，心中憤恨不已。她早早就打算好，只要見了四郎一面，四郎定會把她一起帶去圓明園的，那是她住了許多年的地方，裡面點點滴滴的回憶雖說現在的四郎不知道，但她可以再來一回。

卻沒想到四郎會把她推開，還責她家教不好。年氏這才惶恐起來，她已經投他所好了，怎麼還是沒用？四郎喜歡什麼樣子，再沒人比她摸得更清楚了，怎麼這會兒不靈了呢？

年氏先是受不了打擊，後是為了遮羞，她是被四郎推到地上磕著的，要是傳了出去，誰還會把她當成一回事？然而，事情雖瞞了下來，身上青紫的地方卻得搽藥油，一、兩回下來，院子裡的丫頭全知道了，畢竟隔著簾子也遮不住藥味。

她心裡又急又怕，卻明白這一回怪不了那拉氏，她又沒來拉人，緣故還是在胤禛身上。只不過這一點她就是抓破了頭皮也想不通，只好先示弱，反正四郎還是喜歡自己的長相，只要說病了，他總該有些顧念，再不濟，她後頭還有年家呢。

胤禛卻不接話，只顧著拿石頭逗兩個女兒。弘昭得了一塊雞血凍，福慧還理所當然地說：「你是弘昭，這塊最紅啦。」惹得胤禛摟住女兒直笑。

胤禛不接話，事情就得由周婷來安排。她撣了撣袍子上的花紋，說：「再叫一回太醫吧！這回叫個瞧女科的來，好好為側福晉調理調理。」

蘇培盛心一驚，再看胤禛像沒聽見似的，嚥了口唾沫垂著手出去了，一出門就拿袖子抹了抹汗。福晉這一手可真是厲害，身子不好便罷了，女科上頭不好……嘖，這年側福晉是再難有翻身日啊！

十月中旬京城就要開始落雪珠了，周婷趁著天氣還晴，訂出了遷園子的日子，著手點好了東西，闔家就坐上馬車往圓明園去。

後園裡的格格聽到風聲後一團忙亂，有的自知無望老實待在屋裡，有的早早進府此時已經歇了心思整日唸佛，有的就透過關係往周婷面前疏通。

宋氏經過李氏喪儀事情，算是徹底沒了生氣，胤禛想不起來，周婷自然不會去提醒他，宋氏的禁足令就一直沒有解除，只有老實待在屋裡。她自此之後身子就一直不好，天天拿爐子煎藥喝，身條更見消瘦，還沒入冬就穿起皮毛衣服來。

她拿錢要丫頭陳了一回又一回的情，周婷都不曾見過她，給東西時候卻高過她該得的分例，若是按格格的分例，今年冬天她都熬不過去。

之前花蔭樹下塗脂抹粉、「偶遇」胤禛的劉氏，夜裡回去就被臊了個沒臉，那些見她沒成事的，全都跳出來拿她嚼舌根，她再不敢往周婷面前湊，安安分分地待著不敢出頭。

這幾個人腦袋都縮了回去，其餘的再想跟著，也都不願做那出頭的傻子。年氏那病初時看起來凶險，下人不敢做主，一日三回地往正院稟報；可真等一家子準備走了，她倒好起來，差人來說要請安。周婷眼皮都沒抬就拒絕了，叫她「安心」在院子裡養病，等她身子全好了，再差人來接她。

年氏的病什麼時候好，她自己說了還不算，既要裝病博關注，周婷就有辦法讓她一直病著。尋常沒病的人，太醫來看過還要開些溫補藥方，她既然身體積弱，那就一直喝藥養著吧。

處理完這些事情，周婷拍了拍手帶著一串孩子往圓明園去了。圓明園比雍親王府大得多，看上去倒更像漢代建築，拱橋飛簷，五步一畫，十步一景，地方開闊大氣，能走動、住人的地方也多，周婷接下來要操心的事就更多了。

雍親王府雖然改建過，總歸是在京城裡頭，再擴建也造不出這樣的園子來，周婷剛一進門就在心底嘆息，康熙這可真是下了血本了，接著她又習慣性地盤算該怎麼把這園子裡的各處都填滿。

因為搬了新園子，也算喬遷之喜，各個兄弟家都送了禮來，胤禛旗下的佐領更是使勁地送東西，裡頭多半是給女人和孩子用的。

胤禛直接把單子給了周婷。「瞧瞧裡頭有什麼好的，或妳自用，或是存下來給福敏跟福慧當嫁妝。」他這一說，就等於把這些東西一股腦地給了周婷。

下頭人孝敬是尋常事，靠著剛建府時那份安家銀子跟一年一萬兩的俸祿，根本維持不了這麼一大家子。主子的飲食、下人的月銀，還有四時首飾跟衣裳就是一大筆開銷，光是萬壽、聖壽這兩個節日，置辦個像樣的禮品就去掉了一半多，更何況還有兄弟之間的走動，這個洗三、那個滿月，婚嫁也要隨禮。

胤禛有商船和玻璃鋪子的生意，馮九如還往南洋去走貨，除了這些，胤禛也有其他產業，莊子跟田園不論，京裡數得上號的鋪子就有好幾家，還有自己帶著產業來投靠的，因此開銷雖大，收入卻也不少，周婷又會打算，家裡過得富足，比最會經營的胤禟也不差什麼。話雖如此，下頭的孝敬卻是不能不受，你不受，他倒忐忑起來。

胤禛見周婷沒空理會這個，便親自挑了一匣子珠寶，專門拿來讓她做壓襟用的五事掛件，他還抽空一件件畫下圖樣，藍寶石嵌金剛鑽的、芙蓉石雙層纏金絲的讓她平日用，老坑翡翠的就讓她出門見客用。

東西一做好，胤禛就挑了個蜜蠟五事掛件出來立刻就要為她掛上，說正好配她身上那件蜜粉色鑲銀絲萬福蘇緞緺裙。周婷一面笑一面羞，一屋子的丫頭都看著呢，他就這樣把手伸到她襟前，在胸口的盤扣上幫她掛上首飾。

蜜粉色最是挑人穿，周婷偏偏敢做了衣裳穿出來。她本就年輕，皮膚白皙細膩，加上懂得保養之道，天天都吃燕窩粥，又拿珍珠粉和著蛋清敷面，怎麼看都不像四個孩子的娘。

其實皇家福晉哪一個日子過得不富，珍珠粉、燕窩這些東西對平民來說是天價貴貨，對她們只是平常物品，就是日日食用也算不上什麼。只是妯娌之中少有過得像周婷這麼好的，她往妯娌裡頭一立，就透著年輕滋潤，教她們又羨又妒，打趣再打趣。

福慧最喜歡這些東西，她眼巴巴看著周婷，伸手去摸自己的頭髮。她已經四歲了，這時候留頭也不算早，胤禛只當沒瞧見女兒渴望的眼神，轉過臉去喝茶。

周婷伸手摸摸她的頭。「等過了年，就讓妳跟姊姊留頭。」免得她們到了三月還得剃頭。

周婷話音一落，福慧就跳了起來，樂得像隻小喜鵲，撥弄著匣子裡頭的東西，拿出來在身上比劃。

壓襟的五事掛件全按著周婷的身量來做，放到福慧身上還太長，她卻不覺得，一面看一面抬頭，粉嫩的臉蛋上綻著笑，大聲說道：「我以後也嫁給阿瑪！」

胤禛大樂，抱過她問：「阿瑪這麼好？」

「嗯！」福慧點著小腦袋。「阿瑪給額娘好多好東西，我都瞧見啦！」

她一直長在胤禛跟周婷身邊，不比別家格格從會坐就開始學規矩，只要大方向上不差，周婷並不特別拘束她，此時說起童言童語來，滿室笑語嫣然。

珍珠跟翡翠全都抿著嘴笑，還有一堆孩子在旁邊湊熱鬧，擾得周婷瞪起眼睛來。「弘時今天的大字寫過沒有？弘昭的書有沒有背？」

周婷生活過的現世，像弘昭這麼大的孩子早就開始學習了，不管早些受教育是為了什麼，孩子都跟大人一樣，需要接觸外界，哪怕他們的小社會裡只有兒童。周婷怕以後弘昭適應不了上書房的課業，所以不管弘昭識不識得、解不解其意，一篇書全都要背上一百二十遍。

每個阿哥家裡只有一個走讀生的名額，這個名額由胤禛做主留給了弘昭。弘昭口齒都不甚清楚呢，周婷已經跟他講起《三字經》來，平時又有福敏跟福慧在他身邊背聲律啟蒙，說些《幼學瓊林》裡的故事，弘昭耳濡目染之下也知道了不少。

他的性子更像胤禛，這麼小就能看得出他很自律，說好了背書，定會去背。周婷有意培養他們的好習慣，早早把時間分配好，什麼時候讀書、什麼時候玩樂，身邊的丫頭不敢不照著做。

幼兒的習慣極易養成，一樁事情做得久就成了慣例，弘昭聽見周婷問他，就點頭，由身邊丫頭細數他背了幾遍。

胤禛滿意地摸著他的圓腦袋說：「等皇瑪法來了，去背給皇瑪法聽！」

周婷笑著又加了一句：「皇瑪法跟前可不許說些古怪話。」

弘昭還真是什麼都問得出來，像是「天為什麼藍」這種問題。周婷還真不能以現代科學的角度回答他，只好全部丟給胤禛，由胤禛去哄兒子。

第七十八章 田園生活

圓明園此時的面積無法跟暢春園相比，但沒一天也逛不了一圈。周婷拿來圖紙，用了老辦法，為每個孩子分一個院子，再弄兩間書房，專門給兒子跟女兒上課用，這一溜下來，又把正院邊的幾塊給填滿了。

「暢春園裡單劃了個園子出來耕種，弘昀、弘時也都大了，該知道一些農事才是，雖不能跟皇阿瑪的深意相比，卻該知道一年十二月每個月該種些什麼才對，也是我的一點想法。」周婷把該填的都填滿了，就想到那些空出來的地方。「福雅同福敏、福慧也能看一看聽一聽，往後成了家，才不至被底下人給騙了。」

反正這地方大得很，看胤禛的意思就是在這裡安家了，現在不做打算，以後就晚了。

「妳說得很有道理！」胤禛嚴肅地點點頭，這個他倒沒有想到。他讚賞地看了她一眼，湊頭過去瞧一瞧那些空著的園子，順手點了個離得最近的。「先叫人去收拾出來，搭了棚子，找幾個會農事的太監來看著，得空就先帶弘昭過去看看。」

胤禛心裡想得更多些，他畫耕織圖的目的，不過是因為他最近風頭大盛，這樣下去下一回鬥起來的就是他跟太子了，這才攜家帶眷來圓明園，正好把他跟周婷還有弘昭幾個全畫到圖裡頭去。

康熙還真吃這一套，他從暢春園到圓明園來，看見那個準備用來種菜的小園子，稱讚了胤禛一番，胤禛把周婷那套理論一說，康熙的嘴角就勾了起來，把嫡出的幾個孩子都招到了面前。

福敏、福慧跟弘昭早就已經打扮好了，五阿哥還太小，包得像個大紅包似的，由奶嬤嬤抱到康熙跟前代跪行禮。

福敏跟福慧與康熙熟得很，福敏拿了字帖給他，讓他瞧瞧自己寫得頂天立地的「福敏」兩個字；福慧跟著丫頭學會了打絡子，小小一個方勝結，上下都串著碧玉珠子，硬要幫康熙繫到身上去，繫好了就仰著脖子等誇獎。

弘昭有時說話還得由兩個姊姊幫忙解釋，他卻捏住了康熙的衣角，一臉得意地告訴康熙他正在養螞蟻崽子。康熙大樂，胤禛一面笑，一面差人把那個古怪大玻璃薄屏拿了過來。

周婷答應弘昭讓他養螞蟻，就找機會叫馮氏過來，把這話當成笑話似的說給她聽，馮氏聽了果然想出辦法來，拿玻璃壓得薄薄一層，裡頭填上白色細沙，再找到一窩螞蟻整個放進裡頭。

弘昭得了這個東西，樂得什麼似的，周婷卻只許他背完書以後才能玩上一會兒，有時候還會拉著弘昭說一說螞蟻的習性。

這東西就是胤禛見了也要驚嘆，那一窩螞蟻在裡面待了小半個月，早早就把一個連著一個的洞給打好了，因玻璃壓得薄，全展示在弘昭眼前，他現在已經能指出螞蟻在哪裡藏食，又把哪裡當大通鋪了。

黑布一掀開來，康熙也吃了一驚，弘昭拉著他的手指點，這處是藏食的、這處是生小螞蟻的、這一處還在繼續蓋房子。

胤禛袖著手笑咪咪地告訴康熙，這原是孩子的玩意兒，卻不知這小小的蟲子竟也有如此有序。康熙先是站近了看一會兒，又指一指蟻巢。「這東西倒好，哪裡做的，進一個上來。」

說著康熙抱了弘昭坐到他膝蓋上。「酸梅湯竟然還會養螞蟻。」又摸摸他的頭，朝著胤禛點頭。「是個聰明孩子。」

弘昭得了誇獎，在康熙面前更放得開了，面對胤禛時他反而還有些害怕。胤禛待他不如待兩個姊姊那麼隨意，常要抽一回書來考考他，若有背得不順溜，或是不解其意的，還要罰他多背幾遍。

康熙在面對孫輩時顯得慈眉善目，弘昭又生得虎頭虎腦、圓嘟嘟、胖乎乎，他抱一抱他，再摸一摸頭誇獎兩句，弘昭馬上就對這個皇瑪法生出親切感來，捏著他的手不肯放，說了好些他養螞蟻崽子的經驗。

有些是他自己發覺的，有些是周婷跟他說的。福敏還能湊上去看，福慧卻是一看見這東西就害怕，瞪圓了眼睛往後縮，寧可獨自跟小貓、小狗一處玩耍，也不要去屋子裡跟大家一起看那些小蟲子挖洞儲備糧食。

胤禛在康熙面前做了慈父，此時也要換一換臉當一回嚴父，他皺了皺眉頭。「今天你的書背了沒有，這會兒玩過了，等會兒不許再碰。」

弘昭聽他這麼說話也不垮下臉，只面對著康熙轉眼睛，可憐巴巴地惹人喜歡，康熙捏捏他胖乎乎還帶著肉窩的手，稱讚一句：「見微而知著，這東西雖看著胡鬧，卻還胡鬧得有些意思。」若不是弘昭玩這個，誰會知道小小螞蟻竟有如此智慧。

胤禛心裡得意，面上卻不顯，皇阿瑪既開口要了一個過去，定是覺得這東西與尋常玩物不同，往這上頭引總歸沒錯。

果然，康熙誇獎了弘昭，又聽見胤禛話裡的意思是這小人兒已經開始背書了，就問弘昭讀了些什麼書。弘昭從會背、會認字開始就時時面對胤禛的抽查，康熙看起來又比胤禛和藹許多，當下就背著手開始背起《三字經》來，背上一段就晃一下小小的圓腦袋。

皇家孩子啟蒙得早些，但尋常孩兒到了四、五歲也不過讀兩句《三字經》啟蒙，弘昭一字不漏地背完已教康熙面目含笑，他又伸了手去摸他的頭頂。「這裡頭的意思你可全知道了？有不解處可問。」

弘昭歪著小臉看了看胤禛，嘴裡囁嚅兩句，垂了頭不敢問。

康熙眼中帶笑，看了胤禛一眼，又為弘昭撐腰道：「有什麼儘管問，你阿瑪也是皇瑪法教的。」這倒是真話，前頭幾個兒子生出來時，康熙再忙也要時時叫到跟前來看一看。

大阿哥與三阿哥養在外臣家裡，當時想著離了宮好養得活，一直等到不易夭折才抱回宮來；太子是個寶貝蛋，自然要放在康熙身邊，他自小就住在東梢間裡，離康熙就隔著一個正堂，走路、捏筆全是康熙一手教起來的。胤禛的待遇雖比不上太子，卻比大阿哥跟三阿哥幸運得多，他是在康熙跟前長大的，小時候由他教兩句啟蒙詩文，再尋常不過。

弘昭瞇了瞇圓眼睛，咬了咬手指頭。「香九齡，能溫席。我想學，為什麼阿瑪不同意呢？」說著仰了頭看著康熙。「我為額娘溫席了，額娘還誇我乖，為什麼阿瑪不誇？」

天剛冷下來，周婷屋子裡的丫頭就拿了爐子出來烘被子，等周婷跟胤禛上床睡覺時，被窩裡早就暖烘烘的了，哪裡需要弘昭當小湯婆子？

弘昭雖是從打從心底想跟額娘睡，但說出來卻像一片孝心，周婷自然高興，可這小的一睡著，周婷就心軟得不肯把他抱出去了。胤禛只能隔著一床被子，看著老婆乾瞪眼，不光不能親近，連摸上一摸也不方便，當中隔著這麼個圓乎乎的小肉球，還真怕壓著了他。這事有了一回，胤禛就再也不許了，誰知道弘昭這個時候問了出來。

康熙一時之間不知道該怎麼回答他，眼睛一瞥瞧見胤禛窘著一張臉，神色尷尬地以手做拳放到嘴邊咳嗽了一聲。康熙有些了然，就往閨房之樂的方向去想了。

弘昭烏溜溜的眼睛還盯著康熙，臉上滿是不解，阿瑪跟額娘都說這是黃香孝順父母的舉動，怎麼到他這裡就不可行了？

他是真疑惑，康熙卻不能答他。哪家的父親也沒這麼不莊重地討論兒子的房裡事，他嘴上避開了，卻瞧著胤禛的臉愈想愈樂，微笑道：「黃香九歲方知溫席，弘昭現在就知道仿效，真是個孝順孩子。」說著頓一頓。「等你九歲，就能跟他一樣了。」

到弘昭九歲時，怎麼也該曉事了，到時候就不會再問出這樣的問題來。

弘昭一臉失望，望向康熙的眼神充滿了懷疑。「阿瑪也是這麼說的。」說著又挪了挪腳尖。「我問了姊姊，姊姊說，我在，阿瑪就不能把小弟弟塞到額娘肚子裡了，我家的小寶寶，就是這麼來的。」

他說著，一本正經地點起頭。「讓額娘生小弟弟，是不是孝？」

一屋子的下人都垂下了頭，梁九功跟魏珠更是轉過臉去，康熙撫掌大笑。「這不是你孝順，這是你阿瑪孝順皇瑪法呢！」

弘昭不解其意，見一屋子人都在笑，自己也跟著樂起來。康熙解下身上掛著的玉珮，塞到弘昭手裡，見自己近來愈發老成持重的四兒子耳朵都紅了，哈哈一笑，站起來拍拍他的肩膀。「這些個兄弟裡頭，只有你最讓我放心。」

「這話兒臣實不敢當。」胤禛趕緊退一步要行禮，康熙伸手托住了他。

原先年輕時，胤禛還得過「喜怒不定」的評語，年紀漸長人也愈發沈穩起來，從頭數到尾，這些成了親的兒子裡頭，就只有胤禛既理得好家又擔得起事，康熙剎那間倒生出許多感慨來。

把頭一轉，胤禛正看見三個孩子湊在一處，福慧偷偷彈著弘昭的腦門，嘴巴貼到他耳邊嘀嘀咕咕，似是正在責怪他。弘昭摸著腦袋不知所措，福敏就把他拉得遠一些，為他揉揉腦袋，摸出荷包裡頭裝著的福桔餅哄他。

胤禛清一清喉嚨，三個孩子趕緊站好，康熙倒覺得這些小兒女姿態最是天真質樸，招手把他們叫過來。「咱們一處擺飯。」

這可是少有的事，皇帝從不與人同桌吃飯，這是宮中的規矩，就是太后想在一處吃，也得分開兩張桌子擺，胤禛剛要推辭，康熙就擺了擺手。「既是家宴，就照家宴的規矩來。」

周婷不能跟他們一桌子坐，因為康熙沒傳幾個庶子女到前頭去，她就在後頭支了膳桌，攬了福雅、弘昀、弘時一處用飯。

弘時有些懨懨的，時不時抬眼看向周婷，他知道康熙要來，已經背了好幾天的書了，誰知前頭卻沒他什麼事。周婷心裡明白卻只是摸他的頭，叫人把最小的五阿哥抱了過來。弘時見了他，倒是略微開懷一些，弘昀卻緊繃著一張臉，福雅看了他幾回，他也沒露個笑影出來。

在吃的上頭周婷費盡了心思，既要跟御膳分別開來，又要做得精細貴重，康熙吃飯有一條規矩，不當季的不吃，比胤禛難侍候多了。這時候的天氣，哪裡來的當季菜蔬，葷菜又不宜多，吃了油膩，更不宜養生。

是以這一桌子菜，就是以清淡為主。胤禛親自為康熙挾了一筷子燕窩火腿鴨絲，弘昭坐在特製的高凳子上頭，有樣學樣地拿起烏木筷子，也為康熙挾了筷菘菜，晚菘最是肥厚，拿老雞湯吊出味來，聞著就引人食慾。這時候剛封河，正是魚身上膘最厚的時候，剔了肉下來做三鮮丸子剛好，主食則是用野雞湯下的銀絲麵。

康熙舌頭挑剔，這一餐倒吃得滿意，他抹了嘴又嚐了一塊人蔘茯苓八珍糕。弘昭早已被周婷訓練著自己吃飯了，他用的筷子是特製的，短而輕，正合適他的手，這時候用起來中規中矩，身邊雖站著小太監，也只有挾菜到他碗裡，並不需要人餵。康熙瞧了幾次，又多生出幾分歡喜來。

吃罷飯，康熙叫周婷到前頭請安，還點了弘昀跟弘時一道來。周婷很快得了信，因為早就準備好了，一整身都是妥當的，趕緊攜了孩子的手出來。

弘昀離得遠一些，弘時卻挨在周婷身邊，語氣親暱地問道：「額娘，這回是不是該我背書了？」

周婷為他理了理衣襟，朝他一笑。「別怕，到時候皇瑪法問了，你再背。」

她身上一件雪裡金遍地錦滾花狸毛長襖，頭上鳳釵壓鬢，很是端正大氣。膳桌擺在水榭裡，本意是讓康熙一面看著雪景一面用膳，此時傳了周婷過去，這一路上濕滑，倒有些不好走。

一片白裡，周婷一身長襖勾勒出長身條，緩緩走來，顯得亭亭玉立。雪裡金本是沈穩壓得住的顏色，並不跳脫，在雪地裡卻顯了出來。胤禛立在水榭裡，眼底噙著笑，見弘時托著周婷的胳膊，心裡滿意極了。

胤禛瞧見的，康熙自然也瞧見了，他記性最好，往往別人都忘了，他卻還記得清楚，看一看弘昀，再看看一弘時，心裡已經有了個底，等人到了跟前請過安，問一問課業，立刻就分出了高下。

弘昀身子弱，到周婷身邊時已經四、五歲了，一直沒有正經啟蒙過，雖然六、七歲時開了蒙，但身體不好，書唸得斷斷續續。弘時倒是跟福敏、福慧相差不多，又是從小就養到周婷身邊，早早就開了蒙。

康熙心裡自有一桿秤，兩相比較下，內心暗暗點頭，算了算日子，年紀小的這一個是由周婷帶大的。他原就感慨，此時更覺得妻賢方能助夫，想想老八，年紀這麼大了，媳婦才剛剛懷上。再看一看其他兒子，老四家真算得上是頭一等了。

感慨過後就是嘆息，若是太子也有像周婷這麼一個額娘在，他也不會這樣。接著又想到了大阿哥與惠妃，內心感嘆更甚，也不是所有女人都能把孩子給養好教好。這樣想著，又摸了摸弘昭的頭，朝胤禛微微頷首。

自從康熙回去暢春園，弘昀就病倒了。初時周婷見他食慾不佳，還以為是天冷了的緣故，特地差人為他做了一碟子麻辣鴨絲，好讓他開開胃，誰知他還是懨懨地提不起精神來。

弘昀原就與周婷有些隔閡，平日雖是偶爾會來請安，卻不如弘時跟周婷親近。周婷察覺到他是因為弘昭更受重視而精神不振，卻沒打算去開解他，作孽的不是他，是給了他這個庶出身分的人。周婷再想粉飾，也不得不承認，她更重視自己的孩子。

人一多病就易多思，弘昀生來體弱，幾乎是從胎裡就帶著病，還喝著奶呢，就要佐著餐喝藥了，因而變得心思敏感，最會揣度別人的意思。

弘昭由胤禛領著先去，還被康熙抱在腿上，眨巴著眼睛看兩個哥哥，弘時還能朝他笑一笑眨眨眼，弘昀卻笑不出來。康熙問他話，也不過是泛泛之談，像是讀了些什麼書，又說他師父的學問不錯，就此沒了下文，連打賞也比不過弘昭一個那麼小的孩子。

弘時心寬，又一向跟周婷幾個孩子走得近，雖然知道自己不是額娘親生，但平時相處起來並不覺得。周婷處事公平，弘昭若有惹怒她的地方，她也會板著臉訓斥弘昭。

弘時得了各色如意的賞，就把原先那點不高興扔到了腦後，又問福敏與福慧之前大家說了些什麼，聽到弘昭背的是《三字經》，得意地比一比自己讀的書，覺得還是自己更強些，扭頭就又跟弘昭玩到一處。

弘昀卻頗不得志，他年紀漸大，身子比小時候強了不少，原本半天的課慢慢上足一日，只是弓馬還不能學習。他是家裡最大的男孩子，平日師父卻拿他跟弘時一樣對待，他身子雖弱性子卻強，見師父拿他跟剛開蒙的弟弟比較，便卯足了勁背書、抄書，又因為康熙要來，連著好幾天點燈熬蠟地挨到下半夜，就是為了能在康熙面前露一露臉。

弘昀就是跟自己的親弟弟，也要爭上一爭，更何況是弘昭。他準備了那麼久，誰知道康熙問他的竟跟問弘昭的一樣，兩人是同一個師父教出來的，平日又讀相同的書，自然是同一種回答。康熙雖沒說什麼，他自己卻覺得羞愧。

那點不平之意，愈是存在心裡，就愈是糾纏不去。思慮傷身，更何況他本來身子就不壯，又值冬日，夜裡讀書就著了涼。初時還用一口氣撐著，等這口氣鬱結在心，還沒來得及灌薑茶疏散出去，就病倒在床上了。

大格格比弘昀心情更壞，她一向跟弘昀最是親近，心裡清楚他這為的是什麼。初時弘昭幾個往前頭去時，她還為了弘昀與弘時擔心，雖說弘昭占了嫡字，卻是稚子，弘昀跟弘時都開始正經讀書了，她暗自巴望著這兩個弟弟能在皇瑪法面前露露臉，得一、兩句褒獎，她自己面上也有光。

周婷一整身穿得齊全，大格格也早早就打扮好了，在暖閣裡頭等著。冬日裡新做的蜜褐色撒金長襖，頭髮綰在腦後梳著大辮，釵環齊全，臉上敷了細細一層茉莉粉，卻偏偏乾坐了一天，直到康熙回暢春園去，也沒輪到她往御前湊一湊請個安。

也不怪康熙跟胤禛，大格格就是個庶出女，按著指頭數一回，康熙連孫子都認不過來了，哪裡會去記庶出的孫女兒。福敏跟福慧若不是占著雙生子的便宜在康熙面前掛了號，又討了太后的歡心，哪裡能時時往他面前去。

道理她都明白，心頭卻忍不住鬱鬱寡歡。戴嬤嬤看了幾回，知道這個主子又犯了脾氣，好聲好氣的勸解不會有用，只能把話往難聽那邊說。

冰心跟玉壺兩個跟著她的時間久了，也知道大格格這個毛病，除非扯開了皮、露出裡子來，否則這位主子就再轉不過彎來。等到周婷又得了一回康熙藉著胤禛生辰賞下來的東西，分了一些到大格格這邊來，三人就在大格格面前妳一言我一語地扯開了。

冰心拿了赤金鑲蓮花紋的項圈，嘴裡稱讚：「福晉待格格真好呢，中秋時我瞅見東宮三格格有一個類似的。」東宮的三格格是正經嫡出，將來要做固倫公主的，拿她來比較，自然就能明白周婷的手有多鬆。

大格格抬眼一看，先是怔住，又露出了幾分笑影。

戴嬤嬤這才說：「滿城看一看，哪一家的福晉，都不如咱們家的齊全。」

幾人還待再說，大格格就皺起了眉頭，復又鬆開。「嬤嬤好意，我也不笨。」她全明白，只是沒見著康熙的面，臉上有點過不去罷了。

弘昀跟大格格相處得最多，兩人愁到一塊兒，言語間雖不敢露出來，心情卻是受了影響。弟弟比姊姊還不如，愈想愈鑽牛角尖，發熱的時候嘴裡還在胡言亂語地背書。

若說有誰還記得李氏，除了大格格，就只有弘昀了，弘時當時太小，對這個親生母親一點印象都沒有，他身邊的下人也不會跟他提這些。只有大格格，背著人的時候還要提上兩句，只是一個是從來沒見過的，一個是照顧你吃穿又溫和待你的，弘時聽一、兩回時內心還有些思量，誰知聽得一多，還是向著周婷去了。

大格格怎麼也不敢提李氏是為了什麼死的，說來說去就只有「額娘也是念著你的」、「她最放不下你」云云，她也知道這樣不好，但到底在李氏跟前長到那麼大，生母再不好也是養過她，哪裡能忘得乾淨。

弘昀到正院時已經五歲多能記事了，又一直不曾真正融入進來，愈是不如意，愈是覺得親娘更好，心裡愈發美化起李氏來，夜深人靜時他也常常在想，若是生母還在會如何。

並不是周婷待他不好，只是他在南院時是被李氏捧在手心裡的，到了正院反倒排在弘時後頭，福敏、福慧、弘昭跟最小的弟弟出生之後，更沒有他的容身之處。存了這樣的心思，他愈想愈覺得李氏更好。

收到弘昀生病的消息，周婷急急過去，又是請太醫又是問脈案，看著弘昀喝了藥躺下發汗，眼睛把平日侍候他的幾個小太監掃了一回。

弘昀就快要十歲，身邊早就不用奶嬤嬤了，精奇嬤嬤也不會如小太監那般跟他親近。周婷挑奴才時都揀老實的，就怕有心思活泛的從中挑唆，此時又不免嘆氣，覺得這些都太實誠了，勸不住弘昀。

等胤禛回來時，周婷自然在他面前提起弘昀生病的事，誰知胤禛卻只皺一皺眉頭，嘆了一聲就摟住她的肩寬慰她。「他打小身子便不好，妳也不從叫他盡孝道，咱們只要盡了人事，就行了。」

一番話說得周婷怵然心驚，不過一場風寒，怎麼到了胤禛嘴裡就跟生了大病快要不行了似的。她拿眼斜了斜他，身子靠到他懷裡。「說得也太嚇人了，怎麼好好的，就論起這個來了？」

弘昀上一世就是死在康熙四十九年年初的，胤禛心裡有底，也不覺得是周婷沒盡到做母親的本分，她又一向對每個孩子都上心，於是握住了她的手。「不過說說而已，妳且寬心，那些事，我全瞧在眼裡呢。」

周婷完全摸不著頭緒，胤禛這話說得就像在詛咒弘昀似的，可她也不好多問，只嗔他兩句，轉過身就繼續盯著太醫三天過來請一回脈。

第七十九章　默然遠去

此時得的風寒最易反覆，弘昀身子雖不壯，然而自從到了周婷跟前，他還沒生過這樣的病，也不知道是不是胤禛這番話說得重了，弘昀過年以後就不行了，一場風寒把他的抵抗力全折騰光，家家戶戶還在歡慶過年的時候，他在床上嚥了氣。

周婷整個人都懵了，前兩天太醫都說病況已經有了起色，掉下去的肉再慢慢養回來就是。人蔘他不能吃，茯苓這樣溫補養人的藥材卻是時時在用，就連點心也去了熱油炸過的，只拿以山藥跟棗子為料的讓他吃。

眼瞅著春天就該把他的名字報上去好預備相看訂親了，怎麼一個轉身就沒了呢？再怎麼都在周婷面前養了四、五年，就是養隻狗也生出感情來了，冷不防就這麼沒了，周婷實在緩不過這口氣來。

她曾經歷過弘暉沒了的時候，那拉氏那種撕心裂肺的傷痛，這次雖然沒那麼痛苦，可也捂著心口，好半天沒緩過神來。珍珠本已經在備嫁了，平常並不出房門，此時也顧不得躲羞，時時在周婷跟前站著，不住地勸她。

周婷揉著一跳一跳的額頭，搭著翡翠的手，一迭聲地叫人去暢春園向胤禛報信。沒多久大格格屋子裡的冰心喪著一張臉過來回話，說大格格哭得昏死過去，周婷就又忍著頭痛打發人去太醫院請太醫過來，為大格格號脈，自己的孩子反倒一時之間顧不上了。

弘昭第一次經歷喪事，還是他很熟悉的哥哥，呆著一張小臉半天都不說話，還是福敏摟住了他安慰道。她跟福慧兩個都經過喪事，裕親王福全沒的時候，她們還去磕了頭，此時她就跟弘昭說：「酸梅湯不怕，阿瑪和額娘都在呢。」

胤禛下朝時，一聽家裡出了這事，他頭一個就先掛心起周婷，跟兄弟們道了惱往圓明園裡趕。一進正院，就見周婷頭上套著個臥兔兒，手裡抱著手爐，皺著眉頭，閉著眼。

福敏跟福慧兩個挨在周婷身邊不肯走。弘昭見胤禛來了，也湊了過去，被胤禛一手撈起來抱到炕上。他轉頭急聲問：「這是怎麼了？」

翡翠為周婷揉了半天額角，太醫也來摸了脈，只說是一時氣血不暢，因逢上白事，來不及撤紅封，只好先拿銀角頂上。

周婷聽見胤禛來了，反手握住他的手，瞇著眼往他身上一靠。珍珠端了藥進來，胤禛親自接過去，拿手探一探碗沿，吹了兩口遞到周婷嘴邊。

周婷才喝了一口，就皺起臉來，好不容易嚥下去以後，才吩咐道：「給幾個孩子都喝上一碗薑茶，擱點紅糖。」

孩子們也受了驚，來稟報的小太監因剛死了主子心裡慌亂，也不顧屋子裡都是孩子，一張口就是嚎啕，被烏蘇嬤嬤喝住了才抽抽噎噎把事給稟上來。

胤禛拿唇貼了貼她的額頭。「妳別掛心這個，把藥喝了再說話。」

周婷卻搖了搖頭，神色哀戚中帶了些驚嚇。她剛聽見這個消息時，倒抽一口冷氣，由翡翠扶著趕到弘昀的院子裡。

弘昀好端端地睡在被窩裡，身子還是熱的，只是鼻尖沒了氣息。屋子裡燒了銀霜炭，弘昀身上好好地蓋著大紅刻絲的被子，面色如常，若不是停了脈動，只會讓人以為他是睡死了。

周婷當下一口氣沒能提上來，一陣陣頭暈眼花，後頭的翡翠雖也驚慌，也咬死了牙扶住她的身子，這才沒教她倒在地上。

大格格是後腳跟來的，她跟弘昀最是親近，來他院子的次數也多，沒幾日就要送件衣裳、送雙鞋子過來，兩人在這個家裡頗有些相依為命的意味，此時失了兄弟，伏在榻上痛哭，後來才被冰心跟玉壺攙扶著回房去。

胤禛摟著周婷餵藥給她，周婷喝了一半就皺了眉頭扭過臉去，安神藥並不難喝，只是她現在胃裡什麼也裝不下。

珍珠趕緊揀了只海棠碟子盛了松仁粽子糖端過來，胤禛接過來捏了一顆讓她含在嘴裡，又皺著眉頭問翡翠：「這是怎麼了？」

翡翠瞅了周婷泛白的臉一眼，囁嚅道：「弘昀阿哥屋子裡的滿祿過來報了事，主子過去親瞧了。」說著咬了咬嘴唇，聲音愈壓愈低。「主子親自驗了驗。」

胤禛豎起眉毛發怒。「侍候的都是死人不成，怎麼教妳們主子動手了？」她哪裡見得了這個！

胤禛想著就握緊了她的手，雖是抱著手爐暖著，卻還不夠熱，於是把她的手攏在手心裡又是搓又是揉。「這事我來吩咐，妳若睏了就先歇一歇。」

安神藥本就有助眠的作用，周婷再喝不下也硬被灌了半碗下去，嘴裡還含著粽子糖，眼皮就半眯起來。胤禛伸手把她按到床上，拉過被子將她蓋密實了，又吩咐珍珠坐在榻邊看著她。「妳們主子醒過來要水時，妳別拿涼的，調蜜汁溫給她喝。」

見珍珠應下了，胤禛這才背著手往外頭去，福敏跟福慧拖著弘昭，像狗兒一樣黏在胤禛身邊，仰著小臉看他。他們沒有親眼看到弘昀的樣子，卻將周婷沒有精神的模樣看在眼底，小孩子害怕了不敢說話，三個人團在一處，跟著胤禛的腳步來回。

胤禛自然要去弘昀院子裡看一看，再把事情安排下去，見三個小的一刻也不敢離開他，心先軟了，可又不好帶著他們一同去，只好指了平時帶他們的奶嬤嬤，把幾個孩子帶進西梢間裡頭，拿了牛乳跟點心給他們，又把平日玩的玩具從各自的院子裡拿了過來，哄著他們說了好一會兒的話。等正屋裡幾個安頓好了，他才往弘昀院子裡去。

弘昀院子裡的奴才雖沒得到上頭的話，卻也已經把顏色鮮豔的東西收了起來，窗紗還來不及換，紅燈籠倒是都撤了下來，正是過年，屋子鋪天都是亮眼的顏色，坐褥跟帳子都得換過。

胤禛快步往屋子裡去，滿祿跟滿福兩個正跪在地上，床上弘昀的屍身還沒收裹，兩人抖抖索索地挨在一處，喪著一張臉。

前世胤禛就經過這一遭了，那時還神傷了一陣，眼瞅著能娶妻成家的兒子沒了，他連陪了李氏好幾夜。這回再經歷一次，雖然照樣難受，心裡那點傷感卻沒長存，被一陣冷風吹了就散去。

原本李氏這幾個兒子是胤禛僅有的男嗣，在家裡的地位自然不一般，原還有個弘暉能壓一壓，等弘暉沒了，弘昀跟弘時兩個可是整個府裡的寶貝蛋，一言一行完全不能跟如今相比。

弘昀在周婷胤禛面前極為恭敬，可他愈是恭敬，胤禛就愈會想起他前世那些言行。他本來子嗣不豐，這兩個兒子更是得他看重，尋了多少奇珍為他補身，沒想到他還是沒能活過命定之數。

再經一回，胤禛看待弘昀跟弘時的時候就多帶了些審視，原本這兩個不是嫡子也享有嫡子的位分，這一回重來，弘暉同樣沒了，可後頭卻有弘昭硬生生頂在他們前頭，下頭人也不再犯渾去捧著這兩個庶出的阿哥，弘時且看不出來，弘昀卻比前世不知收斂多少。

胤禛冷著一張臉，他往常並不往弘昀房裡來，有什麼話要吩咐都只在書房或是正房裡頭。小太監跪在地上發抖，他提腳就踹了一個。「夜裡頭就沒人守夜？」

滿福伏在地上，拿額頭貼著地毯，聲兒像是從嗓子眼裡擠出來的，一面哆嗦一面回：

「阿哥不讓咱們守夜，連外間也不許待，夜裡進來續了一回水，那個時候並沒不妥當。」

身邊侍候的下人最怕主子有個三長兩短，愈是年幼愈是精心侍候著，皇家格格跟阿哥再是小娃娃，也是尊貴主子，他們這些在身邊跟著的，要是讓他們磕碰了一點，那上頭得要你的命。眼看跟著弘昀都快到他成婚領差的年紀，出頭的日子就在眼前，他卻一下子沒了，這兩個就先害怕起來，心裡念著這回恐怕活不成了，就只好在「不成了」之前努力把自己給撇乾淨。

「阿哥這兩天飯吃得少，夜裡要了一碗酪，是奴才侍候他梳洗。阿哥成天背書寫文章，捧了書簿子就不放手，奴才好勸歹勸，昨夜才早早歇下來。」滿福抹了一把淚，哽著聲把事情說了一遍。

弘昀脾氣強認死理，原先他身子不好時，身邊總離不了人，天才剛剛放晴，就仗著身子好了些不許人往跟前湊，誰知道半夜裡睡過去就沒再醒過來。

弘昀的脈案跟藥方全被揀出來放在炕桌上，胤禛走過去看一看兒子的臉，又拿起脈案來瞧，一點不妥都沒有，他這一世的身子比上一世還更強些，怎麼一場風寒就能奪了他的性命呢？

胤禛一直就有心理準備，但這幾個奴才卻不能不發落，大節下不能打死人，只叫人扒了褲子狠打一回，攆到外院去，又指派人收起弘昀常用的東西，準備一道殮了。

白燭庫裡頭就有，香紙卻沒備下，胤禛派了人去辦，又叫小太監找出弘昀一身新做的衣裳為他換上，擦乾淨手腳抬進棺木裡頭。

接下來的事胤禛沒盯著，他一路回正院去看周婷。她睡得不沈，呼吸又輕又淺，眼珠一直在眼皮底下轉動，珍珠一刻也不敢離開，也不做別的，只挨在榻上時不時為周婷掖一掖被角，見胤禛來了，便退了下去。

胤禛脫鞋上了床，掀起被子來把周婷摟進懷裡。

這一陣涼意教周婷微微掀了掀眼皮，但到底沒睜開來，只拿手環上他的腰，頭拱進他胸口，嗅著他身上涼絲絲的氣味醒了醒神。腦子一清明，她就開始安排起後續的事情來。「明天怎麼也該進宮回一聲，開年就是小選，本該按著規矩先相看幾個，好預備一下做他屋裡人的，上頭怎麼也該知道這事。」

屋裡放人的事就是周婷不提，宗人府也要上報的，康熙那麼多子孫，真要到他想起來才為他們指婚，黃花菜都涼了。周婷上回去暢春園請安時，就聽見德妃叨念了那麼一句，偏偏弘昀在這個時候沒了。

胤禛心裡存了事，卻還是先開口安慰她：「人有旦夕禍福，也不是妳能料得著的，難不成還要當半仙？」說著就揉她的胸口。「母妃那裡妳緩緩地說，老祖宗那邊就先別提了，老人家上了年紀見不得子孫喪事，剛傳到御前的時候，皇阿瑪已經知道了。」

周婷在他懷裡偎了一陣子，還是提起精神想坐起來去安排事情，胤禛將她按了下來。「這時候還起來做什麼，福敏跟福慧我已經叫人送回院子了，弘昭也有人看顧，妳只顧睡妳的，什麼事等明天起來了再說。」

周婷點點頭，先睡了過去，胤禛卻怎麼也合不上眼。弘昀這輩子沒能得到他多少關注，一是因為這個孩子早早就去了，他又一門心思想要嫡子，有了弘昭，給這個兒子的心自然就少了；二是為了以前出過那樣的事，他十分厭惡李氏，再不能像上輩子那樣對待弘昀跟弘時。

本以為有了周婷看顧，這回弘昀能好好活到娶妻生子，怎麼說也算是全了父子之義，誰知道他看起來比過去壯些，竟還是在這個時候走了。

胤禛一隻手攏住周婷的頭，用手指摩挲她的鬢角，一隻手扣在她腰上，把她摟緊了。若說事情脫不開上輩子那些軌跡，可他如今不僅有了兩個嫡子，還有兩個嫡女，十四沒跟他生分，母妃待他也愈來愈像是在對待兒子，就連皇阿瑪也早早開始賞識他……若說不變，那這些事又是怎麼發生的？

胤禛深吸一口氣，把心頭的疑惑壓下去，卻又禁不住地生出恐慌來。若是這些他已經抓住的，再從他手裡溜走了，他要如何自處呢？

這樣一想，摟著周婷的手愈發收得緊，周婷原就睡得不熟，此時感覺出他的異樣來，不由得在心裡嘆了口氣。他平日再冷，到底還是傷心的，她伸手反扣住胤禛的手掌，微微側過臉去，拿臉貼著他。「我說不出叫爺節哀的話，畢竟誰也受不住這個，爺若是不痛快，發作出來吧，別悶在心裡。」說著用手輕撫起他的背。

胤禛難得有這樣的經歷，心事卻不能攤開來對周婷講，只好沈默地享受她的撫慰，心中卻打定了主意。弘昀抓不住，周婷跟幾個孩子卻一定得抓得牢牢的，他們如今就是他安身的根本。

胤禛伸手扣住周婷，大掌撫在她肩胛上，不住摸著她的肩頭，接著湊到她髮間深吸一口氣，又慢悠悠地嘆出來。「妳可不能離了我。」

胤禛不敢把內心最大的秘密說給周婷聽，只捏牢她的手將她扣在懷裡摟了一夜。第二日起來，周婷全身骨頭裡都泛著酸，她一面甩手扭腳、活動筋骨，一面催珍珠拿衣裳讓她換。

大年裡哪家都得穿紅，宮妃們雖不能著正紅，也會穿品紅、銀紅之類，衣裳料子全都下足了功夫。珍珠皺著眉頭犯難，按照周婷的意思，定是不能再穿紅的，家裡剛出了喪事，再是過年也不能沒心沒肺地穿了紅的出去，可這事還沒往上頭報，年節裡頭全是顏色鮮豔的衣裳，猛然穿素了，肯定得在主子們中間打人的眼。

珍珠琢磨了半天，挑了件墨綠色拿暗金細線繡了團花的衣裳，這件做好了以後周婷就沒怎麼上過身，這顏色太重，一穿上把人都襯老氣了，此時拿出來穿卻是正好。

周婷點了點頭，從匣子裡挑出幾樣飾品來，也不戴金首飾，腕上的金釧早就退了下來，只挑了一套白玉鑲寶石的首飾。

福敏與福慧比弘昭懂的事多，弘昭還沒醒呢，她們兩個已經結伴過來了。這幾天放了晴，就不肯再讓奶嬤嬤抱，手拉著手從自己的院子走到正院來。

她們身上也早早換下了大紅襖，因不準備帶她倆進宮，粉晶與碧璽兩個從上到下幫她們換了一身湖藍色衫子，到底不是穿孝，只在繡鞋上頭為她們挑了兩隻粉蝶。

福慧一見到周婷就往她懷裡撲，語氣委屈極了。「額娘身子好了沒？」

周婷摸摸她的頭，朝她一笑。「額娘沒事，福慧怕不怕？」

福慧仰著小腦袋露出一點點笑，她其實不太明白死了是怎麼回事，只知道弘昀一直躺著不起來，要是害怕，也是害怕周婷身子不好。聽見周婷問，就回答：「姊姊陪我睡，我不怕。」

福敏跟福慧一左一右站在周婷身邊。胤禛從內室裡出來，把她們倆依序抱了一回。「今天乖乖待在屋子裡頭，別到處亂跑。」

這兩個女兒看起來嬌滴滴的，其實最愛帶著一屋子貓狗往園子裡溜，到了圓明園就跟撒歡的小狗一樣，大雪天裡也不肯老實待在屋子裡頭。

頭七還沒過，不能發送，小孩子容易看到不該看的，靈堂之類的地方胤禛不讓她們過去，到時由他抱著上一炷香也就罷了，想著他就吩咐翡翠：「好好看著兩個格格，等弘昭阿哥跟五阿哥醒了，把他們都抱到西梢間裡頭，等妳們主子回來再論。」

周婷也很滿意這個安排，就是胤禛不說，她也要這麼吩咐的。她把福敏抱起來掂一掂，補充道：「等弘時那頭上完了香，也把他領過來，要先生先把課給停了。」說著低頭摸了摸福慧。「聽姊姊的話。」

福敏不過比福慧早出世一點，卻比她懂事得多，小小人兒板著臉點頭，還加了一句：

「我會看著弟弟、妹妹的。」

一屋子人看著，周婷也沒什麼不放心的，只要不往前頭竄，總不會出事。想了想，她又交代珍珠：「昨天大格格哭到背過氣去，太醫開的藥喝下去可有效？妳差人去問問，叫她歇在自己屋裡就是了，不必再來回奔忙。」

第八十章　情分不再

事情全都交代好了，周婷才隨著胤禛往宮裡趕。她到寧壽宮時，妯娌們大多都到齊了。如今他們長住圓明園，來往不如過去在親王府裡方便，卻不曾斷了一次請安。

太后見了周婷，直朝著她招手。「福敏跟福慧怎沒帶來？」

眼尖的妯娌都瞧見周婷這一身打扮了，微一思索也能明白個大概。聽政的時候各家阿哥都在，胤禛庶子病故的事也都得了信了。

周婷微微一笑，走過去坐到德妃下首。「兩個猴兒淘氣得很，自去了園子裡住就日日都不得閒，今天怎麼也起不來，瞧著可憐，就留下了。」

「小孩子貪玩不要緊，妳可莫要拘了她們，女孩子能鬆快幾年呢？」太后一輩子沒過過幾天自由日子，此時說起來無限感慨，反而勸起周婷來。

周婷趕緊稱是，此時宜薇正巧從門口進來。她懷孕比別人懷孕要金貴得多，此時肚子雖才五個多月，也早早就有丫頭扶著她的手。

妯娌幾個在內心暗笑一回，面上卻裝得親熱。「快來坐下，這會兒身子可禁不得折騰呢。」

也不怪妯娌們薄情，實在是八阿哥那事鬧得太大，頭一個跟他對起來的就是三阿哥。當時大阿哥跟太子都倒下，合該三阿哥出頭了，眾人卻偏偏捧出一個八阿哥來。三福晉董鄂氏原先並沒有那麼多念想，卻也忍不住覺得八阿哥藏奸，平日不顯山、不露水的，竟拉攏了這麼些人。

宜薇哪裡聽不出來，臉上卻還帶著笑，謝了一回才坐下。她遙遙望了周婷一眼，見她身邊坐著怡寧跟惠容，彼此間親熱得很，飛快地把眼睛轉了回去，一時之間也沒人再把話頭搭給她。

原來還有個惠妃能跟宜薇說話，如今惠妃只當自己是個木頭人，不再輕易開口，除了請安，一句話都沒有。良妃又坐得遠，出了這事，她比旁人更難受，一回、兩回下來就算瞧出眾人態度有異，也不敢當面說出來。

過年正是尋樂的時候，妯娌幾個陪著太后說笑一回，又湊起來打了一回馬吊，由三福晉幫太后看牌，上了桌的俱都先吃先碰一回，讓太后著急，再放炮給她，兩局一來就把老人家哄得樂起來。

德妃卻扯了扯周婷的袖子，將她拉到窗戶邊，瞟了瞟四周，才問道：「這是怎的了？」周婷這一身雖富貴華麗，卻是整個冷到底，若不是有金絲線襯著，一進門就要被人瞧出來。

「不瞞母妃，」周婷眼眶微濕。她雖緩了過來，此時一想起來還是難受，到底養了幾年，再不親近，他的事周婷也不曾假手他人，弘昀愛吃什麼、平日讀什麼書，仔細一想就在眼前。「弘昀這孩子沒福氣，一場風寒灌了不知多少藥才見好，前天夜裡竟沒了。」

德妃一陣沈默，半天才嘆出一口氣來，拉了拉周婷的手。「這孩子將要長成了，我還想著要幫他挑個老實的擺在屋裡頭呢。」

到底不比跟弘暉的情分深，她嘆了一陣就又提醒周婷道：「老祖宗面前可別說，雖不記得弘昀是哪一個，總歸是她的重孫輩。」

「我曉得。」周婷點頭應下。

德妃被叫去跟宜妃一塊兒摸牌，牌局正酣，周婷不愛摸這些，也實在沒有心情玩樂，只坐到一邊，拿了果子在嘴裡嚼，見宜薇坐在旁邊端著一碟子冰糖霜裹的山楂，皺了皺眉走上去阻止。「這東西略沾沾便罷了，不可多食。」

宜薇哪裡不知道這個，她禁不住嘴饞才捏了一個嚐，聽見周婷這麼說，朝她笑了笑。「我只是嚐嚐味道，不敢嚥下去的。」她拿手一指，果然旁邊擺了個托盤，上頭是嚼碎了的山楂沫子。

兩人過去有些情分，如今卻是交深言淺，不能多談。宜薇抱著手爐不再說話，周婷也不知道要怎麼起頭。

過了一會兒，惠容過來拉周婷。「四嫂快來幫幫我，我這手上的鐲子可要輸光啦！」

惠容這麼一句，才算把這段尷尬給糊弄過去。宜薇遠遠瞧著熱鬧，雙手捂在肚子上，拿起盤子裡頭的山楂咬一口，一直酸到了牙根處。她輕輕出了一聲，身邊的金桂趕緊捧了蜜水來，宜薇嚥了一口，突然間沒了胃口，把碟子推到一邊，拿眼去溜這一屋子的人。

只見九福晉、十福晉兩個正挨在一處竊竊私語，宜薇心裡不由得苦笑。原先她指望丈夫在兄弟間出頭，好讓她也跟著顯出來，誰知事情會變成這個樣子。見著旁人笑，她內心就愈發覺得苦澀。

正經婆婆良妃正站在主位後頭瞧熱鬧，嘴角邊掛著笑，心思卻不知飄到哪裡去；再看十四福晉跟十三福晉兩個，一個有子萬事足，一個雖沒兒子卻跟丈夫感情好。宜薇嘴裡沒味，眼神飄忽地掃到周婷身上，心裡感嘆一聲，她是妯娌之中過得最好的人了吧。

丈夫有出息，大兒子雖沒了，後頭又來了四個，還得到丈夫的寵愛。隔著一道牆，有些事就瞞不過去，那個新進府的年氏，根本沒能跟著往圓明園去，一到夜裡就開始彈琴，錚錚聲不絕於耳，倒似有人在低語哭泣，擾得宜薇好幾天沒睡好覺了。

宜薇本就因為懷孕睡不好覺，這一折騰，眼睛下頭都青了，偏偏這是別人府裡的側室，她發落不得，此時瞧見周婷臉上的笑，只覺得心口堵得慌，便站起來款款走過去。「四嫂好興致，我卻教妳們府裡那個側福晉擾得睡不成覺呢！怎麼你們都去了圓明園，卻單把她留在府裡？」

宜薇這話一出，摸牌的人全都停了下來。周婷抬起臉，眼裡的訝然一閃而逝，她見宜薇甫一出口就顯出懊悔的神色，淡淡一笑。「八弟妹說的可是年氏？」

幾個妯娌互相交換眼色，良妃皺起眉頭，就連德妃都眉心微擰，宜妃閉了嘴不說話，太后正摸著牌，還沒想起年氏是哪一個來，鼻子上頭架著的玳瑁眼鏡就滑了下來，她用手一托，正要開口問，就見周婷笑了起來。

「這個年氏身子骨弱得很，頭一天來請安，就暈在我屋子裡頭，為了這件事，福敏跟福慧還病了一場，見著她就害怕。我們爺怕她再嚇著孩子，這才不讓她跟到園子裡去，只等身子養好了再論呢。」周婷這話說得軟，意思卻再明白不過，她家裡頭的事，誰也別想插手，就算沒這回事，年氏也不可能再往她跟前湊。

太后放下象牙牌，想了半天才想起個纖弱的影子來，皺了皺眉頭。「既然身子不好，怎麼還往妳前頭湊，妳那邊那幾個都還小呢。」

託了福敏跟福慧的福，太后也記得酸梅湯弘昭，跟最小的孩子五阿哥。周婷兩個女兒很有當姊姊的自覺，什麼新奇的事都要講給太后聽，什麼弘昭把腳伸到嘴裡頭了、小弟弟噴出鼻涕泡泡自己大哭一場之類的，逗得太后大笑，也把周婷家幾個孩子記得牢牢的，提起來情分自然不一樣。

宜薇話一出口就後悔，她心裡有些愧對周婷，也不知道自己怎麼鬼使神差說出這種話，只低了頭囁嚅一句：「她既病著，怎還彈琴？一彈就到半夜裡，四嫂差人去看看，我夜裡頭可受不住呢。」

妯娌間再有真感情，也脫不過相互比較，周婷深知這些日子宜薇境遇不好，兩人上回見面時就已經生分了許多，有些話也不敢再挑明了說，經過朝堂上那番爭鬥，原來那點情分也禁不住這樣的消磨。此時聽宜薇說出這些話，周婷先在心裡嘆息一聲。

三福晉微微一笑，從牌桌上站了起來，伸手拉過周婷引她坐下，轉臉對宜薇說：「妳懷著胎夜裡睡不穩也是正常，我懷頭胎時也是這樣，聽見再細的聲音也跟雷打在耳邊似的，還是請太醫開了安胎的方子，才睡得好了些。」

說著三福晉的眼睛又掃了掃金桂跟銀桂。「妳身邊這兩個丫頭平日瞧起來再仔細不過，怎麼這會兒犯起糊塗來了。妳們主子睡不好，怎不早些往上報？」

這一番話說得軟中帶硬，輕輕巧巧把周婷的事給揭了過去。董鄂氏原來雖跟周婷好，可這些日子瞧著丈夫升得慢，也有些埋怨，但要是拿宜薇同周婷比，她寧願站到周婷這邊來，誰教八阿哥出頭太早了，讓人心裡不舒坦，哪裡還會幫她？

九阿哥、十阿哥雖跟八阿哥處得好，可九福晉、十福晉與宜薇也不過是妯娌之間的面子情，不為別的，只為了她得到丈夫的獨寵，而她們兩個，一個沒孩子，一個只生下女兒，滿院子的女人擺著，稍一疏忽就要生事，哪比得上宜薇的雷霆手段震得住後宅？自己的日子過得這麼不順，哪還能待見這麼個霸住了丈夫的心的。

不過再是面子情，被自家丈夫知道了也不好看，剛才一不小心沒顧上她，竟讓她說出這一番話，九福晉跟十福晉心裡一面驚愕，一面彼此互看了一眼。她們倆都不似宜薇口舌犀利，平時有事也是宜薇衝在前頭，這下倒不知怎麼幫她遮掩了。

宜薇正暗自懊悔，她深知自己說錯了話，明明自己也最厭惡這些調調，卻不知怎的當著這許多人的面說了出來。她心裡一虛，臉上的笑就牽強了幾分。「實是這幾日我夜裡就沒睡好過。」

本來四阿哥與八阿哥兩家中間還隔著夾道，雖是鄰居也還有些距離。可修葺院子時擴了地，而年氏那頭又是周婷特地擺偏了的，在府東面最偏的位置，正好緊貼著八阿哥跟宜薇住的正院。正巧這些日子裡年氏半夜睡不著就彈起琴來，這才擾了宜薇的睡眠。

一屋子看戲的女人，明裡暗裡都有些爭強好勝的意思，原先有個太子壓著，眼看太子位置不穩，心思又浮動起來，平日那些交情倒都成了粉飾。

德妃自然要幫周婷出頭，她走上去拉著她的手對太后笑道：「這事我是知道的，這孩子第二日就來同我說了，按我的意思，這不規矩的就該辦，偏她大度，好湯好藥地養著，又要看顧幾個孩子，瞧她可不是瘦了一圈了？」

雖然太后因為福敏與福慧生病的事情差人去關心過，卻不曉得其中的事情跟年氏有關，此時聽德妃一說，眉頭就皺了起來。

福敏跟福慧嚇病的事情才過去沒多久，周婷又穿著深冷色的衣裳，太后瞇眼一瞧，果然覺得她瘦了，嘴裡叫了兩聲。「妳呀，家裡頭有事告個假便得了，那些個挑事出頭的，妳按著規矩辦，孩子要緊！」

到了太后這個位分，她說什麼別人只有聽的分，自然不會去顧及聽的人的想法，那句「挑事出頭的」直教宜薇臊紅了臉，可別人沒指她，她也不好出面辯駁，只覺得自己是蒙了心，怎麼好端端地說起這個來。

宜薇心裡歉疚，瞄了瞄周婷，只見她挨著德妃，臉上笑得端莊，像個沒事的人一般，禁不住心頭發澀。

良妃有意幫兒媳婦說幾句話，可她雖晉了妃位，卻不好跟早年就封了妃的四妃相比。良妃心裡正著急，周婷已經打了圓場。「我曉得，只不過不想報給老祖宗，年氏身子實在太弱，每日吃著人蔘、燕窩，也還窩在院子裡不能動呢，想是她日子過得沈悶，這才彈起琴來擾了八弟妹的夢，倒是我的不是，回頭就差了人去吩咐她。」

幾個人笑了笑，把這事情混過去，太后卻掛了心，等康熙來向她請安時，就把今天的事說了一遍，皺著眉頭道：「這個年氏我原看著就不喜歡，怎的頭一回請安就把福敏跟福慧嚇著了？」

康熙原就聽見一些風聲，只不好往下打聽，德妃倒知道，但這件事關係到後院，怎麼好在康熙面前嚼舌？他聽太后一說，皺起眉頭來。「她家的兄弟們倒是靠譜，我才升了她哥哥做四川巡撫，年遐齡又是個識時務、精細務的，兩個兒子也都有出息，家教應當不差才是。」

康熙這個人辦事最是方正，記性又好，本來還思忖著要為年家嫡女指個好一些的人家，這樣一來就又擱下了。既讓太后叨念了，康熙也要有所表示，他知道福敏跟福慧兩個即將留頭，尋了好些個小而瑩潤的珠子串成珠花賜了下去。

周婷一接到東西，就指了指炕桌。「擺在那上頭吧。」她心裡自然樂意再踩年氏兩腳，就是只為了胤禛，也不能讓她有得志的一天。

電視劇再不靠譜，裡頭有一條卻說得對，年羹堯很得胤禛賞識，雖然下場不好，也捏著權柄好些年。他得了志，家裡的女孩自然不能冷待，到時若真要把年家嫡女也指進府，來個雨露均霑，周婷是絕不能忍受的。

周婷還不知道自己的舉動早已讓弘曆無法出生，只知道目前這個年氏是她頭一個要盯牢的對手，現在宜薇把梯子都搭到她面前了，傻子才不借過來用用呢！

壞事裡也能翻出好處來，周婷把弘昀喪事要用的東西打點好，又去瞧了一回大格格。她正倒在床上起不來，臉上蒼白憔悴，見到周婷來了，掙扎著坐起來行禮，被周婷一個伸手按住。

對大格格，周婷還真不知道該說些什麼。小小的年紀先沒了娘，又沒了弟弟，換在別人身上，周婷必定覺得她可憐，可事情就在自己眼皮底下發生，真相再清楚不過，一個、兩個養在李氏身邊，心都大了，再拘著也壓不住他們心裡的念想。

周婷從沒過問過大格格身邊下人們的事，戴嬤嬤是胤禛親自派來的，此時見到周婷，有些抬不起臉來，她覺得自己沒把大格格教好，行禮時姿態擺足了十二分。

「大格格這是心疼兄弟，這一整日水米不進，福晉多擔待。」戴嬤嬤一邊告罪，一邊端了茶過來。

周婷擺了擺手。「大格格原就生得弱，哪裡禁得住這些，不用在乎這些虛禮。」

周婷對大格格再沒了初時的指點和寬容，從李氏巫蠱那事一出，她再看見大格格，就已經沒了當初看小女孩時的憐惜，為惡而不自知，再教也沒用。這些日子這麼相處下來，以為她已經想通了，沒成到秉性難移。

戴嬤嬤察覺出周婷語氣裡的冷淡，愈發把腰彎低，聽她細細吩咐了些吃食藥膳後，弓著身子把周婷送出門。

珍珠掀了簾子，周婷攏了攏身上的白狐裘，接過翡翠遞的琺瑯手爐，神色淡然地掃了戴嬤嬤一眼。「嬤嬤是爺指派的人，我是放了一百二十個心的，待在大格格身邊也有幾年了，怎的還沒把『寬心靜氣才是福』的道理教給大格格？」

弘昀的死，周婷覺得自己也有責任，他一門心思往牛角裡鑽，她雖清楚，卻礙著身分不好開口，在胤禛面前略提過兩句，也沒得到胤禛的重視，如今已經死了一個，大格格不能再出事了。

戴嬤嬤紅著一張老臉，她原本最是方正不過的性格，可相處得久了，不免也為了大格格想，平時寬她兩分，一來二去就鬆開了口子，竟沒把她的性子扳過來。

這是周婷頭一回提點戴嬤嬤，她除了臉紅，也說不出反駁的話來，只能一面請罪一面說：「主子這話奴才受不起，奴才辜負主子信任，實不敢再待在格格身邊了。」

周婷瞧了她一眼。「妳是爺定下來的人，到底該怎麼做，還得等爺定奪才是，如今且安心待在大格格屋裡吧。」

胤禛回了園子，頭一件事便是先到周婷這裡來，福敏與福慧正坐在炕上拿著木頭卡片教弘昭背書。孩子再小也知道家裡出了事，她們兩個倒沒鬧著要往園子裡頭去玩，只團在炕上，陪兩個弟弟一起玩耍。

福敏把手背在身後，弘昭坐在她對面，她唸一句，弘昭接一句。胤禛立在邊門看住了，福敏正說到：「女子眉纖，額下現一彎新月。」聲音嬌滴滴的，嫩得像是初春柳枝上的新芽。

弘昭皺了皺眉頭，圓圓一張臉上滿是嚴肅的神情，福敏話音剛落，他就接了口，大聲答道：「男兒氣壯，胸中吐萬丈長虹。」

他一說完，坐在旁邊的福慧就笑咪咪地點頭，伸出手輕輕拍拍他的腿，算是稱讚他，福敏跟著點頭，繼續對起下一句來。

還沒背上兩句，一直趴在炕上看她們的五阿哥就鬧了起來。他才快一歲，一點也不知愁，他的哥哥姊姊們不敢大聲尋樂，他卻笑得歡快，聽見弘昭背書識字，也用手去勾木頭卡片，被福慧捏了臉，就咧著嘴裝哭。

五阿哥嚎了半日也沒見周婷過來抱他，扭著圓身子找了一圈，知道額娘不在身邊，扁扁嘴收了聲，繼續對著弘昭搗亂。

弘昭向來好脾氣，也不惱他，五阿哥把卡片拿過去，弘昭就伸手再拿過來，兩個肉團子一樣的娃娃坐在一處你拉我扯，弘昭一個不留神，就把木頭卡片用力地從弟弟手裡抽了出來。

眼見得小肉團就要翻倒了，胤禛趕緊邁步上前伸長手托住他，偏偏五阿哥還以為這是在玩呢，笑得手腳都搖了起來，腳踝上掛的金鈴鐺一蹬腳就響個不停。胤禛一把捏住他藕節似的小腿，拍了拍他的圓屁股。

福敏與福慧趕緊從炕上爬下來，弘昭腿短爬不快，福慧扶了他一把，三人站定了行禮，卻有些放不開。福慧見胤禛臉色不錯，先過去抓住他的袍角，這一下算是開了頭，另外兩個原本不知道該怎麼做的，一下子全圍上去，倒像是一群雛鳥圍著母鳥，嘰嘰喳喳張嘴討吃的。

胤禛有再多的脾氣，見到這一個個寶貝也都消了下去，他和顏悅色地摸了摸弘昭的頭。「開始背聲律了？」

弘昭把頭一點。「姊姊正抽句子叫我背呢。」

說著他得意地看了福敏一眼。這些他很快就熟了，周婷便叫兩個女兒考考他，一面教一面溫故知新，也算是教學相長了。

福慧頭一個跟胤禛炫耀，她指著炕桌上的匣子告訴胤禛：「阿瑪，皇瑪法賞，老祖宗賞！」

周婷不在，福敏跟福慧不能私拆東西，就算是指名要給她們的也不行。這些東西都要造過冊之後再來安排，或是存到庫裡，或是拿出來給兩個女孩玩。

胤禛知道女兒的意思，她定是極想打開來瞧的，卻因為周婷不在，沒能看成，這會兒他一來，福慧就眼巴巴地盯住他了。

胤禛樂意哄女兒玩，他拿起來一掂，分量不輕，猜到是賞給福敏與福慧的飾物，這兩個女兒剛剛留頭，細細的頭髮編成辮子攥成團狀一邊綁一個，拿白兔毛做了髮繩圈起來，再穿了滾著毛邊的衣裳，遠遠一瞧倒像兩隻蹦蹦跳跳的小兔子。

眼見兩個女兒踮著腳，胤禛偏不給她們倆瞧，只開了匣子掃一眼，做出驚訝狀來，急得福慧揪著他的袍角仰著小下巴，胤禛這才把匣子一低，塞進福慧懷裡。

她歡叫一聲，跟福敏一起接著，匣子有些分量，兩個丫頭四隻小肥手也拿不住，便搬到榻上翻找，福慧先拿了一串紅墜子起來，笑呵呵地往頭髮上比。

瞧著紅通通的似是瑪瑙，拿在手裡細看，卻是紅玉髓，哪裡是剛留頭的孩子戴著玩的。上頭賞東西也不會錯了規矩，這擺明了是重賞，又有康熙的一份在裡頭，胤禛一時之間想不透是為了什麼。

第八十一章 劃清界線

胤禛兀自沈吟，珍珠掀了簾子引周婷進來，周婷見胤禛面前放了盞熱茶，水氣氤氳，顯然是等了一陣子了。

周婷脫下外頭披著的白狐裘，露出裡頭寶藍色素面綢的家常衣裳，身上除了米珠串成鵝卵大小的八寶燈樣壓襟，再沒別的顯眼首飾，她見到福敏與福慧打開了匣子，小兒子手裡抓著個玉蜻蜓的胸針大叫「蟲蟲」，不禁展眉一笑。

胤禛見她這副打扮，問道：「去了哪裡？」

周婷挨著他坐下，先拿熱毛巾捂手，再伸手去揉福敏頭上的毛團。

「我去瞧了瞧福雅，太醫說是思慮過重呢。弘昀去了，她心裡不好受，我叫戴嬤嬤好好開解她。」

若是平時，這幾句便罷了，再多的周婷絕不會提，此時她卻略微頓一頓，又開了口：「這孩子性子有些左，若不說通，往後的路可難走。」

這是周婷頭一次對大格格下這樣的定語，胤禛微微一怔，見她臉上淡淡的，嘴角也沒了先前進屋時噙著的那幾分笑意。她向來未說先含笑，此時這副模樣已經算是不豫了。

胤禛皺了皺眉頭，他深知周婷的性子，她既這麼說，定是有所指。戴嬤嬤是胤禛派到大格格身邊的，他也一向依賴這個嬤嬤，她為人板正、規矩嚴格，這時卻讓周婷說了這話，必是有不妥的地方，微一思索，他就定下了主意。

胤禛朝她伸出手，周婷很自然地把手放到他掌心裡頭，他也不再問她大格格的事，而是指了那一匣子的東西問：「今天進宮可跟母妃說了？這是怎麼來的？」

「大過年的，妯娌們都聚在寧壽宮裡哄老祖宗高興，我尋了個機會才跟母妃說了一句。」說著又輕描淡寫起來。「年氏在府裡頭不安生，老祖宗這才賞下這個，給福敏跟福慧壓驚呢。」

胤禛眉目一斂，抬手替她理了理鬢髮。

「可是誰嚼了舌根？」

「八弟妹懷著胎，年氏擾了她的清淨，她自然火氣大些。」周婷說著微微一笑。「我那時也是如此，聽見一點響動就睡不穩了。」

這兩點全是他厭惡的，能鬧到隔壁府裡也跟著不安生，這個年氏竟是離得遠了，也有法子顯出自己來！胤禛冷哼一聲，伸手輕撫她的背。「難怪賞了這些下來，老祖宗倒是真疼她們。」

周婷斜他一眼。

「那也是我的女兒得人疼。」

「單只是妳的女兒，就沒有我的事了？」胤禛調笑一句，伸手拿過茶盞啜飲一口。「弘昀的喪事，該分派的我全分派了，既未成年就不按規格辦，妳把事情理一理，開春之後皇阿瑪要下江南去。」

周婷還沒轉過彎來。

「這意思……是要帶著你去？」

「妳倒忘了，之前不是說過要一同去江南嗎？答應了妳的，我總辦得到。福敏與福慧兩個也大了，可一起帶過去，總歸是坐船，安穩得很。」胤禛說著皺了皺眉頭。「留下來的這兩個，妳且叫珍珠看顧著，誤了她的好日子，再給她添一副妝奩就是。」

珍珠原就立在門邊候著，聽到這話，抽出帕子掩了臉躲出去，她這個年紀出嫁已經算晚了，可是胤禛發了話，就是給她體面，顯得主子跟前離不了她。何況又多添一副妝奩來，還是主子爺添的，更是奴才裡頭從沒有過的榮耀。

是以珍珠略在心頭想過一遍就願意了，卻因提到她的婚事，不禁半含著羞意，趕緊避了出去。翡翠跟在她後頭鬧了她一下，她轉臉啐了一口，又喜又羞地去廚房催點心，心裡也在盤算，既叫自己留下來看顧，這回定是不帶著兩個小阿哥了，這倒要先知會烏蘇嬤嬤一聲，大家得把正院看緊，才算不負主子的信任。

丫頭們全避了出去，胤禛這才把下半句話吐了出來：「妳既看著福雅不好，就別讓她跟下頭兩個小的多相處。」

周婷待大女兒有多寬厚他全看在眼裡，就是巫蠱那事她都沒計較過，此時說了這些話，可見是失望得很了。根已經扎歪，再怎麼正也直不起來。

這原就是周婷的意思，就是胤禛不這麼說，她也要這麼做。讓大格格親近兩個小的，原就是她給的恩惠，若不想給，只管吩咐下頭人把大格格看緊了，或多給她一些功課便成。她既定了親事，就該在屋子裡頭備嫁，讓她鬆快一點，是周婷這個做嫡母的仁慈。

不過胤禛的態度卻教她感動，他還沒過問，就已經先信了她，倒讓周婷如大熱天裡喝了涼茶似的熨貼，可她不能再把大格格往壞裡說，也得為她留面子。「總歸人是你派過去，我原本十分放心，想不到過了這些日子還扳不過來，我倒怕她……福薄呢。」

最後三個字是壓低了聲音說的，父母論兒女緣分也在道理上，胤禛聽了心中一嘆，這倒是被周婷料著了，可不就是福薄嗎？上一世大格格去的時候，連一兒半女都沒能留下，惹得胤禛傷心了好一陣子。

「我哪裡不明白妳的意思，弘昀這孩子心窄，妳也提過兩回，卻是我沒放在心上，想著男孩再大一些帶出去多經歷、多看看，眼界自然就開闊了，沒想到他竟這麼熬不住。」胤禛語氣裡頗有嘆惜的意思，話頭一轉就又說起弘昭來，他拿手一指，洋洋得意。「咱們這個，這麼小就知道男兒胸中吐萬丈長虹，可見是像了我。」

這意思，是弘昀像了李氏？周婷心裡挑眉，面上卻嗔他。「原話奉還給爺，單只是你的兒子，就沒有我的事了？」

「這裡哪樁事不是妳的？」胤禛伸手在周婷腰上掐了一把，不等她反應，就先站起來理了理衣裳。

周婷知道他這是要去外書房，跟著站了起來，咬唇瞪他一眼，拿了黑狐裘為他罩上。繫上兩端帶子時，胤禛頭一側，貼在她耳邊道：「夜裡咱們再來生一樁『事』。」

周婷一拳捶在他肩上，耳朵被他嘴裡噴出來的熱氣給薰紅了，連臉上都染了熱氣。她在心裡罵他不正經，當著孩子的面卻不好說什麼，這幾個全是似懂非懂的年紀，弘昭一個黃香溫席就教胤禛夜裡跟她調笑了不知幾回，下回再在康熙面前嚷出什麼來，她這臉可真不能要了。

「這是還沒撞完鐘，就開始打和尚了？」胤禛的指腹在周婷袍子裏著的小腹上一溜，沒等她說話，先掀了簾子出門。

剛走到外頭，胤禛就聽見屋子裡不知是福敏還是福慧脆生生的聲音。

「誰要當和尚？」

周婷沒好氣地答道：「妳阿瑪，他從今夜開始要吃素呢！」

胤禛並未立刻就往書房去，出了正院的門，他背著手立在廊下，望著外頭還掛著冰凌子的樹枝皺起了眉頭。大格格的事，向來都是他一手操辦的，周婷不曾插過手，原本胤禛還怕她多心，疑心自己並不相信她，反倒惹出事來，沒想到他話裡頭剛露出全由他管理大格格的意思，她就立即痛快地當起了甩手掌櫃。

想來那時候她就已經瞧出了端倪，只是礙著身分不好跟他吐露太多罷了。周婷對大格格一向寬厚，胤禛再不知後院的事，也能從吃穿上頭看出一、兩分來，大格格私庫裡的東西和這些年慢慢攢起來的嫁妝，比他兄弟們的嫡女也不差什麼了。

家裡就這麼幾個孩子，宮中的大宴總要帶去，周婷在這上頭向來大方得很，幾個堂姊妹往一處挨著坐下來，大格格身上的穿戴雖不頂奢華，卻也是花了心思的。

指了教養嬤嬤，又尋了琴棋師父，胤禛以為平日只要顧著大規矩上不出差錯，再不讓她辦下糊塗事來，便是管好了她，誰知她就跟樹木一樣，瞧起來枝繁葉茂，裡頭的芯子卻早早就被蟲蟻給蛀空了。

胤禛一向滿意周婷對待庶子女們的態度，不僅管著吃穿、讀書，身邊的下人也沒有心裡藏奸的。不說外頭那些立碑立牌的賢妻良母如何，就是皇家挑出來的媳婦，也沒幾個人能辦到。連皇阿瑪也對她讚譽有加，上一個得了這樣稱讚的人，只有太子妃了。

往日周婷都好說話得緊，這一回的態度倒是出奇的強硬。胤禛清楚她的性格，既開了口，往後就不會再改變態度了。

也是大格格這麼幾回折騰下來寒了她的心，胤禛起先還擰著眉頭，待想起大格格來，倒又嘆了口氣。這個丫頭也有幾分聰明勁，可正是有了這幾分聰明勁，反倒壞了事，還不如那些老老實實、安分守己待在屋裡不說不動的庶女。

原本給她個嬤嬤，是想叫人提點她，好好學一學為人處世，沒想到她這幾分聰明全用在這上頭了。大格格常教弘昀上進，弘昀身邊的小太監也能把她說話的神態學得有模有樣。她巴望著弘昀有出息自是應當，要說裡頭沒有私心，胤禛也不信。這原本不是什麼大事，可誰能想到弘昀的心窄成這樣，只一回沒顯出他的存在來，就能把事放在心裡這麼久呢？

這樣的性子，還是去了好些。胤禛眸子幽深，怪不得前世弘時能鬧那麼一齣來，說到底全是分不清身分搞出來的，原先弘時好歹當了那麼些年的獨子，如今正經嫡子弘昭立在前頭，他要是有了什麼異心，難不成還想學李氏？

胤禛身上裹得雖緊，臉上被冷風一激，還是打出個噴嚏來，蘇培盛趕緊問：「主子不能往風口站，若要賞雪，不如往水榭裡頭去。」

胤禛眉頭一鬆，緩緩吐了口氣出來，還沒到嘴邊就呵成了一團白霧。蘇培盛在後面低了頭，見胤禛腳步往大格格院子拐過去，趕緊跟在後頭。

周婷劃分院子時用足了心，單論面積，福敏與福慧住的地方比大格格的院子要大得多，一面種著熱鬧的花樹，紮了鞦韆架子，拿紅漆上色描了花鳥；一面又有松竹清泉，擺了簡單幾張石凳，用來讀書彈琴。

一間院子兩種風格，工匠拿了太湖石當隔斷，生生造出個曲徑通幽來，一面是紅，一面是綠，雖教雪給掩住了原貌，細看卻知道是花足了心思的。

這裡胤禛常來，然而繞過這處，單住了大格格一個人的院子，他卻沒去過。裡頭倚紅堆綠，還有一小方池塘，此時被雪蓋住了瞧不出來，可胤禛知道裡面又養魚又養水鴨，福敏與福慧想去大湖裡勾魚，被周婷訓了一頓，只好委委屈屈地縮在這裡，把錦鯉當成草魚給勾了起來，還嚷著要燉了湯吃。

胤禛一路往前，靴子落在青磚地上，細風捲起落雪往他披風裡鑽。

蘇培盛早早派人前往大格格屋子那邊知會。大格格已經快十五歲了，再不是小女孩，就是做阿瑪的，也不好往她屋子裡去，只能叫到外間來見一見。

大格格一聽說胤禛過來，趕緊坐起來抿頭髮、換衣服，屋子裡的地龍燒得暖熱，她卻還白著一張臉，剛從被子裡頭出來就又是手爐、又是短毛小襖、洋縐長裙，一應俱全，包裹得嚴嚴實實。

大格格原還想到外頭去迎接，卻讓戴嬤嬤伸手攔住了。「大格格身子不好，爺不會怪罪的。」

戴嬤嬤原以為胤禛或許會過個幾日再來尋她，哪裡想得到他這麼快就來了。周婷抬腿剛走，戴嬤嬤就已經想好了自己的退路，她是再不能在大格格身邊待了，這事往深處探究，她也擔著干係。

到底是跟了幾年的，眼瞧著大格格從十一、二歲長到現在這麼大，本來還想著若是主僕緣分深，能一直跟到她出嫁，到時自己也算掙了上精奇嬤嬤的體面，若能榮養再好不過，就是不能，也還有個好出路。

誰知道這一點點鬆懈就讓事情變成了這樣，戴嬤嬤在心中嘆息，人心不足，再怎麼盤算都沒用。道理說了一筐，大格格記住的卻只是眼前看起來有用的，親近嫡妹、孝順嫡母，不過為了讓自己的日子好過一些。

說穿了是沒錯，哪家的庶女不是這麼過來的，可她偏偏比別人再多了一樣──巴望她的兄弟能出頭，隱隱還有壓著嫡出弟弟的意思。弘昭還這麼小，弘昀能娶妻生子的時候，他還沒真正開蒙呢，要是等弘昀領了差事，再往上一步的話……大格格立身不正，再記著請安說話的規矩，又有什麼用呢?!

戴嬤嬤見大格格有些立不住，趕緊扶她一把，搭著她的胳膊為她攏了攏衣裳。「大格格且坐一會兒，那迴廊長著呢，我叫冰心跟玉壺派了小丫頭過去看著，等爺來了，大格格再出去吧。」

大格格微微搖頭，她不穿毛衣裳便覺得骨子裡頭泛出冷意來，穿了卻又一陣陣熱起來，口乾舌燥，汗珠濕了額髮，冰心趕緊拿了帕子遞過去。

胤禛還沒進門，就聽見裡頭一陣忙亂，停下了腳步差蘇培盛去問，這才知道大格格折騰一番竟暈了過去。他在心底嘆息一聲，繃住了臉吩咐道：「請太醫來吧。」也沒再問她病得如何，腳下一頓，往回走去。

周婷再不管大格格的事，該問的卻還是要問，真要不聞不問，就是不慈了。消息傳來時，她正跟兩個女兒在翻花樣，便喚了珍珠去看。

珍珠回來時面色古怪，湊到她耳邊說：「主子，大格格身邊的教養嬤嬤，姓戴的那個，如今正在整理東西，準備出園子呢。」

周婷一怔，拿著鉛條筆的手頓了一頓。「知道了，妳包兩封五十的拿過去賞她，一份算是我的，一份算是大格格的，她病著顧不到這些，只當是全了主僕的情分。」

胤禛待女兒一向寬容，要不然也不會動了把大格格嫁到那拉家的心思，這回她剛剛倒下，就把她身邊的教養嬤嬤遷出園子，這不是等於折了大格格的手臂？

原本胤禛把戴嬤嬤放到大格格身邊，既有看管又有教育的意思，既沒辦好差事，出去也是應當的，卻不該在這個時候。

可事情既是胤禛定下來的，她也只當不知道。翡翠拿了宣紙鋪在桌上，周婷拿描眉的筆在白紙上勾勒兩筆，畫出枝椏，福敏與福慧兩個開了周婷的胭脂蓋子，拿小手指頭沾了胭脂往紙上一個一個點。

很快的，撒金宣紙上頭就綻出一幅紅梅圖來，福慧把她那一塊點滿了胭脂漬，她張著手掌瞧上頭的紅色，趁周婷不注意時往嘴上也抹了一點，然後從炕上下去拿了靶鏡照著看。

周婷噗哧一聲笑了出來，朝著她伸一伸手，把她招到面前來，周婷拿無名指浸在胭脂汁裡，輕輕往福慧額上按了個紅點。

翡翠抿了嘴笑。「這倒似過年時的粉團子呢。」

南邊過年常要包團子，數量多了就分不清楚，只往做好的菜肉團子上頭點個紅點，好把蒸過的同沒蒸過的區分開來。福慧雪白粉嫩一張小圓臉，眉心一點紅，可不就像個蒸好的粉團子？

福敏見了妹妹這樣，也把臉湊到周婷面前去，周婷才幫她點上，兩個女兒就手牽著手往大穿衣鏡前立好。珍珠掀開大穿衣鏡的罩子，兩人把頭碰在一處，笑呵呵地妳瞧瞧我，我瞧瞧妳，接著一起轉身，在翹著屁股睡覺的小弟弟面前停住，兩隻手按他的兩頰，一邊一個小紅巴掌印。

小娃兒立刻醒了，半抬起頭來茫茫然，瞧見福敏與福慧笑嘻嘻地看著他，知道自己被戲弄了，張大了嘴巴嚎啕，惹得周婷趕緊把他抱起來摟在懷裡安慰，一面伸出指頭點了點兩個女兒，福敏跟福慧一個瞪大了眼睛，一個拿手捂住嘴，往後退了兩步。

屋裡正熱鬧呢，門口小丫頭報說八福晉身邊的金桂帶了禮來，周婷把孩子交給奶嬤嬤，伸手理了理衣裳，知道這是宜薇道惱來了，她只拿牛角梳再抿一抿頭髮，便罩了狐裘往暖閣去，走之前還回身點住福慧。

「再不許鬧妳弟弟，他睡不足會長不高。」

這一回的事雖說是宜薇急躁了，卻正好給周婷一個看死年氏的理由，她還沒來得及往這上邊使力，那邊宜薇就派了人來，無非就是說合的意思。

她如今在妯娌之中沒有依靠，捏在手中的好牌全被別人點了炮，周婷又是嘆她又是憐她，卻不能再跟以前一樣待她。

宜薇待八阿哥那份心簡直日月可表，為了他而背負壞名聲，壞了安親王府後頭一門子女孩的婚事，即便落了親戚的面子，也還站在丈夫身邊，周婷敬佩這樣的女人，卻必須隔得她遠遠的。

周婷自認沒有那個頭腦能時時處處地算計別人，她如今能走到這一步，一半靠運氣，一半靠猜度胤禛的心思，再順著毛捋，他若是不想要嫡子，周婷還能逼著他撒種子不成？宜薇卻不是這樣，只要八阿哥露一點意思出來，她大概就能為了丈夫拋頭顱、灑熱血地衝在前頭。

這回她能把年氏那點事說出口，下一回周婷要是沒了應對，之前那些經營可就白花了力氣。周婷緊一緊狐裘往上首一坐，金桂趕緊跪下行禮，周婷端著架子讓她等了一會兒，這才慢悠悠地叫她起來，臉上也不似往日那樣帶著笑，要翡翠收下東西，就送金桂出門。

跟宜薇這點情分，到這裡算是完了，周婷長長吐出一口氣來，這一口氣吐盡了，她方斂起心神，招過珍珠。

「妳親自回去一趟，告訴年氏，便是月夜琴挑，她也應當是文君，不是相如。王府院牆高，跳不進個張生來！」

珍珠領命而去，吩咐守門人套了輛車，她身上披著大毛衣裳，抱著手爐，身後又有捧傘添炭的兩個小丫頭跟著。珍珠是周婷身邊的大丫頭，出門的排場不小，守門人還專派了兩個小廝跟車。

珍珠賞了兩個荷包給他們，兩個小廝歡天喜地接了過去攏在袖子裡。城外的路可不比宅子裡又有人掃雪又有人撒沙，車還好些，一路用走的，真能凍掉腳趾頭。幸好一進了城就是大道，又是往自家府裡去，若是誤了時辰出城，也能在府裡過一夜。

兩個小丫頭久在周婷院裡當差，得了珍珠的調教，等珍珠出嫁了也會提成二等的，這時候自然巴結著她，一個丫頭開了車上放的食盒，說道：「姊姊可要嚐一嚐，這會兒回府再回來，可會錯過飯點呢。車裡頭還備著熱水，茶也是現成的。」

珍珠見到點心是做成鴿蛋大小的麻團，皮炸得金黃，上頭撒了白芝麻，隱隱瞧得見裡頭拌的黑芝麻餡，抿了嘴笑。「妳們倆倒會討巧，是誰往廚房去要的？」說著一面捏起來，一面往嘴裡送。

這兩個丫頭一個叫珊瑚，一個叫蜜蠟，全是烏蘇嬤嬤看過點了頭，由珍珠親自放在身邊調教的，各項事務都已慢慢上了手，只等著珍珠嫁出去了，就到翡翠跟碧玉身邊幫忙。

蜜蠟抿抿嘴，眼睛一彎，笑道：「知道姊姊去為福晉辦事，碧玉姊姊叫琉璃親自送過來的呢。」珍珠調教小丫頭，碧玉自然不能閒著，她主食事，更需要細心的人接班，琉璃已經磨了三年，這會兒方才顯出用處來。

「我瞧著琉璃的臉孔又圓了，想是待在廚房，吃的多了些。」珊瑚掩著嘴說道。

珍珠把小盒子推一推，兩個丫頭也不避讓，一人拿一個托在帕子上頭吃，珊瑚的話音剛落，珍珠就點著她笑。「妳要是眼熱，我就用妳去把琉璃換了來。」

珊瑚連連擺手。「那可不成，我跟姊姊學梳頭穿衣，已經能為姊姊幫幫忙了，琉璃可是日日幫福晉撿燕窩上頭的白毛呢，這活兒她做了三年，再細緻不過了，換了我可得誤了福晉的燕窩粥。」

馬車行得穩，裡頭燒著炭倒不覺得冷，三人坐在一處，聊聊天很是愜意。

珊瑚是個愛說愛笑的，沒兩句就探聽起來。「我聽說府裡頭的側福晉出了亂子，主子可是叫姊姊去提點她？」

珍珠斜她一眼。「再不許說這話，那是主子，哪有咱們做奴才去提點主子的。」說著拿起茶來。「這是主子要我去給年側福晉請安呢，也不知這陣子過去，她身子骨好些了沒。」

蜜蠟拿了小壺往杯子裡添水，讚了一句：「姊姊當真滴水不漏。」

「我說這個，是叫妳們學著呢！往後我出去了，輪到妳們倆在主子跟前侍候，要是有什麼不周到的，我的臉可就丟盡了。」珍珠伸手點了點她們。「咱們主子最講規矩，我知道妳們幾個私底下叫那邊那個『姨娘』，這話要是傳了出去，看我怎麼收拾妳們。」

周婷再講規矩，下頭人也不是不會看風向，眼見周婷一人獨大，嘴上待年氏再恭敬，心裡也看她不起，背後嚼舌根的再嚴管也少不了，只是不放在明面上罷了。

這時被珍珠點了出來，兩個丫頭面上一紅。她們也是日子一久，閒話聽得多了，這才輕慢起來。兩人吐吐舌頭，一人一邊勾住珍珠的手保證道：「再不敢了，姊姊且饒我們一回。」

第八十二章 出言挑撥

自胤禛一家遷去了圓明園，雍親王府門前清靜了許多，送禮走門路的全往圓明園去了，府裡頭領事的沒了油水可撈，只窩在門房裡閒嗑牙，聽見有人拍門，慢騰騰挪出來，往外頭一看，認出馬車上雍親王府的印記，趕緊開了門。

府裡沒個像樣的主子，一些格格們如今形同解禁，或是湊四個平日裡聊得來的在一處打馬吊，或是支些銀錢出去叫灶上整治兩個好菜，倒比周婷在府內時過得舒服恣意，既然得不到寵愛了，不如隔府住著自在。

西院裡頭熱鬧，年氏那裡也一改往日冷清的情狀，她到底占了側福晉位分，周婷不在，她就是最大的。後院裡這些女人早就被周婷給磨軟了，本著一團和氣的心態，往年氏住的東院去了兩回。

好與不好，都當作個消遣，也有一些消息不靈通的，以為年氏只是留在府裡養病，總歸還要往圓明園去的，不僅送東西來，還拿話奉承她。

年氏也真的擺出了側福晉的架子，周婷身邊得用的全都調走了，她有錢也沒地方疏通，拿出些來交際這些比她低一等的，或叫丫頭擺花出來請這些格格來欣賞，或是用她分例裡頭的羊肉、魚肉涮鍋吃，幾回下來倒有所得。

這些格格雖沒得過寵，卻在府裡待得久，年節時也要跟周婷請安，年氏既見不著周婷的面，便打起「知己知彼」的盤算來，思量著找出周婷的毛病，好尋了機會下手。

周婷再寬厚，格格們的分例也比不上側福晉，年氏這裡的東西自然比她們屋子裡的強，用的炭也更好，幾個女人一耗就是一整天，年氏也樂得有人巴結她，雖然嫌她們聒噪，卻還是耐著性子聽完。

吃人嘴軟，再說女人們湊在一處，沒事也要生出事來，又閒了這麼些年，有一點事就嚼了又嚼，如今來了個新人，自然要把當初那些事全都拿出來說嘴，正中年氏的下懷。

桂嬤嬤冷眼看著，倒沒急著指出年氏的不是。這些事情說輕了，不過是妾跟妾之間說說閒話，沒個把柄讓她捏在手裡頭，也不好急著去告狀。

年氏聽了一籮筐李氏跟宋氏的舊事，這些小格格們多受她們欺壓，周婷那邊她們沒這個膽子去埋怨，可前頭擋道的李氏與宋氏卻不一樣，一個死了、一個病著，都是現成的話題，一個個把那陳倉舊事兒吐了一回，倒讓年氏聽出些心得來。

她可不信周婷能把她關在這裡十年、八年，等她的哥哥們升遷了，或是回京裡述職時，她總有法子回到四郎身邊去。存了這個心，年氏就使勁地打聽前頭的李氏與宋氏是個什麼模樣。

這些女人們加油添醋地把自己知道的那一點事地吐給年氏聽，年氏愈聽眉頭擰得愈緊，兩回下來總算恍然大悟。不是她做得不夠好，而是前頭這兩個女人落人口實。她再這麼行事，落在四郎眼裡，可不是跟她們一樣了？

年氏上一世能得到寵愛，絕不就單只「出挑」這個法子，女人想要在男人眼裡、心裡顯出來，就得先摸清男人的心思，原本的套路被前頭兩個把事給做絕，這輩子她就只能換一條路走了。

年氏的算盤打得噼啪響，把周婷的事情打聽了又打聽，自己歸結出一套辦法來。照四郎現在的樣子，該是喜歡講規矩又穩重的，看那拉氏如今這麼得寵就知道了，她前兩回是顯得有些不莊重，怪不得沒入他的眼呢！

她既打定了主意，往日行事作風也改變了，只裝出個賢淑模樣，想把好名聲傳出去。可年氏既要「賢名」，又不想把「才名」給扔了，因此架上不但還擺著詩集，梅花案上頭的琴更綴上了新的絲條。

禁不起這些女人起鬨，年氏彈了兩回琴，立刻就有人讚她大家子出身，樣樣都拿得出來。年氏拿帕子掩了嘴角自謙兩句，琴倒彈得更多了，卻怎麼也沒想到會隔著牆傳到八阿哥那裡去。

這幾日出了弘昀的事，消息早早往各處院子裡報了，把鮮豔的顏色都換下來，格格們全都又縮回屋裡。誰知道這府裡哪個是眼線，萬一被人傳進福晉耳裡，可不是自己找麻煩嗎？

是以年氏這裡又冷清下來，她便在屋子裡對著鏡子開始練習走路、說話。劉格格說那拉氏最是板正不過，年氏的印象也是如此，這一世她見過她的次數少，上一世卻常常看到，那腰背挺直，身子立得穩穩的，可她自己卻是怎麼站都似弱柳扶風。

正在練習時，就聽見丫頭報說珍珠來了。年氏擰了擰眉頭，搭著惜月的手從炕上站起來往外間去，一眼就先見到珍珠身上那一襲滾著兔毛的錦襖，跟頭上、耳上的素淨首飾。

年氏早早得到弘昀去了的消息，她本就愛穿素的，屋裡倒沒什麼要換的，見珍珠戴得素，衣裳卻透著些暖色，微微一哂，開了口：「我這幾日身上不舒坦，這地上的毯子就先沒換了，倒要請姑娘先別往福晉那裡說。」

地上鋪著薑黃色綠地纏枝花紋的毯子，也不算出格，這話一聽，珍珠哪有不明白的，只笑了笑。「側福晉不必急趕著換，主子爺說了，才出了年，不必立刻用這麼素的，總歸差著輩分，犯不著避諱什麼，就是咱們兩位小格格，也不是一味素淨的。」

年氏笑容一僵，她還記得上一世她進府遇到的第一樁喪事就是弘昀的，那時候正逢胤禛傷心，院子裡連紅花都不許留，報春花跟月季才剛開，他就叫奴才全掐了，如今竟連個丫頭也不必穿白了？

心裡雖驚訝，她倒還繃得住，咬一咬唇往上首坐下，臉上還帶著笑。「倒不知這回福晉又有什麼吩咐？」

一個「又」字扎了珍珠的耳朵，她臉上笑得四平八穩，只把眼皮一掀。「咱們主子問側福晉呢，這月夜琴挑，可曾引了張生來？」

年氏紅潤的臉頰一下變得蒼白，惜月還來不及攔她，她就順手砸了個茶盞過去，珍珠穿得厚，身上沒破，衣裳卻全濕了。

年氏胸口一陣起伏，指著珍珠恨恨出不了聲，便一把推了惜月。「妳是死人嗎？快給我掌她的嘴！」

年氏說完猶不解恨，陰惻惻地盯牢了珍珠的面孔，見她嘴角噙著笑意，那笑容裡帶著不屑，一點兒都沒因自己發怒就惶恐害怕，反而樂盈盈地瞧著她盛怒的模樣，站在原地不閃不避，潑過去的茶水帶著茶葉沾在衣角上，她竟還抽了帕子撣一撣。

年氏愈看愈怒，一把掐在惜月胳膊上。她因要彈琴留了長指甲，幸而冬天穿得厚，不然惜月非破了皮不可。年氏掐了一下還不解氣，上手又是一記。「妳聾了？掌她的嘴！」

說完還做拳往桌上用力一搥，恨恨地瞪著珍珠的笑臉。

惜月打從心底沒把年氏當成主子，這一院子的下人，除了桂嬤嬤和桃枝、桃葉這兩個陪嫁丫頭，哪一個不是正院分派下來的？就是桃枝跟桃葉，也不同年氏一條心，其他人哪會聽她的話去得罪珍珠？

惜月胳膊上挨了兩下，內心憤然，卻不顯露出來，她一把扶了年氏，面上急慌慌地作態。「主子小心手！」說著身子往年氏跟前一站，把珍珠給擋住了。

惜月伸手為年氏順氣，兩隻手又是拍她的背又是幫她揉心口，只裝作沒聽見年氏發怒，把她剛才說的話全當成了耳邊風。

桃枝與桃葉兩個原在屋外待著，聽見裡頭的聲音不對，兩人先是對視一眼，又全都縮了頭，躡手躡腳往廚房去，一個拿點心、一個拎熱水，打定主意無視這一切。她們這陣子規矩學得差不多了，就被桂嬤嬤放回來侍候年氏，只是地位在惜月之下。

廊下的婆子跟丫頭聽見聲音也全愣住了，她們豎著耳朵，有幾個愛打聽的，見桃枝與桃葉兩個往廚房去，也跟了過去，硬是沒人往房前湊。

年氏一張臉脹得通紅，一直仔細保養的指甲往桌上一磕折了半段。也怪不得她怒極，這話說出來就等於一盆髒水兜頭澆下去，把她從頭到腳都潑髒了。

從前世到現世，哪一個人敢跟她說這種話，周婷此舉等於把她的面子給扒了下來扔到地上踩。她原還想指著再罵珍珠兩聲，被惜月這麼使力一拍，倒咳嗽起來，幾乎要把一顆心給嘔出來。

珍珠臉皮一扯。「側福晉且仔細保養身子才是，這夜裡彈琴，想來極是耗費精神，咱們主子說了，這聲音都傳去八阿哥府了，側福晉當真好技藝呢！」

年氏眼眶泛紅，臉上一陣白一陣青，伸手再想尋個東西砸過去，桌上卻只擺了一盤桔子，使足力一推，桔子全滾了出去，卻有一多落在她自己身前。

惜月嘴巴一抿，差點笑出聲來，只偏過臉去，也沒為年氏分辯。她在這內室裡轉圈子，一會兒拿了痰盒來，說年氏這是被痰給堵了喉嚨，咳出來就好了；一會兒又往外頭掀了簾子吆三喝四地叫水，直把年氏氣了個七竅生煙。

剛剛那杯子來得太快，珊瑚與蜜蠟兩個都沒反應過來，待察覺到時，茶水已經潑到珍珠身上了。兩人趕緊抽出帕子來幫珍珠拭衣裳，又忍不住瞅了瞅珍珠跟惜月。她們兩個一搭一唱演了這麼齣好戲，教年氏把那口氣堵在胸口吐不出又嚥不進，撓心抓肺地想發作偏又找不著出口。

周婷這話說得半文半白，大家閨秀最忌聽這些東西，富貴人家管得更緊，這些東西見著個一星半點都是有損閨譽。就是年節裡頭耍戲酒，有那未嫁的姑娘在，點戲都需謹慎。嫁了人就不一樣了，葷話也能聽，打趣起來也沒了大顧忌，別人跟妳說話的聲調都不一樣。像年氏這樣前一世嫁過的聽得懂便罷，若換成一個剛嫁人的，興許還聽不懂呢！

文君、相如還有鶯鶯、張生這些人物，全從戲詞裡頭來，就連珍珠跟瑪瑙這種大家子裡的丫頭，也不能聽這些沾著香豔的戲，怕把未嫁的主子給挑唆壞了，要不是跟在周婷的身邊侍候著，哪裡會知道這些典故？此時珍珠見年氏一聽就明白過來，嘴角一撇。怪不得這麼不規矩，想是從家裡帶來的毛病。

年氏喘了一會兒，自己把氣調了過來，她先瞪了瞪惜月，再抿了嘴冷笑。「福晉真會調教人，這以下犯上，合該捆了，拖出去打死。」

她不信那拉氏嘴裡會說出這些話來，自己再不濟也是上了玉牒的，真鬧開了，大家都沒臉。「姑娘既有這膽子到我面前撒野，我倒要去問問福晉，該不該叫人捆了妳！」

珍珠一點也不懼怕年氏，周婷既能叫她來傳這些話，就是不懼年氏拿這件事說嘴，她咬緊了「以下犯上」這四個字作文章。「側福晉這話好生沒道理，奴才是奉了福晉的命來訓導側福晉的，側福晉不馴便罷，橫豎上頭還有主子能定奪，跟奴才挨不著邊。」

說著她指了指濕掉的衣裳，眉間挑起笑來。「奴才的事且用不著您來操心，側福晉還是好生管著自己吧！如今上頭的主子可沒哪個不知道側福晉夜夜都要彈琴。」

珍珠最後兩句話拖長了聲調，聲音往上一勾，就顯得曖昧起來，倒似直指著年氏的鼻子說她不規矩、不莊重一般。年氏聽了，剛有些血色的臉又白了回去，她緊緊攥著拳頭，彎著背急喘。

年氏半截指甲掐進肉裡，生生把皮給刮破了，指掌連心，吃痛之下倒把心氣激了出來。知道這事情已經鬧到了上頭，別人不論，德妃向來都是站在那拉氏那邊，單這一程她就已經輸了。

珍珠發落不得，惜月她卻能動，自己身邊的丫頭胳膊往正院拐，怎麼都不能再擺在身邊，不然什麼時候被她賣了都不知道。年氏剛才是氣血上衝，這會兒靜下心來，明白周婷這是捏準了她求告無門，話說得再難聽，她也只能嚥了這天大的委屈，往後哪怕再翻盤，也脫不了「輕狂」這兩個字了。

她拿眼梢刮了惜月，衝著珍珠冷然道：「這話等我見了福晉自有理論，好與不好，都先記上妳這一筆，若將來知道是妳這奴才信口開河，我也不會輕饒。」這一番話說得她幾乎像吞了隻蒼蠅，此時不忍也得忍，總有一日她要發落這些眼皮子淺的東西！

除了嫁給四郎，到現在就沒有一樁如她心意的事，年氏愈想愈覺得周婷是要敗壞她的名聲，她人雖不在，眼線卻還留在府裡，說不定彈琴的事就是跟八福晉一起作的戲！

愈想愈恨，只盼著將來有一日能把周婷踩到腳下，年氏也不明著發落惜月，反正折騰丫頭的手段多得是，她既向著正院，自己總有法子讓那丫頭吃虧。

話已經說到了這分上，眼見年氏不過強撐臉面，內心早已經慌了，珍珠便拎了濕裙子福了福身，連告退的話都不說一句，便轉身出了門。珊瑚與蜜蠟兩個方才一直暗自琢磨珍珠的行事，倒比過去通透一些，跟著珍珠一福身，退了出去。

年氏此時又用手撞桌子，腕上的鐲子磕上桌面砰砰直響，狠砸一陣她才攤開手細瞧手心，起了一大塊皮，掌心全紅了，拿指甲輕輕一挑就痛得抽了口冷氣。

桃枝與桃葉兩個此時才從外面進來，桃枝手裡拿著托盤銅壺，臉上一副沒事的樣子。「奴才剛催來點心，怎的珍珠姊姊已經走了？」

年氏用眼睛掃了她們倆一下，看得她們面上訕訕，年氏忽然冷冰冰一句：「妳既不知道護著主子，就去外頭跪著，什麼時候叫妳，就什麼時候再起來。」

惜月早知道有這一劫，也不辯解，掀了簾子站到迴廊下，揀了塊沒雪的地咬牙跪了下去。

才覺得膝蓋發冷，惜月就見桃枝拉著一張臉出來，扭到她身前囁嚅道：「主子說，叫姊姊跪到廊外頭去，別擋了人的道。」

惜月早已頂了桃枝與桃葉兩個當上一等丫頭，她受了罰，她們兩個心裡也不是不竊喜，卻知道事情沒表面上那麼乾淨，怕受了惜月的埋怨，回頭尋起事來，年氏沒事，她們卻是要受牽連的。

惜月聽了這話，微一抬眼就見年氏正立在玻璃窗後頭瞧著自己，她咬一咬牙，若剛才她沒攔著，讓年氏的巴掌招呼到珍珠臉上，這會兒只怕一院子的奴才都沒了生路。她捏捏棉褲，覺得還算厚實，就站起身來離開廊下。

既年氏叫她別擋道，那就是要她跪到雪地裡頭去，惜月心下一狠就跪了下去。雪已經落了好幾天，此時積在地上的全是冰渣子，一跪就是兩個雪窩窩，棉襖、棉褲根本不頂用，一會兒那冷意就從骨頭縫裡浸上來。

惜月從小長在府裡頭，一家子雖不是最得臉的，卻也在這府裡盤根錯節，她從小就比旁人多些機靈勁，要不然也不會被珍珠分派到年氏身邊。她摸著胳膊，眉梢一沈，往門口一瞧，遞了個眼色給守門的婆子，那婆子會意，立刻就往門邊挪著步子挨了幾下，轉個身出去了。

珍珠一路坐著車往回，車子裡有炭盆，一會兒就把她身上的濕衣裳給烘乾了，可這一烘，滿身的茶香卻往衣裳裡頭鑽。一到了圓明園，珍珠也顧不了規矩，直接穿了髒衣服往周婷面前回報。

胤禛正陪弘昭坐在案前講明朝的事，正說到明朝宮中從嬪妃到宮女都奢靡成風，一年脂粉就要四十萬餘。弘昭哪裡明白這四十萬是多少錢，他連吃個冰糖葫蘆都不知道要多少文呢。

胤禛倒有耐性，兩個女兒也在身邊，趴在桌面上看他拿了周婷案上的細毫在紙上畫圖寫字，先從州府說起，又說到各地年稅幾何、貧家度一年幾錢、富家度一年幾錢，說到後來周婷也湊過去算起帳來，說起明朝宮中一年四十萬的脂粉錢，倒夠一府過兩年還有餘。

弘昭雖小，但胤禛抽絲剝繭，一層層往細分說，他也能明白一些，正舉著手指頭欲說話，忽地抽了抽鼻子抬起頭來。

珍珠剛掀了簾子進來，身上帶著厚厚一層茶香味，周婷從上到下打量她一眼，眉毛一斂，側著頭朝胤禛一笑。「爺費心瞧著這些孩子。」說著就往內室轉去。

珍珠跟在周婷身後，湊到她耳邊說了兩句話，周婷腳步一頓，這才又動了腿往屋裡邁。

這點動靜胤禛自然注意到了。珍珠的言行與往常不同，她身上的茶香又是胤禛最熟悉的，他既上了心，目光就放在周婷身上，見她停下腳步、面色不豫的樣子，皺起了眉頭。弘昭拉了拉他的袖子，他這才又低下頭，又揀了些明朝的事緩緩說給他聽。「譬如馬口柴，如今只有祭祀可用，再有紅螺炭，所費不貲，只你額娘屋子裡能用，旁人就使不得，可在明朝，一年卻以千萬斤計……」

聲音一點點淡下去，周婷抿了嘴朝珍珠一笑。這回子的戲既作足了，就等年氏自己鑽套了。

第八十三章 借題發揮

周婷沒想過一回就能把年氏搞垮，既然她有個未來這麼厲害的哥哥，她的計劃自然要更周詳些，不光是在胤禛心裡留下固有印象，更要教他一想起年氏就厭惡地皺眉，還得讓外頭那些人都知道年氏不安分、不講規矩。

從她進門那天夜裡，周婷就開始厭煩起她來，皇家結親前都有專門的嬤嬤去教導規矩，她捏著個喜果坐上轎子是什麼意思？打從心底沒將自己當成妾？還是從一得到旨意，就存了要取代她這個女主人的心？

再說得混帳點，這是她想同胤禛一生一世一雙人，還是想要關在屋子裡做一對尋常夫妻？就是前頭那些年，周婷也不敢有這樣的念想，然而不論是哪一樣，既她存了這個心，周婷也不打算同她客氣。

這女人可不是省油的燈，尋常人或許還裝一裝小意，例如宋氏，不管心裡存著什麼想頭，到了周婷面前就得乖乖順著她的話走，揣摩她的心思來辦事。年氏卻連裝都懶得裝，也不知是從哪兒得來的把握。

這些日子周婷也沒少打聽年氏在家時的情狀，單看年家把她送出門的樣子，就知道她並不得寵，可周婷卻深知胤禛將來會當皇帝。

一入了宮門，什麼事都會變了個樣，在家不得寵的庶女，有了「皇帝的女人」這個頭銜，就不怕家人不趕過來巴結，她如今已是側福晉，等入了宮說不定就要晉妃位，除非是她的名聲壞個徹底。最好是糟糕到上頭人全都知道，到時哪怕年家要往她身上使力，也要觀望觀望，掂量看看這個庶女有沒有價值，還有上頭這些人願意不願意看著她晉位。

頭一個不同意的就是德妃。周婷在心裡唸了一聲佛，若不是德妃堅定地站在她這邊，她哪有如今這番光景？投之以木桃，報之以瓊瑤，就是現代遇上這樣的婆婆，也是福氣，周婷既得了她的好，就念她的情，總不會讓胤禛同胤禛生分了就是。

周婷懶洋洋地靠在大迎枕頭上，珍珠則坐在榻上，把年氏的反應細細分說，周婷的目光卻落在簾子外，漫不經心地點了點頭。

到了這個地步，年氏的反應已經不在她的考慮之內了，除非她敢一頭撞死以明清白，不然那宅子就是個鐵桶，「輕狂」的名聲按到她頭上，就別想那麼容易拿下來。她想訴委屈，也得找得著人才是，如今求告無門，就全憑周婷拿捏了。

也是那拉氏的底子打得好，她原來那份賢慧有目共睹，就是胤禛也挑不出她的不是，到了周婷手中再經營這麼些年，別說年氏是個妾，就是一屋子妯娌坐在一處，周婷也只認自己比不上太子妃。

如今她孩子也有了，名聲上就更牢靠，就是康熙都讚她孩子教得好，誰還能挑她一個「不」字？她光占著理，就能把年氏鎖死，教她跳不出這個圈子去。

翡翠手裡捧著托盤，上頭裝著幾樣小點心，周婷中午吃得少，廚房就蒸了竹節卷小饅頭還有蜂糖白糕兩碟來，周婷既要假裝，就裝個十足，她沒有胃口地蹙起眉頭，又指派翡翠去開箱子。

這一番行動下來，傳到外頭，就是珍珠受了委屈，明明是代替周婷去傳話，卻被年氏潑了一身茶回來。珍珠也很聰明，她在馬車裡拿帕子揉紅了眼睛，不看不覺得，卻讓人一跟她對上眼，就能瞧出她這是受了氣回來的。

翡翠打開箱子，尋了兩件周婷之前做的冬衣，拿包襖、皮包遞到珍珠手裡，又拿黑漆描金的匣子裝上幾支金釵，一併給了她。

珍珠眼尾餘光往簾子外頭一瞥，臉上朝周婷勾了勾嘴角，聲音卻壓得低低的。「為主子辦差哪裡就委屈了，再不受這些東西。」

「拿去吧，這幾日就放妳假，妳去歇一歇，也好把東西再理一理，就要出門的人了，再去妳阿瑪跟額娘那兒走動走動，說是我准了的。」周婷心裡直想笑，卻努力忍著，她抬手擺了擺，最後嘆了口氣。

珍珠的哥哥有出息，借著周婷的東風幫胤禛跑了好幾回腿，胤禛喜歡他辦事仔細有章程，加上珍珠立過功，便趁這當口把他們一家都放了出去。雖是包衣，卻是正經有營生的，同那專門服侍主家的包衣又不同。

按珍珠如今的身分，年氏這是十足折了周婷的面子。周婷正按住話頭等胤禛來問呢，那邊胤禛就過來了。

胤禛抱著弘昭說了那麼一會兒的話也夠了，總歸孩子還小，一天一件事，讓他在腦子裡留個影就是，往後再慢慢教導民生大事。剛走到簾子邊，他就聽到周婷「說是我准了的」這一句，剛好捉到個話尾，最後又聽她嘆了一口氣。

他掀了簾子進來，見珍珠手上抱著包裹，一旁的翡翠臉上怒色還沒收起來，心裡猜著了兩分。

八福晉在寧壽宮裡的事周婷並未跟胤禛細說，只含含混混地提過一下，就把事情揭了過去，可愈是含混，胤禛愈當有事。先有八阿哥府上的丫頭過來賠禮，後有周婷遣了身邊的大丫頭回府裡尋年氏，要是再猜不出來，胤禛這些年就白活了。

他揮了揮手，兩個丫頭偷偷瞧了瞧周婷，這才退了下去。翡翠臨退出去，還故意把托盤放到炕桌前，教胤禛一眼就能看見那兩樣明顯是用來墊肚子的點心。

周婷還靠在枕頭上，臉色算不上十分好看，胤禛挨過去捏了捏她的手。「怎了？可是在寧壽宮裡受了氣？」

周婷心頭一暖，他這是偏著自己呢！這麼一想，嘴角邊的笑倒真了兩分，整個人往他身上一挨。「哪至於受氣，再有不對盤的，還有額娘護著我呢。」

說著她又往他懷裡挨了挨，臉蛋貼著他的胸膛。「八弟妹同我訴苦，說……年氏夜夜在院子裡彈琴，她懷著胎本就睡不穩，哪禁得往這個。」

胤禛之前聽周婷提過這件事，他冷哼了一聲。若是單找周婷私下訴兩句，太后與皇阿瑪怎麼會賞賜那麼多東西下來，八福晉又怎麼會叫人來賠禮，定是當著一屋子的人給她難堪，想著就抬手摩挲起她的耳朵，嘴唇碰了碰鬢邊。

「一家妯娌，原先她不如意，不過是因為沒孩子，如今八阿哥那樣，你卻顯赫起來了，心裡難受也是難免。」周婷把手伸到胤禛掌心裡，用小指磨他手掌上的軟肉。「至於年氏……」

她一面說，一面咬了嘴唇拿眼斜他。「你去了又走，她臉上掛不住。」

短短一句又是嗔又是怨，小指上留著的指甲輕輕刮過胤禛的手心，搔得他心口發癢，又想起那天他冒著雨回去，扯了她的衣裳兩人纏綿的回憶，明明是說著正事，心頭倒竄起火來。

「我去了又來，妳不高興？」胤禛緩緩往周婷耳裡吹氣，眼見她連鼻尖都泛出紅來，手就愈溜愈往下面。

她身上穿著素襖，已經立了春，雖還下雪，也不似往常穿得那麼厚了，袍子一薄就顯出腰背來。胤禛兩隻手一搓一揉，周婷就從鼻子裡喘了一聲出來。

這一聲哼得胤禛喉嚨跟著一緊，孩子們還在外頭讀書，拿著木頭卡片識字，他再心猿意馬也得忍著，只往她嘴上一啄。「年氏不規矩，妳也不必顧著面子，想發落就發落了她，我倒要瞧瞧誰再敢往寧壽宮裡說嘴。」

嘴上這麼說，手裡卻不停，因周婷靠在枕頭上，鞋子褪在榻上，自腰下蓋了塊絨毛毯子遮住整個腿。由於手在上面動作實在太明顯，根本掩不住，胤禛的手就往下頭去。

「我還不是為了你的……」周婷哼了一聲，偏過頭去咬住手指，後面那幾個字模模糊糊地含在喉嚨口。「臉面。」

只說了這一句，下邊胤禛的手已經動了起來，周婷急急一聲：「別……」就又咬住了嘴唇，伏在他肩上不出聲。

等福敏與福慧帶著弘昭進來告退時，就見周婷酡紅著一張臉，跟喝醉酒似地軟在枕頭上，胤禛噙著笑用手為她理了理額髮，福敏湊上去摸了摸周婷的臉。「額娘是不是冷著了？」

「妳額娘不冷，這會兒正熱呢。」胤禛話沒說完，就被周婷搥了一拳頭。

福慧扁了扁嘴巴。三個孩子已經習慣他們阿瑪跟額娘那個樣子，見周婷沒事，就由嬤嬤領了下去。

屋子裡沒了人，胤禛就更沒顧忌了，他握著周婷的手往自己身上湊。周婷起先還不肯，禁不住他纏，只好把身上的毯子分一半給他，蓋住他腿間的昂揚，用手讓他舒服了一回。

只有這樣胤禛怎麼會滿足，他耐著性子一直等到夜裡。明明這事也不少，卻愈是得趣就愈是想，就跟上回雨天那樣，又是扯又是拽地把周婷的衣服給脫了，架著她兩條腿往裡頭又送了好些精華。

周婷原是存著要算計胤禛心思的念頭，好教他厭惡年氏，沒想到準備好的話還沒說一半，兩人就往那上頭拐過去，一面扭著身子呻吟，一面用指甲掐他的手臂，還想著明天要怎麼繼續把這事情給鋪好。

腦子裡正盤算呢，卻被他擺弄了又擺弄，腦袋空白、心頭上火，嘴裡嗚嗚咽咽被胤禛哄得說了好些混話，最後周婷哼得嗓子都啞了，昏昏然睡了過去。

第二天周婷起來時，胤禛已經上朝去了，她身上懶洋洋，心頭卻暖烘烘，正打算醒醒腦子好繼續思考時，外頭翡翠進來了，臉上先是喜，之後又是憂，看得周婷挑了挑眉毛。

「派到側福晉那邊的小喜兒，改了名叫惜月的，昨天被側福晉罰了跪雪窩子，跪了一整夜，這會兒人已經不成了，她老子娘往門上哭呢。」翡翠咬著嘴唇，說到這裡皺起了眉頭，一臉憂色地看著周婷。

這些包衣雖是奴才，卻是正經的滿人，按照宮中的說法，就是罵也不許提到姓氏，這些包衣的祖宗全是跟著天子進關的，往上翻都有個顯赫的姓氏。

真要是犯了大錯，捂了嘴打死往義莊裡頭一抛便罷了，家裡頭的人恨不得不沾這些穢事，可她家人既然敢來鬧，這事就沒那麼容易處理了。

年氏攏不住下頭奴才的心，又將人作踐成半死不活，小喜兒的老子娘是早早就在府裡當差的，曉得裡頭的門道，自家閨女過幾年就要嫁人，如今卻被抬了回來，自然不肯善了。腿上沒了知覺事小，興許還能仗著年輕底子好給緩回來，之後再細細保養也就是了，可受了寒要是留下病根來，以後嫁人生子遇上問題又要怎麼辦？

惜月狠狠咬牙，抓著親娘的手不放，兩句話一說，一家子就打定了主意。年氏不過是一隻落水狗，這時候不翻出來鬧大，他們一家就只能認了這啞巴虧了。

周婷神色一斂，站起來換了件雪裡金的襖子，搭著翡翠的手往外堂去，又指了個小丫頭。「趕緊叫小張子去請太醫來，再去府上問問到底是怎麼回事。」

翡翠聞言知意，曉得周婷這是要藉機鬧大。有些話周婷這個身分不好開口，她就得說出來，周婷話音剛落，翡翠就皺著眉頭關切道：「昨天珍珠姊姊才去的，這丫頭若真是不好，側福晉怎不報給福晉定奪？」

珍珠回了家，珊瑚跟蜜蠟卻在，珍珠走前那一齣她們全瞧見了，此時蜜蠟趕緊接口道：「挑人的時候咱們都是同一批的，她是出挑的人，規矩也學得最好，怎麼就衝撞了側福晉？」

因站在迴廊裡頭，一溜都是丫頭，這話無疑是說給這些人聽的，周婷讚賞地瞧了蜜蠟一眼，又指了指珊瑚。「妳昨天跟著去的，就由妳去瞧瞧出了什麼事。」

給主子辦事都是機會，珊瑚爽快地應了，快步往前院去。

主子身邊有頭有臉的丫頭若生病，也會往太醫院叫個醫上來瞧瞧，可那也得是受重用的，惜月的身分著實有些尷尬。她的確是側福晉身邊的一等大丫頭沒錯，卻是受了厭棄，年氏存了心要折騰她，跪了一夜不算，還不叫人立刻抬出去，若惜月沒個根基，或許就真這麼完了。

可惜月她老子娘早早得了信，自然要為她疏通，年氏院子裡那些丫頭跟婆子全得了好處，一會兒這個叫「不行了」，一會兒那個喊「作孽」，惹得年氏真以為出了大事。

丫頭病了挪出去，若有個不好，還能說是沒福氣，沒養回來；若是死在院子裡頭，就算年氏是側福晉，也要受調查，何況如今周婷正等著抓她的把柄。年氏只好連夜差人把惜月挪到外頭去，她老子娘知道她要吃苦頭，早請了大夫過來，又是拿薑湯灌又是叫家裡的妹妹們一刻不停地為她揉膝蓋，這才回轉過來。

年氏這裡還有模有樣地賜了銀錢跟藥材下去，她的算盤打得好，卻沒想到惜月家裡不怕事，眼見女兒吃了這樣的虧，不肯忍下來，反而把她的病情從七分添到了十二分，家中燒香拜佛告罪，到了外頭就滿院子嚷嚷，直說年氏整治死了人。

既是常在宅院裡頭的，傳這話的時候就有意把周婷帶了進去。當初鈕祜祿氏的丫頭當著胤禛的面在言語上衝撞了周婷，主子爺都發話要打死了，福晉卻放過了她，既沒打也沒罵，只發落到外院去重學規矩，而她們家的惜月呢？只因為灑了一杯茶，就差點被扒下一層皮來，如今躺在床上撐著一口氣。

這明顯是抬高周婷來踩低年氏，明裡是說周婷寬厚大度，其實直指年氏的規矩比正經嫡福晉都大。有愛嚼舌根的，就在暗地裡啐年氏是小婦養的，上不了檯面，就是披了金衣也成不了鳳凰。

流言這東西傳得最快，這事才過了一個晚上，府裡就已經傳遍了，一個個加油添醋，那些沒見過年氏的，全把她想成了母夜叉，等年氏知道時，惜月的家人已經哭到圓明園門口。

才剛進門的側福晉，正該是安本分的時候，就是奴才真有個不好，也該顧著臉嫩不好及時發落，往正妻面前去求定奪才是懂規矩的表現，她卻偏偏接二連三地鬧出事來，本來名聲已經不好，如今更是跌落谷底。

這簡直就是老天送過來的把柄，這時候不捏住了狠狠打擊她，難道還要等她翻身？周婷眯了眯眼睛，她不是愛折騰嗎？那就折騰給她瞧，讓她看看什麼才叫真的折騰！

既然打定了主意，周婷就耐住了性子，她對人的寬和還真不是裝出來的，到底是在人人平等的現代活了三十年，雖說到了這裡人人都待她恭敬得很，她骨子裡卻是善意待人的，這也是為什麼珍珠跟瑪瑙這幾個丫頭肯真心幫她辦事的原因。忠心是一回事，周婷不經意間流露出來為她們著想的心意，才真教她們死心塌地。

男人不能進後院，能見著周婷面的也只有惜月的額娘，等進了暖閣一瞧，惜月的母親卻不如周婷想像中那樣一哭二鬧，反而老老實實地跪在堂前，眼睛也規矩得很，低下頭不去打量屋裡的擺設，只是拿帕子掩了臉，十分傷心的模樣。

想來也是，她是為閨女討個說法而來，又不是來找排頭吃的，怎麼可能對周婷不敬？這還真是聰明人的作法，曉得把姿態擺低十分。

周婷眼睛淡淡一掃，就抿了抿嘴角。

珊瑚這是頭一回為周婷辦事，打定了主意要辦好。她也不先去東院，而是先去了下人院，王府後面那一排住著的全是在院子裡當差的，丫頭跟小廝在院子裡還有屋子住，成了親的僕婦跟管事卻得住在外頭。

惜月家境不是最好的，卻也住得不差，同一個院子裡擠了三家人，見到珊瑚來了，全擠在廊下瞧。

珊瑚也是這裡出來的，她父母很會做事，她自己又有出息，一家子跟著去了圓明園，很教人眼熱，是以她一到，別人就都曉得是周婷派人來了。

此時天還冷，車上備了藥材、吃食和木炭，自有小丫頭幫珊瑚拎了下來，那些擠在廊下的瞧著這陣仗，不禁咋舌。

底下人不敢明著說，卻都知道這是閻王打架，小鬼遭殃，惜月哪裡是因為灑了一杯茶就被罰跪？說她沒侍候好側福晉，那是福晉那邊派了人來，側福晉心裡頭不舒爽，正巧讓惜月給遇上了。

都是做奴才的，只要還有些良心，都會可憐惜月，自家也不是沒兒女在院子裡當差，今天是惜月家，明天說不定就輪到自己家了，他們全都盼著福晉能把事情給理清楚，大家也好照著規矩來。不說周婷，那拉氏管家時，也沒奴才是為了這原由就被整治死的。

珊瑚往屋裡一瞧，惜月白著一張臉躺在床上，頭上紮了帕子，身上蓋著厚棉被，一屋子都是薑湯味，惜月的妹妹小樂兒正守著姊姊掉淚呢，見到了珊瑚，趕緊為她倒茶水。

珊瑚伸手摸了摸惜月的頭，見她人雖萎靡，倒不像立刻就不行的樣子，心中明白了幾分。她嘴巴一翹，拉著小樂兒的手寬慰她。「妳姊姊的事情福晉知道，如今且叫她好好地養病吧。」

其餘的話不能多說，「好好地」這三個字卻下了重音，小樂兒一聽就懂，看了看床上躺著的姊姊，重重點了點頭。

等到珊瑚往東院去，這才知道年氏「又」病了。這事一鬧出來，她就知道不好。發落惜月時，她正在氣頭上，惜月也硬氣，竟沒告一聲饒，等人暈過去再來報時，都已經掌燈了。

年氏怕惜月死在自己院子裡，這才把人挪出去，她還想著惜月出去之後一死，自己賜下一些金銀當作撫卹，事情也就揭過去了。

只要人死了，她一口咬定說這丫頭衝撞了自己，旁人還能怎麼辦？誰知道這丫頭竟又挺了過來，還鬧到了圓明園去！被那拉氏抓住把柄，哪能善了，她都能要一個丫頭把話說得那麼難聽了，還不趁這個機會把自己踩到泥裡去?!

年氏左思右想沒別的法子，只好往床上一倒，額上戴著兔毛抹額裝病，對外只說是惜月把她給氣病了。她總歸是主子，奴才把她給氣病了，雖罰得過了些，也不是全沒道理。

珊瑚在簾子外行了禮，抬眼一瞧，見桃枝跟桃葉一個守著簾子不讓她細看，另一個則拉著她的手為年氏辯解，說惜月怎麼又怎麼地氣著了側福晉，還有年氏已經一天一夜水米未沾唇之類的。

珊瑚面上也端著笑。「側福晉身子原就不好，更該知道保養才是，怎還為了個丫頭把自個兒給氣病了？下頭人真有什麼不好，就算不報給福晉，也該報給管事嬤嬤，犯不著自己生氣。」

年氏生得一副弱相，去了胭脂就似生了病一般，聽見珊瑚的話，她虛軟一笑。「哪好為了個奴才就巴巴地跑去園子麻煩福晉呢。」說著就咳了幾聲，顯得提不起氣來的樣子。

珊瑚到底沒有珍珠的手段，聽年氏這麼說，在心裡罵了兩回「不要臉」，嘴上也不說別的，只是又把要她好好保養的話重提一遍，想要趕緊回園子裡稟報給周婷。

剛要轉身，珊瑚鼻子一動。她在惜月屋裡頭還能聞見薑味、藥味，年氏這裡竟連個藥碗也沒有！珊瑚當下抿了抿嘴角，只等著回去邀功，真病還是假病，見了太醫自能分曉。

第八十四章　發落莊上

胤禛回來時，周婷已經叫人去太醫院了，去惜月那裡的是個醫上，為年氏看病的就是太醫了，兩邊有些路程，消息往來不是很方便，直到胤禛回家，那邊才傳了消息過來。

太醫是唐仲斌的同僚，不必經過瑪瑙，只要請個小太監把人叫出來一說，唐仲斌自然就把事都辦好了。本來年氏就沒病，平日太醫們總要說重個兩分，這回就實話實說，年氏其實就是餓壞的，用現代的話來說，就是低血糖。

她為了裝病餓了一番，太醫一把脈就知道了。她的弱症有一半是裝出來的，寫了脈案、開了藥方，幾隻手一遞就傳到了周婷跟前。

胤禛今天本就帶了壞消息回來，他原先許了周婷跟福敏、福慧一同坐船去江南，誰知朝上發生了貪污案件，康熙把事交給他辦，他只好留在京裡順便兼理國事，讓太子跟三阿哥幾個跟著康熙去江南。

胤禛自然以國事為重，可心裡又覺得對不住妻女。周婷還好說，福敏與福慧卻是天天盼著能坐大船。

他正為難著不知如何跟妻子還有女兒開口，就見小張子湊在蘇培盛耳邊嘀嘀咕咕。胤禛皺眉斜了他一眼。「說什麼？」

小張子腦袋一縮，蘇培盛則把眼珠一轉，垂了頭。「是府裡頭的側福晉罰了個丫頭，那家子下人鬧到福晉跟前來了。」

這話說得有技巧，兩句全是重點，還都搔到了癢處，既沒提前情也沒提後狀，卻把事情說了個清清楚楚。小張子抬抬腦袋又垂了下去，蘇培盛這明顯是幫著正院呢。

別說胤禛的心早就偏到正院去了，就是他不偏不移，聽見這話也要猜測年氏到底是怎麼處罰下頭人，竟讓做奴才的有膽子往主子跟前鬧。

他對年氏本就心存厭惡，不說之前那幾樁事，單說昨天周婷派了人去訓導她，她竟敢給珍珠難堪，這就是打了周婷的臉。

胤禛原就存了發落年氏的心，誰知還沒來得及料理呢，她就又出了個新的罪狀。

胤禛眉頭緊擰，抬腳就往周婷院子裡去，腳步快速帶起了風，吹起身上披的黑貂絨滾邊披風來。他愈往裡行，心頭怒氣愈是積得厚，不需審問，他就已經定下了年氏的罪，正好藉這件事狠狠斥責她，把她遠遠往莊子上送。

周婷是個講究體統的人，只要她想，一件小事就能拿出來當藉口。愈是內宅的事，鬧出來愈是難看，她前頭忍下那麼些委屈，為的還不是他的臉面？若不是為了這個，光側室進門敢揑著喜果，就夠發落一回了，哪裡要她忍到現在?!

胤禛想起周婷那句「還不是為了你」來，就是一陣心軟，她愈是為了他著想，想要顧全他的臉面，他就愈是不能教妻子忍這些閒氣。

年家原是他留了當後備的，年羹堯再不好，也有真才實幹，這回不把他提得那麼高，他自然不會生那麼大的心，只用他來辦事也未嘗不可。可年氏的事卻讓胤禛明白，年家恐是從根上就壞了，不然她一個庶女，在嫡母面前裝規矩猶且不及，竟還敢作這輕狂模樣嗎？

漢人在這上頭更看重，由此可知年家從上到下就是沒規矩，也不講究嫡庶了，就連滿人，入關這些年也是愈來愈看重這個道理。年氏那個模樣，哪裡像在家小心翼翼度日的庶女，敢跟主母叫起板來，真以為自己上了玉牒就是個主子了！

胤禛之前還抱著福敏與福慧讀過「杏花煙雨江南」的詩，福慧一臉嚮往，纏著胤禛不肯放他去書房，還是周婷吩咐人把那個繡著江南景緻的小座屏翻出來給她看，這才哄住了她。那時他還許了福慧，等泊船就叫太監去折了岸邊上的柳枝讓她細看。

這等於又誆了妻女一回，叫她這樣忍氣吞聲，卻不能補償她。胤禛吐了口氣，見院子裡栽的報春打出了花蕾，一株株靠在一起，平添幾分春意，步子便往那邊一拐，彎腰折下一枝來。

剛打苞的報春，水靈鮮豔，淡白色一層層緊緊包裹住花心，只在最頂端露出淡紫色的邊來，也不知道綻開來又是個什麼顏色。

小張子在後頭瞪大了眼，就連蘇培盛也呆住了，剛剛主子爺還怒氣沖沖的，這會兒倒又有閒心折花了。

主子辦事都是對的，就是錯，也不是主子的錯。蘇培盛當了三十幾年的太監，這回突然想起剛進宮時管事太監教的話，趕緊往前一站。「奴才替主子捧著。」

胤禛揮了揮手。「不必。」折了那一朵報春，就抬腿大步流星地往正院去。

周婷剛把小兒子哄睡了，才拿起年氏的脈案來，還沒瞧呢，就見胤禛進來了。他先往她身邊瞧了翹著屁股睡覺的小兒子一眼，這才伸手把她攬過來，把手心裡捏著的花往她掌上放。

周婷的眼睛亮了起來，她偏頭望一望他，臉上暈紅一片，連耳朵都粉了，嘴角邊的笑意掩都掩不住，手指捏著花梗輕輕打轉，心頭一下子甜蜜起來，就跟頭一回談戀愛似的，眼睛滿是柔情密意，這是胤禛第二回送花給她了。

胤禛為她捋了捋頭髮。「上回折給妳，妳就這麼高興，這些東西就值得妳開心了？」他伸手摸上了周婷的耳垂，用食指與拇指的指腹輕輕揉搓她圓潤飽滿的嫩肉，這會兒她耳上可是一件耳環都沒戴。

小兒子正是皮的時候，常常伸手就是一陣亂扯亂抓，見著那發亮晃蕩的耳環，非要捏到手裡看一看、上嘴咬一咬才成。他力氣大，周婷被他扯過一回手腕上的紅玉髓珠子，差點就把裡頭串的線給扯斷了。

有了這個經驗，周婷連耳朵上的東西都拆了，只叫人打了細細幾根金籤子塞住耳洞。

周婷聞言，輕輕一笑。「你給的，我怎麼不高興？」她身子往他身上一靠，見他外頭的披風還沒除下，又轉過身去，摸著髮鬟把那朵花的細梗插進髮間，空出兩隻手來為他解開披風上繫著的帶子。

胤禛順勢摟住她，把嘴湊到她耳邊，呵著熱氣低聲說道：「往後，我單只讓妳一個人在這耳朵上掛東珠。」

除了皇后，命婦也同樣是三排耳環飾東珠，後宮們又不一樣，耳朵上掛的全是東珠，只用珠子的品相來區高低位分，胤禛這麼說，就等於是跟周婷表明心跡，往後只認她一個。

兩人早早就把奪嫡的事攤開來說過，此時胤禛說起這些，完全沒有半點藏著的意思，周婷微微一愣，才明白他的意思。

周婷掩不住輕呼一聲，壓住了話頭，臉上的紅暈還沒消下去，又發了起來，她眼眶濕濕的，把臉埋進他的胸口。雖然知道這話真論起來有些傻，她就是信也是半真半假，可此時一聽這話，心裡卻跟灌了蜜似的甜起來。

兩人黏在一處，才貼了耳朵要說幾句暖心話，床上的小兒子就皺了皺眉頭睜開了眼，抓住周婷的衣角。他翻騰了一個下午，早就累得了，手裡卻還捏著布老虎不肯放，玩到頭一點一點，眼皮再也撐不開，才往後一倒睡著的。

胤禛嘆息一聲。

「一點也不如酸梅湯乖。」

弘昭小時候睡了就是睡了，雷也打不醒，就算他睡在床上，胤禛摟了周婷在床沿行事也是半分顧忌都沒有，這會兒偏偏來了這麼個賊小子，一點點動靜就醒過來，剛要伸手點他的額頭，他彷彿知道胤禛的心意一般，瞇起眼來衝著他笑。

這一笑把胤禛的脾氣全笑沒了，也跟著揚了嘴角。「倒是知道利害。」他伸手摸了摸兒子的頭，拉過周婷在她嘴上啄了一口。

小兒子那個笑還沒綻個十足，就又歪著頭呼呼睡了過去，周婷剛要笑，胤禛就攬住她。「年氏既是皇阿瑪指的，就不能輕易動她的位置，也沒聽過哪家側福晉貶成格格的。可她既做了這事，就把她挪到莊子上去思過，我挑幾個老實忠心的看緊了便罷，妳往後也不需再管她。」

周婷一驚，她原是想把年氏辦的事坐實了才好發落，冷不防聽胤禛這麼說，倒有些反應不過來。

「那丫頭還不知怎樣呢，只能說她待下頭人太嚴苛，失了當主子的寬厚，怎好就這麼貶到莊子上去？年家那兒……又要怎麼說呢？」

年氏自己名聲差了不要緊，總歸她也不得寵，沒人為她出這個頭，可年家還有一個嫡出的女兒呢，等她到了年紀，也要進宮選秀，姊姊名聲不好，妹妹的品性自然也好不到哪兒去，世人都會這麼想，到時婚配艱難，說不定年家現在就會出力為庶女爭一爭，好幫嫡女鋪路。

「我倒要瞧瞧，他們敢不敢過來討個說法！」胤禛一個冷哼，把周婷心裡那點擔心給哼了個沒影，他都不急，她急什麼？現在胤禛的位置穩穩排在太子後頭，早就不知道把八阿哥比到哪兒去了，比他占著年齡優勢的三阿哥也遠不如他，就是借年家一個膽子，也不敢置喙。

周婷抿了嘴一笑，她盤算了這麼久，又正好有借月這樁撞到手上的現成把柄，哪知剛開了個鑼，琴還沒架起來，鼓也沒響呢，竟散了戲、清起場來。

胤禛沒問清楚狀況，就代她發落了年氏，她自然高興，可這戲卻不單是唱給胤禛一個人看。她既開了頭，就不能這麼草草收尾，有些事情上頭該知道的，還是得讓他們知道。

盯著圓明園的也不是一家、兩家，府裡頭有什麼事根本瞞也瞞不住，周婷原本還得想法子不著痕跡地把年氏做的好事捅到上頭去，最起碼得讓德妃知道，胤禛這麼一發落，倒正好順了她的心意。

那麼一個大活人往莊子上挪，怎麼可能瞞得住旁人不說嘴，有說的就有聽的，只要點兩個口鬆的奴才跟著，這裡頭的事情馬上就會傳出去。周婷神色一斂，她並不想害年氏，奈何她往自己面前一站，就沒想著要守規矩、安本分。

周婷立在胤禛後頭，聽他一樁樁吩咐蘇培盛，嘴角勾起一抹笑，到了這會兒，才算把心裡的氣給吐了出來。等胤禛全吩咐完了，她又加了一句：「她身子弱，太醫跟藥材都不能斷了。」

蘇培盛趕緊應是，抬眼一瞧，暗自在心裡讚一句「好手段」，臉上掛足笑，低著身子退了出去，親自回府裡一趟。

蘇培盛是太監，倒不用避諱，他直接站在年氏屋子的簾子外頭，捏著嗓子拉拉雜雜訓了一堆，末了一句「發往莊子上思過」教年氏當場暈了過去。

蘇培盛說完了話，見裡頭久久沒個聲響，正覺得納悶，桃枝與桃葉兩個就往前一探，這才驚叫起來。

看到桃枝與桃葉慌張的模樣，蘇培盛皺了皺眉頭。「愣著做什麼，還要叫人請不成？趕緊收拾東西，車都在外頭等著呢！」

年氏是真暈還是假暈，此刻也沒人計較，桃枝與桃葉兩個必定得跟著去，主子不受用，她們也跟著受累，哆哆嗦嗦理起了東西。她們只收了個小包袱，裝了些換洗衣裳，就去扶年氏起來，為她穿衣裳、理頭髮。

蘇培盛眉毛一動，露出了一個諷笑。

「莊子上頭可不比府裡，咱家本著好心提醒一句，東西還是理周全了才不會吃苦頭，別的不論，側福晉的藥爐子可得帶齊了。」

她折騰得多了，蘇培盛也吃不準她是裝的還是真的，但他既然站在周婷那邊，又被胤禛派來做這得罪人的事，總歸在年氏這裡是討不著好了，也就熄了那原本兩面不落埋怨的心思，認定了要把年氏給踩到土裡去。

既然定了主意，他也就不給年氏留臉面了。胤禛的心思不易揣摩，但有一條卻很明確，這位主子爺要是討厭什麼，那是這輩子再不會沾手。

憑妳娘家勢力多強，不喜歡就是不會打照面。蘇培盛原還瞧著年氏的模樣長得是主子爺喜歡的那一款，也不是沒動過心思，誰知道這位的性子這麼扶不起，爺都來了，竟又讓他跑回了正院去。

最近胤禛風頭盛，就連蘇培盛這樣的近侍也跟著得了好處，多少人想走門路，都摸到他這裡來。話雖不能挑明了說，但依著這勢頭，就是太子登了龍位，也得倚仗主子爺。

主子爺性子再方正，下頭的孝敬也不會全然不受，金銀珠玉且是小事，有的還會轉著主意往主子爺跟前送人，當著胤禛的面不好提，就全求到近身太監這裡來了，有的還塞了銀子央求蘇培盛幫忙掌一掌眼。

這些求相看的不過是玩物，有點出身的也輪不到讓太監掌眼。也有揚州那邊進上來的新人，能吹、能彈、能唱還能侍候筆墨，專門調教出來侍候爺們的。蘇培盛光聽就搖頭，主子爺喜歡什麼不易琢磨，不喜歡什麼卻很明白，像這調調，就上不了檯面。

他閉眼拒絕了一回，下一回遞話到跟前的，就成了某小官連著親的姪女，或是妻族中的外甥女。這些個骯髒事情傳不到後院去，蘇培盛卻知道得清楚，他幾次想往周婷跟前遞話頭，都忍了下來。再想賣好也不能做出這種事，要是讓福晉知道下頭人孝敬爺的除了東西還有人，教福晉吃醋了起來，那主子爺頭一個就要拿他開刀。

蘇培盛在這事情上想得透澈，進的好了，後頭的女主子要扒他的皮；進的不好，不用到後院他身上這層皮就保不住了。

像這些個玩物，男人也就是圖個新鮮，身分太低，皇家都不會讓她們生下孩子來。年家的都折在這條路上，他還不如只認準了福晉。太監原就是失了根的，可不能再丟東西。

桃枝與桃葉本就不是王府裡調教出來的人，外頭買來的丫頭再努力教導，也不如府裡的見識多。鈕祜祿氏被貶到東院時，她的丫頭還知道捏住銀錢好過日子，桃枝跟桃葉卻是一個在包袱裡塞了兩雙鞋、一個開了箱子往裡面放年氏平日最愛把玩的芙蓉石擺件。

蘇培盛抖了抖眉毛，光看這兩個丫頭，就知道年氏這輩子翻不了身。他原還有耐性等一等，可她們動作實在太慢，再拖下去他來不及交差，便往門外一指，把外頭做灑掃的小丫頭都叫了進來，分派她們將年氏的東西全裝進箱子去，也不顧是不是會刮壞，封好了箱就叫人往外頭抬。

這麼一陣動靜，年氏硬是沒醒。既然她要去莊子，這院子裡頭的下人也要跟著去侍候，原本好好過著日子，突然間把她們從京城裡趕到鄉下，自然有人不肯，又是一陣忙亂。

胤禛在這上頭沒細說，周婷卻想得明白，年氏身邊的人只能少不能多，卻又不好只跟兩個丫頭，再想打壓她也不能錯了譜，留下把柄給她。年氏現在是被發得遠，總還有回來的那一天，只要挨得住不死，等胤禛登基時，總要提她的位分。

因此蘇培盛回府的時候，她就讓小張子跟了過來，分門別類地挑了人跟年氏過去，一半笨拙的，一半機靈的，摻在一起才能盯牢她，可關鍵時刻又能壞她的事。

年氏就是醒著，也沒了翻身的辦法，三輛油車載著她晃晃悠悠往城外駛去，到了莊子上，她還沒醒過來，歪在桃枝身上，面色慘白，被一個力壯的婆子給馱了進去。

第八十五章　天外飛醋

年氏往莊子裡挪的事，旁人可以不知會，德妃卻是一定得知道的，她指過去的桂嬤嬤不過告了兩天假，回去瞧瞧外孫，假還沒銷呢，就出了這樣的事，怎麼也該跟她招呼一聲。

第二天清早周婷請安時，就特地在德妃跟前提了一句，她也沒什麼好藏著的，宮裡想瞞的全都瞞不過去，與其等別人捅出來要她應對，倒不如她自己大大方方說出來。

德妃方聽一句，就讚許地瞧她一眼，雖然人多攀不上話，卻指了身邊的丫頭單賞她一碗糖蒸酥酪，把自己的意思表現得很明白。

周婷笑著接了，又殷勤問安。「我們爺下頭進了野蠶絲上來，我想著這東西難得，進給母妃做衣裳或薄被都好，倒不是覺得母妃缺這個，也是我們爺的一片孝心。」

野蠶絲極不易得，這是因為野蠶本就難得，再要尋那抽絲晶瑩的，就更少了。能得一件野蠶絲織的綢衣已屬不易，如今周婷進上的都夠做成薄被呢。

德妃嘴角都攏不住了。宜妃幾個挑了挑眉頭，這事跟她們挨不著，正經婆婆都樂意，她們更沒法說什麼，一起等待太后由宮女扶出來。

太后跟前周婷不好主動提及，一群妯娌圍在一處等著裡面叫請安時，周婷就先走過去起了話頭。事情是宜薇挑起來的，就在她這裡結束，她一面笑一面拉起宜薇的手寬慰道：「妳且安了心，年氏被咱們爺挪到莊子上頭靜養了，我約束了府裡奴才，不讓她們喧譁。」

幾個妯娌相互換個眼色，就又笑起來，指著宜薇調笑。「妳瞧，這是她疼妳呢。」說著又不著痕跡地探問。「年氏聽說身子不大好？」

周婷笑了笑。「可不是，自進了門就沒斷過藥，孩子太小，住在一處恐過了病氣，這才把她挪到莊子上頭。莊子裡水土養人，也好教她靜一靜心呢。」最後那句一說完，就有人偷眼去看宜薇，又有那捉到話音的，笑看了周婷一眼。

說得宜薇臉上紅一陣白一陣，看著周婷的眼睛不住閃爍，原還存著幾分愧意，這一來卻是再不能和好了。

周婷是個拿得起放得下的人，已經走到這一步，也不再念著往日那點情分。再深的感情也禁不住這麼幾回折騰，八阿哥跟胤禛已經不是一條道上的人了，總歸要爭，此時扯個乾淨，總比以後藕斷絲連好得多。至於宜薇心裡怎麼想，周婷已經管不了了。她衝著宜薇一笑，最後拍了拍她的手，便跟著三福晉董鄂氏往屋子裡頭去。

宜薇緊緊掐著金桂的胳膊，她懷了六個月的身孕，人卻一點也不見圓潤，臉上反倒沒肉了，非得有人在後頭托著她才能站得住。愈是這樣愈是顯得伶仃，臉色也難看，她明白這回是自己錯了，咬了咬嘴唇，才往正堂裡去。

寧壽宮裡一片和樂，太后賜了百子嬰嬉春的刻絲帳子給惠容，惠容兩手搭在肚皮前面，又喜又羞地捏了帕子笑，周婷眼睛一掃，就跟著笑起來。「幾個月了？」

「太醫才摸準了脈，總有兩個月了。」惠容自從生了個女兒，隔了許久才又懷上了，心裡自然高興，把周婷那些「夫妻相隔一段，才更易懷上」的話奉成綸音，拉一拉她的手。「四嫂，我想要幾件弘昭穿過的小衣裳呢。」

說著垂了頭，不好意思地笑了笑，扯扯衣襟壓低了聲音。「我們爺這回盼著是個兒子呢。」跟著微微蹙了蹙眉頭，在周婷面前她真沒什麼好遮掩的，幽幽嘆出一口氣。「要真是個兒子就好了。」

前頭的閨女雖然得胤祥喜愛，卻總不如兒子教人安心，更何況這段時間內瓜爾佳氏生了個庶子，她這胎若還是女兒，只怕瓜爾佳氏又要翹尾巴了。

「這一個不是，難道就沒下一個了？」周婷撣了撣指甲。十三阿哥同胤禛交好，胤禛的態度也影響了他。胤祥原先還時不時地提一回庶子，到了胤禛這裡，弘昭雖然還小卻最受看重，話說得多了，把胤祥的想法也轉了過來。其實只要夫妻處得好，還怕生不出嫡子來嗎？

惠容抿了嘴一笑，但眉眼間還是露了點愁思出來。「還是四嫂的日子過得舒坦。」胤祥的性子不似胤禛，瓜爾佳氏到底跟他有了一個兒子，讓他漸漸又回轉了心思，雖不似過去那樣待她好，卻也開始給她一些笑臉了。

周婷見惠容斂了眉頭，拍拍她的手背。「日子都是人過出來的，等妳這胎坐得穩了，再來園子裡玩？」說著就笑。「福敏跟福慧都跟我叨念好幾回了，弘明她們不管，只念著你們福瑜。這兩個丫頭沒妹妹，上回賜下來的東西，還要我分一些出來，等福瑜來了給她呢。」

平日胤禛家與十三、十四兩家常常來往，各家的孩子也早早玩熟了，周婷雖沒明擺著說，卻有意無意地叫福敏、福慧與弘昭跟胤祥的嫡女福瑜，還有胤禛的嫡子弘明玩在一塊兒，也算是對惠容跟怡寧表明了立場。

十三跟十四兩個如今都是胤禛的助力，現在的弘明也是未來弘昭的助力，從現在開始投入，往後的收穫才更大。胤禛知道周婷的用意，也很樂觀其成，三不五時便邀十三、十四兩家來圓明園作客。

到了這個時候，漸漸瞧出了分別來，九阿哥、十阿哥依舊同八阿哥走得近；三阿哥原就是跟在太子後頭沒自己主意的；而胤禛背後也有了自己的一群助手。這些朝上的事情周婷不懂，卻明白胤禛的勢力愈來愈大了。

單看每年的孝敬就能知道，外面進上來的東西愈來愈精緻、愈來愈貴重。這回出巡江南，康熙把胤禛留下來處理國事，更是表明了他的看重。平時周婷十分照拂惠容與怡寧，這兩人也知道投桃報李，橫豎她們的丈夫已經是一條船上的了。

周婷與惠容兩個說了一會兒悄悄話，怡寧就踩著花盆底翩然過來，她拿帕子了掩嘴，笑咪咪地壓低了聲音。「我可才從我們爺那邊曉得一樁新鮮事呢。」

怡寧是個地地道道的淑女，細長身條，舉止頗有幾分嬌弱的意味，可她卻只在胤禛面前擺出這個樣子，在人前都是老成持重的。周婷瞧她模樣，就知道她這是有事要說，幾個人走到窗邊，怡寧就趁著人多熱鬧開了口。「那個噶禮，要攀圓明園的門呢。」

只這一句，怡寧就又笑起來，瞇著眼睛拉了拉周婷的手。「咱們弘明前兩天還念著弘昭呢，我怕四嫂這兩天不得閒，就攔住他，妳那邊事情了了，再帶他去。」

周婷心裡打了個突，可她如今已練得泰山崩於前而面不改色，她甩了甩帕子，細細的珐瑯指甲勾起鬢角。「妳們倒好，全要跟著坐船出去玩，還惦記園子裡的景緻嗎？我倒要叫妳給我帶台蘑回來呢，五台山那頭也只有這個東西稀罕了！」

怡寧聽了，自然一迭聲地應下來。

周婷知道這個噶禮，胤禛書房裡的事她並不打聽，可這個人昨天胤禛才提過，這回他們不能跟去南巡，就是因為他。

怡寧的意思明白得很，要攀上圓明園的門，無非就是送個女人進來，周婷臉上在笑，心中卻擰起了眉頭。這麼大的事，連怡寧都知道了，怎麼她這裡卻一點消息都沒收到？

周婷在眾人面前還帶著笑影，事情一樁樁應付過去，該打趣妯娌的打趣妯娌，該往太后面前遞話的就遞話，說些孩子的趣事，應和著一屋子人說笑，可等一上馬車蓋上簾子，她的臉瞬間沈了下來。

她很小心地拿捏尺度，並不過分探聽胤禛在外頭的事，可是不是讓自己變成了聾子？這麼嚴重的事情，蘇培盛竟沒往她這裡報？難道是胤禛吩咐了他？

翡翠問道：「主子這是怎的不痛快了？」她一直跟在周婷身邊，當著八福晉的面，主子都還能有說有笑，怎麼進到車裡就變了臉？

周婷不答話，閉上眼養神，內心起伏不定。她明明知道胤禛絕不是這樣的人，上頭指下來的都防著了，像這種下頭進上來的，第一個就入不了他的眼，可她為什麼心頭這麼悶？還沒把情況摸清楚呢，就這樣患得患失起來了。

翡翠見周婷這樣，吃不準到底是怎麼回事，此時外頭天還冷，風一吹，車簾子就不斷擺動，她把簾子壓得緊些，低聲道：「主子可要用些熱點心？」

周婷抬了抬眼皮，緩緩吐了口氣。「不必，等回到院子，妳去把小張子叫過來。」

翡翠低頭應是，皺了皺眉頭。叫小張子來，就必定是前院的事，年氏都打發走了，還有什麼事連得著前院？

翡翠剛抬了眼細辨周婷的臉色，就又聽見她沈吟道：「還是不必叫了。」

這下子翡翠更摸不著頭緒。到了院子，送了周婷進屋，她就藉著周婷更換衣裳的空檔，把小張子叫到跟前來。

「我瞧主子心情不好，你有個什麼可別瞞著我。」翡翠同小張子早就熟了，說起話來沒什麼顧忌。

小張子自從被胤禛踹了一回，就明白什麼事都得靠著正院，這才是他立命的根本，因此翡翠一問就知無不言。「我還能有什麼事瞞著姊姊，這前後的事我可不都報上去了嗎？」

翡翠冷哼一聲。「主子前頭你若敢瞞，看我不揭了你的皮。」說著伸出手指戳他的額頭。

小張子苦著臉撓了撓頭，兩邊溜了一眼，見四周沒人，趕緊往翡翠耳邊一湊，正要說話，翡翠就推了他一把。「做個猴樣兒，成什麼了！」

小張子雖是太監，這舉動也不好看，翡翠見他這樣，定是有要事要說，只好側過身子，讓小張子小聲又小聲地把前頭有下官送了女人過來的事洩漏給翡翠。

他說完這些，一面作揖，一面告饒。「姊姊可饒我一命，不能說是我漏出來的，我可是得了吩咐啊。」

說著一溜煙快步離開，留下翡翠待在原地瞠目結舌。她完全想不到是這種事，這才走了個年氏，怎麼又有麻煩上門？

周婷已經換過了衣裳，一身勾繡報春花團紋樣的雪青色襖裙，鬢上斜斜插了一支蝴蝶釵，正歪在臨窗的炕邊上往繡繃扎針。福敏與福慧也到了學做針線的年紀，這上頭福敏倒不如福慧，福慧最喜歡活潑的顏色，一手挑了桃紅、一手挑了煙灰，定要繡隻撲桃的蝶出來給周婷看。

翡翠見兩個格格在，自然不能把打聽到的事情說給周婷聽，心頭跟油煎似的，又想讓周婷早些知道好設法應對，又不想拿這些事教她憂心。

還是周婷瞧出翡翠的異樣，她一面幫福慧分線，一面指著翡翠。「真是沈不住氣。」說著睨了她一眼。

翡翠紅了一張臉，聽見周婷還能打趣她，就又鬆了眉頭，轉身出去吩咐廚房備膳。

福敏卻指著周婷的繡繃。「額娘，這蝶怎麼兩邊翅膀的顏色不一樣？」

說得周婷窘然，低頭一看，果是繡錯了顏色。

福慧湊上去摸了摸挑線的金線，捂著不許周婷拆線。「這個好看！」說著就去看自己繡的花樣，嘀咕著這邊繡個黑挑金線的翅膀，那邊繡個藍挑白線的翅膀。

只要周婷在家，就一屋子都是孩子，看著這一張張小臉，有再大的氣也消了下去，小兒子已經能扶著床沿走兩步了，福敏不喜針線，找到機會就偷懶，放下繡繃去逗他邁著小短腿走路。

她一面拍手引他注意，一面張開手掌哄他。「白糖糕，快過來！」惹得周婷噗哧一聲笑了出來。

這名還是弘昭起的，他自己得了個「酸梅湯」的花名，愈長大愈知道那是打趣人的，他不敢頂撞姊姊們，卻能欺負弟弟，趁奶嬤嬤幫他換尿布時，戳著他的白屁股，說他又白、又軟，又帶著奶香味，就像過年時剛蒸出來的大白糖糕。

這個名一下子就被福敏與福慧喜歡上了，時不時叫上兩聲，久而久之，他竟認了這個小名，跟弘昭當時一個樣，只要叫到「白糖糕」，他就轉頭朝你笑。

就連弘時也好奇起來，拉著周婷直問他小時候叫什麼，周婷一時之間被他問住了。他抱過來時只叫他「三阿哥」，等得了名字就開始叫他弘時，還真沒為他起過小名，正在思索怎麼回答呢，胤禛就從外頭進來了。

弘時最怕他阿瑪，趕緊站好，幾個孩子對他行禮，只有剛會走路的白糖糕扶著床沿，張著嘴流出口水來，肥乎乎的小爪子不住拍著床沿上架著的木頭欄杆，眼睛都瞇成一條縫了。

胤禛先淨了手，捏了小兒子的臉一把。「白糖糕今天走了幾步呀？」

弘昭趕緊伸出指頭來。「八步！不扶著能走五步！」他很喜歡這個弟弟，老是要抱他，偏偏人小手短沒力氣，只能托住一個腦袋，再多也抱不住。

胤禛心情並不是很好，見著了孩子卻也露出幾分笑影來，頭一偏見周婷扭過頭不看他，也不幫他擦手理衣裳，就湊到周婷身邊低聲問：「這是怎了？」

胤禛湊了過來，周婷卻不看他，自顧自地歪在枕上，睇了胤禛一眼就又扭過臉去，伸手把白糖糕抱過來，讓他在自己身邊玩耍。福敏與福慧兩邊瞧瞧，見周婷沒有叫她們出去的意思，就留了下來。

福慧把自己的繡繃遞到胤禛鼻子下面。「阿瑪，我繡的蝶！」

胤禛拿在手裡細看了一回，奇道：「怎麼這兩邊的顏色不一樣？」他還是頭一回見到這種繡法，福慧一隻蝴蝶還沒繡好，只拿不同色的絲線勾了個輪廓出來，但也瞧得出差別來了。

福慧指了指周婷的繡繃。「額娘那個好看！」

說得周婷趕緊用手掩住，胤禛卻一眼就瞧見原本打著底的玉色蝴蝶翅膀上頭，硬是多出一條藍線來。

周婷困窘得不得了，用腳尖把繡繃踢遠了些，空出地方讓白糖糕爬動。福敏扯了扯福慧的袖子，朝著她眨巴著眼睛。她們倆都瞧出阿瑪跟額娘這是在鬧彆扭，福慧先把嘴唇一咬，眼睛彎了彎，又面朝胤禛對著周婷努一努嘴。

全是一副平時她自己惹了禍，胤禛教她去哄周婷的模樣，此番現學現用，竟指點起胤禛來。胤禛瞪了自家閨女一眼，福慧卻一點都不怕他，抬起手指刮刮臉皮，吐了半截舌頭，圓圓的臉上盡是笑意。

胤禛到現在還摸不著頭緒，他頭一個想到的就是今天寧壽宮裡又有人甩臉子給她看了，於是搭住她的肩膀。「怎的，年氏那事竟還有敢在妳跟前說嘴不成？」

周婷抿了抿嘴巴，白糖糕手腳並用地爬到她膝蓋上，扶著周婷的胳膊站了起來，他用力蹬了一下，讓她差點從炕上翻下去。

胤禛手快，一把把孩子撈起來，又關切地問：「這小子勁大，妳抱不住他，蹬痛了沒有？」

白糖糕還以為這是在玩呢，開心地直笑，搖著手上的金鈴鐺，結實的胳膊拍在胤禛的手掌上，大腦袋下面的細脖子直往後仰，周婷趕緊伸手托住他，兩邊這麼一動，夫妻就像是摟在一處似的，鼻尖對著鼻尖，中間就只隔了一個圓腦袋的白糖糕。

這樣子周婷連氣都生不出來了，原不想瞧他的，眼睛一掃過去，竟露出些撒嬌的意味來，她自己察覺到了，趕緊把目光收回來，想想都臉熱，什麼時候竟變得孩子氣起來了。胤禛自然也瞧見了，眉頭一下子鬆開來，因為養了福敏與福慧兩個姑娘，倒有些知道周婷這是在撒小脾氣了，內心不禁覺得新奇，她還只有「那一回」跟自己發過脾氣呢。

一想到那雨幕跟那濕答答滴著水珠、緊緊裹貼著身子的衣裳，還有衣裳裡被水打濕了的豔色肚兜，胤禛不由得嚥了口唾沫。

周婷一回家就先卸了脂粉跟釵環，此時素著一張臉，身上也只穿著家常的舊衣裳，戒指、手釧全摘了乾淨，伸出來的手細膩白嫩，眼窩處透著些黃，倒顯得比平日還要可愛幾分，心下一動，用手貼過去搔著她的掌心摩挲。

周婷抱著兒子，想要把手抽回來，又怕白糖糕摔著了，只好抬起眼嗔他，叫翡翠過來帶幾個孩子出去吃點心，單把白糖糕給留下來，把他摟在懷裡，手摸著他的背，打定主意不先跟胤禛說話。

小傢伙兩隻肥乎乎的爪子一邊一隻撐在周婷胸口，他正是好動的時候，一面撐著，一面蹬腿搖晃。周婷原就豐腴，被他這樣一抖，更顯出胸前的豐滿來。胤禛剛剛起了那個心思，一見之下就捏了白糖糕的鼻子罵了聲：「壞小子。」

壞小子還聽不懂這是阿瑪在訓斥他，仰著頭朝胤禛傻笑，兩隻肥爪子一用力，在周婷胸口按出個弧度來，讓胤禛看得眼睛冒火。白糖糕那手正往裡頭按呢，就聽見胤禛嗤了一聲，再也無法忍耐，一把將他兩隻爪子給撥開，小孩子沒了支撐哪裡立得穩，周婷又沒有奶嬤嬤那麼大的手勁，身子一軟就這樣倒進胤禛懷裡。

胤禛扣住她的腰不放，嘴唇貼過去問：「我又怎麼惹到妳了？」說完就在她耳根邊低低笑了一聲。

周婷心口撲通撲通直跳，她把臉一偏。「若不是今天怡寧來尋我，我且不知道前頭還有那事呢！」

胤禛疑惑地皺了皺眉頭，這些日子他的心思全放在貪污案上頭，分不出心神想別的，聽了周婷的話再想，也還是沒能想起來。

周婷伸手點了點他的胸膛。「外頭送進來的禮單可不全，爺……不知道？」那一個爺字拖了長音，她的下巴輕輕抬起來，目光似嗔非嗔，似怨非怨。

胤禛聽她這麼說，擰了眉。「哪一個敢瞞下禮單子來？蘇培盛！」他揚聲就要喚蘇培盛進來，可話才出口，就被周婷伸手捏了捏他胸膛上的肉。

他常年騎射，身上的肉都緊實得很，周婷一捏之下竟沒能扭起來，只好拿指甲戳他兩下。「我可聽說，有送人進來的。」她一面說一面使勁，鼻子裡輕哼出聲，斜了胤禛一眼，波光盈盈。

窗外樹梢上立了隻小小的雀鳥，正張開翅膀理毛，嘴兒一動啾啾出聲，引入一室春意。白糖糕覺得稀罕，就掙脫開周婷的懷抱，往窗邊爬過去，抓著窗沿盯著那雀鳥細看，把周婷留在胤禛懷裡。

胤禛聽了她這話，神色鬆了下來，反而冷笑一聲。「那個噶禮，這回可走錯了門路。」說完了又低頭瞧她，刮了刮她的鼻子。「這也吃醋起來了？」

周婷搥了他一下。「為了這些個，我還真犯不著。」她湊過去用嘴唇貼一貼他的面頰，紅著臉把頭埋在他懷裡。「這些事你可見我打聽過？總歸我知道你行得方正，可你總該跟我提一下，平日不說，倒讓我愣著不知怎麼答話。」

「這事有什麼好說的？」胤禛奇道：「又不是什麼體面的事，我既不會接受，更不會瞧那些人一眼，他們只把我當皇阿瑪似地哄呢。」

意思就是她覺得是大事，可他根本沒往心裡去。前一句還教周婷心頭生出一絲甜意，後一句卻讓她趕緊掩住胤禛的嘴，幸好屋裡只有一個還不會學話的白糖糕。她點了點胤禛的下巴。「可別得意就忘了形。」

這話說得誅心了，把下頭官員、康熙還有王貴人全算了進去。王貴人就是康熙下江南時，由現今任職蘇州織造的李煦進上來的，平郡王訥爾蘇的嫡福晉曹佳氏之父曹寅，便是李煦的妹夫。李煦往妻族之中揀了一個跟妻子連著親的姪女進上來，詩也學過、畫也會兩筆，人又生得纖弱，康熙倒真收下了，還跟她生了三個兒子，一直寵愛不斷。

這事要是擺到胤禛身上，不用等到坐船回來，就會把那獻美人的人給掀掉一層皮。他瞧不上這種作風，若是賢能官吏，根本不會這樣行事，立身尚且不正，又怎麼能當得好差？

周婷心裡明明清楚，這一場悶氣卻不知從何而來，她有些難為情地埋在胤禛脖子邊，往那裹著黑貂毛邊的領口裡頭吹氣。「我知你不是那樣的人，可怎麼就不痛快了呢？」她聲音壓得極低，也不知道是說給自己聽的，還是說給胤禛聽的。

她一面說一面用指甲輕輕觸碰他的胸膛，勾得胤禛的心狠狠地顫了顫，扣著她腰的手收緊了一些。他也嚐過這種滋味，只一回就教他刻骨銘心，這說不清、道不明的情愫牽引著他的心，他隱隱有些明白這是什麼，卻偏偏說不上來。

胤禛抬手拍了她的背，說道：「往後我再不瞞著妳就是，有什麼想知道的，我不得空，蘇培盛也能說個一二出來。」

這就是許她往書房問話了？周婷剛抬起臉來看他，胤禛的頭就跟著低了下來，兩人的嘴唇輕輕碰在一處，胤禛勾出一個笑。「那些如今還不明白的情緒，且慢慢想，總歸咱們來日方長。」

第八十六章　整頓吏治

兩人互相傳遞眼神，胤禛這一張喜怒不動的臉上，竟然讓周婷看出了幾分含情脈脈來，心頭升起一股甜意，剛抬了手要去摸他的耳朵，外頭一聲嬉笑打斷了兩人的動作，原是弘昭正躲在簾子外頭偷看。

他身形最小，被福敏與福慧兩個派來打探「軍情」，見兩人和好，忍不住笑了一聲，又趕緊捂上嘴，只留一雙烏溜溜的大眼轉來轉去。

周婷臉上一紅，當著孩子的面趕緊推開胤禛。胤禛鬆開扣在她腰上的手，放到唇邊咳了一聲，白糖糕盯住的那隻雀鳥撲著翅膀飛走了，他扭過頭來，小大人似地嘆了口氣。

剛才還是兩人世界，跟剛戀愛的青澀男女一般，孩子一擁上來，一下子又變回了老夫老妻的模式，兩人嘴角邊都噙著笑，孩子們看看這個，再看看那個，臉上全是笑意。

既論到貪污案，胤禛就拿出來說給他們聽，他把弘昭當成繼承人培養，還這麼小就已經聽了一肚子的民生問題，這一回遇著正事，正好把他抱到炕桌上，拿了套內造的梅花凌寒粉彩茶具擺開來說給他聽。

這一回的貪污案，表面上是江西總督噶禮參了江蘇布政使宜思恭貪污不法，其實他們兩個都不乾淨，狗咬狗一嘴毛。宜思恭任期內江蘇虧空四十六萬兩的庫糧，可他跟噶禮比起來那算是小巫見大巫，若按胤禛的處事，斷然不會放過這樣的人。

可是擺到康熙這裡就又不一樣，他年紀愈大行事就愈發寬大，簡直到了放縱的地步，年輕時秉承的那些原則，愈到老年愈是鬆散。

如今胤禛這些想法，無一不是從康熙身上承襲過來的，壯年時康熙也曾說過「澄清吏治如圖平噶爾丹」這樣的話，言明貪污腐化比外敵入侵更紊亂國之根本，他革了一批貪官污吏，雷霆手段一出，很是震懾了一批碩鼠，吏治也清明了一陣子。

可有些沾親帶故的人，康熙不願意動，非但不動，還要為他們辯解袒護，到如今更是說出了「興一利就是多一弊」這樣故步自封的話來。

這個噶禮是清朝開國功臣的子孫，被人參了又參，竟還好好一路往上升，從戶部理事升到通政使，又穩穩當上江西總督，別人愈是參他，他愈是升得快，這一回竟輪到他這個大貪官參起別人來了。

胤禛最痛恨貪腐，他斂著眉頭的樣子教弘昭也認真起來，他皺著一張包子臉，聽胤禛說這些他半懂不懂的事。

「治國莫要於懲貪者。」也不管弘昭懂不懂，胤禛擺著茶壺跟茶具開始講解。「此壺為國，水為財，本是均分給各省各縣，或有災情或人禍則添補一二，而為官者卻要將這些水倒進自己的杯子裡頭，該不該治了他呢？」

弘昭小小的孩子哪裡懂這個，但他聽胤禛說得多了，也有自己的理解，他含了手指頭問：「蟻穴中也各司其職，從未見尋食的自己先偷吃，難道人且不如蟻嗎？」

貪污腐敗百年後亦不能清察，如今有了康熙的縱容，這些貪官凡能辦事的，全都抱著僥倖之心，哪怕被查出來，只要政績能看，把錢補上就可擔任下一職位，到了新地方自有民眾再讓他們層層剝皮，根本傷不了筋骨。

可到了胤禛這裡，卻是斷斷容不得，康熙朝前幾十年的積累全被這些蠹蟲蠶食了七、八成，接下來還要普免天下錢糧。國庫自然有別的稅收，可這部分的大財一去，其他那些還要被一層層的官員盤剝一回，國家沒有足夠的錢，這才真教胤禛憂心。

自入關以來八旗旗丁每況愈下，原來善戰的優點都丟了大半，冰上演武一年不如一年，人口繁衍卻跟老鼠打洞似的，一年漲上來的丁數都讓胤禛心驚。

再加上旗丁根本不事生產，入關以後就好逸惡勞慣了，優容的政策反倒方便他們躺在國家身上吸血。如今京城裡已經能瞧見拎著鳥籠子閒晃的紈袴子弟，這些走馬溜鳥是好手，論到為國之道，卻連一句都說不出來，只要家裡有一個好的，一家子都得抬舉起來，只因為祖宗訂下「滿官得比漢官更多」的慣例。這些人就同螞蟥一樣不住吸血，還一代比一代吸得更多。

有些紅帶子、黃帶子靠著祖蔭不科舉不當差，子孫一代不如一代，到如今不過三世，竟比包衣過得還差。國家每年要分出一大把錢來養活這幫人，可那些能當差辦事的又去當吸血蟲，比這些人更傷國本！

弘昭再解事也是稚子，能說出那話來已經不易，其餘這些他還懵懂，含著的手指頭被周婷從他嘴裡抽出來，她站起身來往銅盆邊絞了帕子為他擦臉擦手，又點一點他的額頭。「病從口入，這麼大了，還吸手指頭！」

弘昭扁了扁嘴，還眨著眼睛盯著胤禛看，胤禛朝他讚許地點點頭。「能想到此節已是不易，可群蟻同穴而居，既無私產，自然無私慾。」

「那教他們跟螞蟻一樣，住在一處不就成了？」弘昭想得天真。「蓋一個大房子，每人分一個屋子住著，賺了錢都攢在一處，大夥兒吃喝一處，不好嗎？」

周婷微微一笑，想法是好，可行動起來卻不切實際，人的心眼最多，到最後全是出工不出力。「人比蟻奸猾得多，那些力氣大的，自然比力氣小的做得更多，卻都吃一樣的飯食，久而久之，誰還願意出力呢？」反正大家都有飯吃，少做一點，就能多省一些力氣。

弘昭垂下頭，茫然想了半日，又抬眼去看胤禛。胤禛也沒辦法給他一個圓滿的答案，他上一世懲治貪腐花了很大的力氣，如今再來一遭，前頭的康熙不是助力，竟還成了阻力。

周婷瞧出胤禛興致不高，拍拍弘昭的屁股叫他跟兩個姊姊回屋子裡去，又要奶嬤嬤把小兒子抱走，自己則為胤禛沏了茶來。這些事她雖不大懂，但有一條卻知道，噶禮的母親原是康熙的乳嬤嬤，到現在還常常往太后宮裡走動。

康熙是個念舊情的皇帝，他小時候前頭有個董鄂氏生的「第一子」，雖然他自己是三皇子，日子卻過得不順心舒意，自己的額娘被董鄂氏擠成背景，闔宮上下都只奉承永壽宮，康熙的生母佟佳氏要來看兒子也不很容易。

康熙出痘時還被挪出宮，身邊待著的就只有幾個乳嬤嬤，這一份情怎能不念？噶禮還是正經滿州正紅旗出身，又頗具才幹，身分、才識都有了，康熙自然樂意升他的官。

其實康熙不是不知道噶禮貪婪，別人參他也不止一、兩回，頭一次康熙還讓噶禮辯白，後頭那些奏摺他則是直接壓了下來。就是這樣的舊情，讓噶禮的胃口愈吃愈大，如今竟還參起別人來，抓著宜思恭貪污的把柄裝出清官的樣子來，想借天子的手來排除異己。

這案子擺到胤禛面前，他自然不會這麼輕易就放過，宜思恭貪污證據確鑿，就算是噶禮，即便康熙再包庇他，也得承認他是個大貪官，只是不揪出來而已。

胤禛這回存的就是連枝帶葉地把噶禮給揪出來的心思，最後可以留他一個體面，可那些吞進去的錢糧卻勢必要他吐出來。

這麼一想，胤禛長長吐出一口氣，雖然打定主意要這麼做，皇阿瑪那邊卻不好交代。李煦跟曹寅哪一個不擔著百萬兩的虧空，卻一直升任到今，穩穩待在舉國最富庶的地方？這是皇阿瑪待他們的情誼，為君如此，臣子竟不肝腦塗地以報君恩，而是吃國家、拿國家的，平郡王訥爾蘇那個嫡福晉曹佳氏，通身的氣派又豈是曹寅一個江寧織造的官能養出來的?!

這一個個全都串聯在一起呢，動一個就是動三個，倒似擋在胤禛面前的大石，他心中暗想，非把這路障給清了不可！

胤禛托起茶盞來啜飲一口，輕輕一聲擱在炕桌上頭，皺了眉頭望著窗外。如今最要緊的是皇阿瑪的態度，他剛入了神，就感覺到額頭兩邊被周婷兩隻手指按著，正在為他按摩穴道，他眼睛一合，又吁出一聲長氣。

周婷放柔了聲音寬慰他道：「都說笑一笑十年少，要我說嘛，其實嘆氣也有好處，把心頭這口濁氣嘆了出來，才能吸進清氣。」說著自己就先笑了一聲。「佛經裡頭且說了，一口氣不來，向何處安身立命？」

胤禛原本捏著拳頭抵在炕桌上皺眉，聽了周婷的話，鬆了鬆眉頭。他面對周婷時本就柔和，聽見她這麼說，勾了勾唇扯出一個笑來。

他伸手按住她的手背，捏到手心裡揉搓。「治貪一事不可操之過急，可噶禮此人，我斷容他不得，皇阿瑪不治他，我也要叫他把吃進去的全都吐出來才行。」

「可寧壽宮那頭，又該怎麼說呢？」周婷為胤禛擔憂。「我知道你若要出手，必是雷霆手段，可皇阿瑪總歸在前頭立著，他要保，你怎麼好給噶禮定罪？且不獨他一個，李、曹哪一家不是呢？」

胤禛如今這些名聲來得不易，得罪了這些人，再沒有好話可說。如今這些皇子是「但求無過，不求有功」，就連太子也不似過去那樣，現在他聽政時只帶了耳朵，卻不帶嘴，康熙問一句，他方答一句，又有哪一個趕著攬上這得罪人的事？

周婷擔憂，胤禛卻笑了出來，他拍了拍她的手心，將她的手放到唇邊碰了一下。「這些人的行事我看不下去，可如今既不在其位，自不好謀其政，總歸只有『忍』字這一途。可噶禮想要借刀殺人卻是不行，非教他惹上一身騷不可。」說著便豎起眉毛。「此番不讓他脫下一層皮，怎麼顯出我的手段來？」

說完這句又放柔了眉眼，取笑起周婷來。「不獨為山西、江南兩地，也為著我自個兒呢。」

周婷不解地瞧他一眼，胤禛張了嘴，輕輕咬她的手指尖。「還該為了那繡錯的蝶翅跟吃醋的福晉才是。」這嘴咬得她一陣酥軟，直從指尖一直軟到了心尖。

周婷粉面微紅，眉眼含笑，風情無限地嗔他一眼，手緊緊被他攥著，抽又抽不回來，只好捏了拳頭搥他一下，面上紅暈還未消呢，又為胤禛嘆了一口氣，他還真算得上是好皇帝了。「這些事皇阿瑪未必不知，只是這兩年……我覺得皇阿瑪愈發顯得老態了。」

受了太子這麼一下重擊，又突然發現自己養的不是一群兒子，而是一群狼崽子，身下的寶位成了他們爭搶的鮮肉，怎麼不教他憂心呢？大阿哥府門前天天都有康熙身邊的親信帶兵守著，別說人，就連蚊子跟蒼蠅也不放一隻出來，看得這麼緊，就是因為怕大阿哥逼宮，留他一條命，父子情分也就到了頭了。

這些話只有他們兩人在一起時能提，細細一辯，似乎有些「憂父長壽」的誅心言論在其中，胤禛卻不計較這些，如今他也只有在周婷面前才能這麼坦然了。

胤禛輕嘆一聲說道：「皇阿瑪心裡未必沒有譜，為官者有八法評論：貪、酷、不謹、浮躁、罷軟無為、才力不及、年老、有疾。這些人都在皇阿瑪心中的秤上秤著呢。各人才能如何連我都清楚，皇阿瑪自不必說。」說著他垂下眼簾睇起眼睛來，內心感嘆，人到暮年，世事就只求一個「平穩」，再不復開疆闢世那時的雄心豪情了。

「皇阿瑪有譜，你也該有譜才是，如今這局面實在不易，若是不合他的心意……我倒不怕門前冷落，總歸只跟著你過日子罷了。」周婷挨著胤禛坐下，靠在他懷裡，用手指摩挲他生了青鬍渣的下巴。

胤禛心頭一暖，低下頭。「男兒丈夫，怎能教妻子憂心這些，妳只等著戴上三排金蟠龍東珠耳飾的時候！」

周婷的臉貼著胤禛的胸膛，或許是他心情激動的緣故，她隔著衣裳還能聽見他的心臟跳得沈穩有力，一下一下砸進她耳朵裡。到此時周婷才真的意識到，她的丈夫不是一個普通的男人，而是殺伐果敢的一代明君。

周婷仰起臉來，伸出兩隻手扳住胤禛的臉，嘴唇軟軟貼在他下巴上，一點又一點地磨上去，及至他唇邊，還未來及印上去，就被胤禛吸住了唇瓣，舌頭往裡纏在一處。

周婷只覺氣喘身軟，身子一把被胤禛抱到床上。他輕撫著她的腰肢，喉頭滾動，壓低了聲道：「還是那一句話。」

胤禛一面往她耳裡吹氣，一面細細解開她袍子上的梅花盤扣。「定不負相知意。」

康熙一去南巡，京中年長的皇子除了胤禛，就只留下五阿哥同七阿哥，這兩個全不是愛出頭的性子，廢太子那會兒都沒蹦出個花來，如今更不必說。

五阿哥在太后跟前養大，漢語都還說不好，自然不會對胤禛指手畫腳；七阿哥更不必提，他的腳跛，出身又不顯，雖排位靠前，做人卻低調，雖不會辦事，倒也不會惹事。

康熙走的時候點了他們兩個留下來，等於把大權放給了胤禛，一應事務全都由他決定。五阿哥與七阿哥知趣，更不同胤禛相爭，三人看起來有商有量，實則幾乎是胤禛一個人挑起了全部的事，與康熙出征噶爾丹時留下太子監國一般無二。

康熙往五台山走的是水路，夜裡必須停泊，每日摺子還是加急送到御案前去，胤禛也按照太子的舊例，哪怕是他能決斷的事，也都詳細寫好了遞到御前去。

胤禛許久沒有一個人辦這麼多的事，他連著兩日歇在書房，鮮少往後院來。圓明園中沒有別的女人，周婷不怕他朝外頭伸了枝條出去，卻為了他的身子擔憂。

若在後院，她還能時時照顧他，讓他再忙也能睡一會兒，如今他只在書房裡打轉，她想勸也不似過去那麼方便。

書房到底是議事的地方，周婷就是得了胤禛的許可，也不能抬腳就去，總得找個正當的理由，她逗孩子玩的時候，就祭出白糖糕這個法寶來。

白糖糕早就會喊人了，身邊圍著這麼多的大孩子，他一日比一日會的話多。周婷先指著福敏的絹花問他：「這是誰的呀？」

「姊，姊。」一詞一個字一個字地從他嘴裡蹦出來，他一說完就把手中的小碟子伸出去。

福敏往那碟子上攏了一顆松子糖，周婷指了弘昭的識字木頭卡片，白糖糕就又得到弘昭給的一顆松子糖。

等到差不多了，周婷就指著天青瓷的蓮紋帽架，還沒問出口呢，白糖糕就扭頭找起胤禛來了。他不比弘昭禁得起逗，是個一惹就哭、一哄就笑的性子，非讓他找到人不可，就連胤禛，抱他也比抱弘昭更多一些。平日周婷並不肯樣樣都依他，今天偏要借他的口往前頭去，哄了兩句還不消停，就刮了刮他的鼻子，勾起笑意來。「咱們往前頭找阿瑪去。」

也是連著兩日不見，白糖糕有些想胤禛了，一聽這話就安靜下來，眨巴著眼睛要阿瑪，周婷使足力氣把他抱在懷裡掂一掂，捏了捏他的臉頰，站起來柔聲問他：「白糖糕想阿瑪了？」

圓腦袋點個不住，一屋子的丫頭都給逗笑了，翡翠眉毛一動。「這是咱們小阿哥有孝心呢，知道碧玉灶上的湯煲足了三個時辰，這會兒入了味，正要往前頭送呢。」

周婷嘴邊笑意更深，她伸手捋了捋頭髮，叫翡翠拿個紅漆描金的食盒裝好湯水，一手托著白糖糕的肥屁股，一手扶住他的背。小娃兒兩隻手捏牢她衣服上頭繡了石榴的彩帨，扭著腦袋看排在廊下的燈籠。

掌燈時分，書房裡頭沒有外人，周婷領著一串孩子往胤禛書房裡去。平日這個時候孩子們全都歇了，今天往書房去，倒像是在夜遊，一個個都興奮起來，福慧還拿了去年胤禛特地為她淘換來的兔子燈，不肯讓丫頭幫忙拿，自己捏了細杆抓在手中，領頭走在一串人面前。

遠遠就有小太監瞧見了，趕緊報給蘇培盛，蘇培盛眼睛一睒，往迴廊那頭一瞧，見到果真是周婷來了，趕緊打了袖子進書房去。

胤禛正皺著眉頭，捏住手裡的摺子細看。宜思恭不比噶禮有背景，點了人下去清查，沒過幾日他的家產單子就送到胤禛跟前，那厚厚一本小折上頭，細細密密寫滿了宜思恭庫房裡頭堆的東西，折成銀子倒不止四十六萬兩了。

他按住心思，想先把宜思恭這一樁給理出來。噶禮雖不比曹寅、李煦，卻也很受康熙看重，連幾番地保了他，要想動他，得先把風氣給擰過來才成，教下頭的官員知道如今要肅清吏治了。

可現在他連個副手都不是，雖沾了這次監國的光好便宜行事，這些事情卻還辦不得，難免心裡焦躁，看著那一長串的金銀寶物磨起牙來。不過一個布政使，家裡頭連痰盂都用起金嵌寶石的來了！就是皇阿瑪，也向來崇儉，這方面從不鋪張，他才幾品官，那些比他位置更高、更大的，是不是就要拿金子貼牆了?!

蘇培盛抬眼瞥見胤禛的臉色並不是很好，先垂了頭。「主子爺，福晉領著格格與阿哥們往這處來了。」聽見上首悠悠吐出一口氣，又說：「奴才似乎瞧見慧格格拎著兔子燈呢。」

這句話一出，椅子輕響了一下。蘇培盛眼光瞄見胤禛寶藍色衣襬打了個飄，趕緊搶步上前掀了簾子。

周婷還在迴廊那一頭呢，她手裡抱了個大胖小子，走上兩步就要使力摟一摟，行得慢些，還有貪看夜景的女兒與兒子，一個個像出了籠的小鳥一樣，聽見蟲鳴也要驚嘆。福慧手中拎了兔子燈，昂著頭往前，一副神氣活現的模樣。

周婷一身湖藍色的衣裙，梳個簡單的兩把頭，燈光一映，把她的身影拉得細長，她正抱著孩子偏過頭不知說些什麼。

胤禛遠遠看著，嘴邊就勾出笑意來。福慧眼尖，瞧見胤禛立在門外，立刻揮起手來，兔子燈一晃一晃的，嚇得粉晶趕緊把燈搶過來。此時福慧也顧不得兔子燈了，她拎了裙子邁著腿往前跑，一長聲的「阿瑪」，叫得胤禛開懷。

眼看就到跟前了，胤禛上前兩步，接住福慧撲過來的身子，馬上一口被他香在臉上。胤禛摟緊了女兒，捏了捏福慧的小鼻子。「怎麼這時候過來了？」幾個孩子睡得都早，再一會兒就寢時間就到了。

「是白糖糕想阿瑪了！」福慧說著，烏溜溜的大眼睛轉了起來，朝胤禛咧開了嘴笑，兩隻手圈著他的脖子，軟綿綿、嬌滴滴地說：「我們都想阿瑪了。」

話音才落，周婷就到了跟前。她抱著兒子細喘著笑出聲來。胤禛見她喘氣，皺了眉頭。「累不累，怎不叫下人抱著，妳哪裡抱得動這小子？」

白糖糕記性好得很，一路雖然含著指頭看風景，卻還記得要找胤禛，他張開兩隻胳膊，圓乎乎的身子一扭，使力把周婷帶著歪過去。

胤禛大樂，把福慧放到地上，伸手接過兒子，一巴掌拍在白糖糕肥嘟嘟的屁股上。

白糖糕歡叫一聲，福慧卻跺腳扁嘴，她扯住周婷的裙襬哼著聲撒嬌，福敏伸出手指點點她的額頭，在她臉頰上刮了一下。「羞不羞！」

福慧銜著姊姊嘟嘴，福敏就拉了她的手往書房裡去。

蘇培盛彎了腰幫兩個格格打簾子，周婷朝他點了點頭，蘇培盛趕緊把頭垂得更低。弘昭兩隻手背在身後，一路走到書房也有些喘，弘時跟他穿著一模一樣的青色錦襖，跟在福敏與福慧身後往裡頭去。

胤禛的書房幾個孩子都不陌生，弘昭與弘時更常來，胤禛一得空就要考他們，或是背書，或是寫字。此時進了書房，他們便規規矩矩地站好，剛要行禮，就見胤禛一把搭住了周婷，勾著嘴角看她拿帕子拭掉臉上的汗珠。

初春天再暖也暖不到哪兒去，可她抱著孩子走了那麼一圈，倒出了一層薄汗。翡翠差人打了水進來，周婷便脫下手上的玉戒指，絞了帕子幫幾個孩子擦拭一回，她眼睛一掃，見案上擱了一疊厚厚的摺子，歉疚一笑。「倒擾了你了。」

「正好放鬆一會兒。」胤禛把白糖糕放到羅漢床上，笑容斂了下去，顯出幾分疲色來。

翡翠遞了食盒過來，周婷打開蓋子，擺了湯到桌上。「先嚐一口這個，我吩咐他們燒了水過來，你洗個熱水澡好解乏。」

那湯是拿蔘切了片、吊出來的，又是野雞又是蔘，確實是補物，胤禛才看一眼，周婷就知道他的心意，笑著說：「這湯熬足了時辰，我知道你不習慣喝這些，只拿蔘鬚，並不多擱蔘片。」

胤禛喝了一小碗湯，又嚐了兩個小蒸餃，擱了碗就抱起白糖糕，捏住他的肥爪子把玩，又聽弘昭與福慧兩個嘀嘀咕咕說了一會兒話，一扭頭就見這胖小子捏著肥爪子打起瞌睡來，口水蹭到胤禛衣襟上頭，濕了一片，這下子不洗也得洗了。

太監抬了水進來，周婷把幾個孩子交給奶嬤嬤帶回去，自己則脫下首飾到內室去。胤禛已經除下袍子，熱水中放了解乏的草藥，一屋子的水氣氤氳。

周婷一面解開胸前的盤扣，一面把裡面的衣裳撩起來，胤禛正感到心動，她就努了努嘴。「快躺進去，我幫你按一按。」

第八十七章　涼水澆頭

兩人一個在浴盆裡，一個在浴盆外。周婷其實不樂意胤禛離得這麼遠，即便是現代夫妻，就算關係再好，若處得不久，感情也會變淡，何況這是在古代呢，怕就怕這男人以國家大事為藉口疏遠妳，妳還挑不出錯來。

圓明園不像王府裡劃分得那麼嚴謹，各處院子或是倚山或是傍水，也沒明確地分出前後宅來，當時把書房隔得遠，為的是怕議事時男女衝撞了。現下雖沒衝撞這回事，可胤禛一忙腳步就沒空往後頭踏，也是椿愁人的事。

周婷不急著說書房的事，她一面使力揉胤禛的太陽穴，一面說：「原先搬進院子時就說要開闢一塊地出來讓孩子們知道農事，地翻了，天也開始暖了，倒不知道種些什麼好。」

胤禛閉著眼應了一聲，等了半天才又懶洋洋出聲。「左不過稻子、芋頭之類，馮九如那邊帶來的南洋植物種子，也可以叫弘昭看一看，圖個新鮮。」這一句話聲音愈說愈低，話音才落，他就開始打起鼾來。

周婷抿了嘴一笑，手上力道放輕，她拿大毛巾疊厚了墊在胤禛腦後，捲起袖子掬水為他洗身子，胤禛瞇著眼，吐氣愈來愈緩，愈來愈長。他是真的累了，腦子裡一堆事，偏偏難起頭，若他現在已經坐上那個位置，倒不用這麼煩惱，然而此刻上頭還有兩重山，不謹慎不行。

周婷不住往浴桶裡加熱水，拎著桶來回了兩次，臉頰紅暈一片，鼻尖上沁出汗珠。她哪裡做過這種事，又不能叫丫頭進來，怕他著涼，只好拿大毛巾從他肩膀處蓋著，伸手去拍拍他的臉頰。「到羅漢床上睡一會兒吧，半個時辰後我叫醒你？」

等胤禛到羅漢床上躺好，眼睛一合上，周婷就捨不得叫醒他了。屋子裡燃了安神香，他很快沈入睡眠，周婷起先還坐在床沿看他，一瞄到案上那麼多摺子，便站起來走過去幫他歸類。

這些摺子都是按地方分好的，周婷倒不是全不熟悉這些事，橫豎也聽胤禛說好多回了，知道他最重農事，如今又正值春耕，於是先把每省的春耕丁數、畝數的摺子單揀出來放在一處，把紙裁成小紙條，揀了最要緊的，幫他把數字按順序寫下來，夾在摺子之中。

周婷一面做一面想，他還真是缺個秘書呢，三省九部中還有筆帖式，胤禛書房裡怎麼也該加一個這樣的職位才是。

等到了時辰把胤禛叫醒，周婷倒累得眼睛都睜不開了。習慣了古代日出而作、日落而息的生物時鐘，這樣點著燈煎熬，還真讓人不適應，她抬手揉了揉眼角。「也不知你用不用得上，總歸我閒著，順手做了這個，要我說的話，應該做表格才是，部裡都有筆帖式，一年年的丁畝收成全寫上去列出來，往後查看也方便些。」

「哪裡就沒人做這些了？我是想設一個職位做這些，卻不合規矩，等上摺子問過皇阿瑪，才好著手設立。」胤禛伸了個懶腰，摟了摟周婷的腰肢。「妳且回去，我這裡還有得忙。」說著低頭碰了碰她的臉。

周婷也不纏他，攏了衣裳就要出門，胤禛卻叫住她，罩了件自己的薄披風在她身上。「夜深露重，披這個回去，叫她們多點幾盞燈。」

周婷低頭應下，胤禛為她掖了掖披風，叫蘇培盛一路跟著送她回正院去。周婷的眼睛朝翡翠一掃，翡翠明白她的心意，便要珊瑚跟蜜蠟兩個跟在自己後頭退了兩步。

周婷兩隻手攏了攏披風，聲音低低的，由夜風送進蘇培盛耳朵裡。「爺不在後頭，我沒法多看顧，還要諳達多費心了。」

蘇培盛提著燈籠，聞言連稱不敢。「能侍候主子，那是奴才的福分。」他眼尾餘光往周婷那邊一瞥，見她正側著頭朝他頷首，趕緊把目光收了回來。

「這樣就好。」周婷略點了點頭，滿意地勾出一抹笑來。等到了院子，她才轉過身去。「爺書房裡的東西諳達再清楚不過，趕明兒就置辦同樣款式的東西，我這裡沒個看書寫字的地方，倒不齊全了。」

蘇培盛把頭一低，應了。

特地闢出來種東西的園子，被周婷安排挨在山邊，由匠人弄出一個農舍，屋頂上厚厚蓋著茅草，屋子四周插了竹籬笆，上頭還叫人圍了牽牛花與爬山虎，院子裡又擺了石磨農具，遠遠看上去，好一副東籬模樣。

弘昭正在背詩，也知道陶淵明的典故，這院子一建好，他就抓住了周婷的裙子撒嬌，非要起名叫「採菊堂」不可。周婷笑他這名起得俗，胤禛卻偏要幫弘昭，他叫福敏揮毫寫下「採菊堂」三個字，差人刻在石頭上，立在草屋門口，倒比刻在匾額上或寫在門聯上要有意趣得多。

福敏與福慧從小就喜歡養些小動物，她們現在住的院子裡，隔幾步就能瞅見寵物，廊下掛了鸚鵡、黃雀，假山上頭伏著翻過肚皮曬太陽的大白貓，矮草叢裡還住了一窩兔子，還有兩個小丫頭每天專門帶著一隻狗溜圈，不讓牠長得太胖。

既然建了個這樣的院落，周婷也想叫孩子們看看家禽是怎麼長成的，便差人特地圈了一塊地，抓了一群剛孵出來沒幾天的蘆花雞。牠們一身黃茸茸的毛，尖著嘴嘰嘰喳喳，一撒了穀粒，就啾啾啾地奔著小短腿過來啄個不停，不單福敏與福慧喜歡上了，就是弘時跟弘昭，做完了功課也要往這裡來耍弄這些小雞一會兒。

親稼穡原本就是好事，胤禛心中把弘昭當成接班人，既要接管江山，這些事絕不能不懂，因此得了閒也會陪他過來，拿書本跟他說一說農事，弘昭乖乖坐在胤禛腿上，看著書上的畫，問胤禛什麼叫「薺麥」。

弘昭正是對什麼都感興趣的年紀，又不似弘時那樣到了正經讀書的年紀，每日都是上午讀書、下午騎射地來回趕場，他只要背完書、寫完字，周婷倒很鼓勵他到處玩一玩。

見弘昭真對這個上心起來，胤禛就拿了一幅地圖來，上頭細細標明了各地方產些什麼，還拿細毛筆畫出農作物的模樣，讓弘昭一看就知道哪裡有水稻、哪裡產棉花。

愈是南邊，愈是富庶，絲織、米稻排了好幾個地方，弘昭學了東西就對周婷賣弄。小孩子自己學了東西，都好為人師，弘昭的對象就只有比他小的白糖糕，於是他拿了那幅地圖，一處處點出來教給他聽。

白糖糕哪裡聽得懂這些，只覺得上頭一個個墨點很是有趣，一下子就把那張圖給扯破了，氣得弘昭狠狠跺腳。一個才剛能順溜地說出比較多話來，一個還只會咿咿呀呀，兩兄弟竟吵起架來。周婷只好叫人又繪了一幅沒標記的地圖，讓弘昭自己把那一個個小圖示給畫上去。

胤禛又差人弄了頭驢子去拉那石磨，驚得幾個孩子全站著看呆了。他們平日少出門，還以為拉車的都是大馬，哪裡知道驢子還能拉磨？

周婷興頭一起，叫丫頭拿細繩綁了蘿蔔掛在驢子眼前，卻偏不讓牠咬進嘴裡，引著驢子不住往前走，拉了一圈又一圈的磨，把幾個孩子惹得又叫又跳。

胤禛也開懷不已，他同周婷並肩立在草屋下，大掌牽住她的手。「妳從哪裡想出這麼有趣的法子？」

周婷挑了挑眉毛。「這才好教他們明白道理，別因為眼前擺了根蘿蔔，就不住往前爭。」

不說康熙，儘管太子小時候這麼樣受到寵愛，也摸過鋤頭，如今暢春園中還有一處園子，早年太子跟康熙兩個都在那邊種過稻子，若非如此，周婷也想不出這個辦法來把圓明園給填滿。既然自己的兒子肯定要登大位，那從現在就要開始培養。

胤禛自顧自地勾了勾嘴角，若論起教養，哪一家的孩子比他的孩子更出挑？往後得把弘昭多往皇阿瑪跟前帶，讓皇阿瑪知道，他的孫輩裡頭，再沒別人比弘昭更強。

弘昭對這些感興趣，家裡知道這些東西的人卻少，就是胤禛也多是從書上看來的，不曾一一試過。弘昭身邊那些下人全是滿人子弟，上一輩都沒種過地，下一輩哪裡懂這些，既起了這個興頭，周婷就差人挑了個家中務過農的小廝擺到弘昭身邊侍候，好方便他時時問些古怪問題。

那小廝得到弘昭親自取的名字，就叫稻穀。稻穀年紀不大，父母都是老實的農民，對農事知道得多。弘昭聽他說過一回，竟起了叫人撈草泥鋪在田裡養菱角的想法來，還一本正經地告訴胤禛，這法子不但能養出好菱角，還能在水裡養肥魚，一畝地產兩樣東西，是一舉兩得的好辦法。

周婷剛要嗔弘昭，他就開始晃起圓腦袋來。「紙上得來終覺淺，絕知此事要躬行。」被周婷一巴掌拍在腦門上，捂著額頭可憐巴巴地去找胤禛。

有兩個女兒帶頭撒嬌，一左一右地扯著胤禛的袖子軟綿綿地叫阿瑪，胤禛還有什麼不肯的，反正園子裡地方夠大，本來就有一個湖用來春日泛舟，便揀出淺一些的地方種了蓮藕，如今除了旱地，又多出水田來。

春色愈盛，陽光愈強，女孩子曬黑了不像樣，周婷就把兩個女兒拘起來讓她們做女課，到陽光散了才許她們去玩。弘昭沒這些顧忌，白皮膚很快就曬黑了。

不單他自己玩野了，怡寧帶弘明過來做客，他還偷偷叫小太監套了驢車，領著弘明去玩，兩個孩子一頭一臉的汗，衣裳下襬全是泥點，怡寧又笑又罵，把兩隻泥猴子一塊按進水桶裡頭刷乾淨。

晚上弘昭非把弘明留在一處睡不可，怡寧沒法子，只好依了他們。兩個堂兄弟滾在大床上，弘昭還把自己珍藏的小船全拿出來跟弘明玩，玩到睡著了，還一人一隻船在手心裡捏著。

胤禛摟著周婷的腰站在外頭，周婷指著這兩個孩子。「這兩個倒跟爺同十四弟一般親近呢。」

這話是摻了水分的，胤禛卻很愛聽，他小時候同胤禛並不親近，弘昭能同弘明處得好，他最樂見不過。第二天胤禛把信夾在摺子裡遞到胤禛面前，康熙心情好，多問了一句，胤禛就一面笑一面把這兩個小子幹的事告訴了康熙。

下一回信到的時候，康熙就在裡面寫明了要吃弘昭種出來的東西。這本是玩笑，弘昭卻上起心來，盤點過自己地裡種的東西，覺得不夠稀罕，便皺著一張圓臉想辦法，周婷這才想起馮九如從南洋帶回來的那些種子。

自從之前胤禛說過要叫馮九如拿些南洋植物的種子來，周婷就差人去尋馮氏，馮氏卻沒立即上門，只叫人過來告罪，說是病了，正躺在床上起不了身。周婷一向對這個同鄉很有好感，知道她生病的消息，賜了好些藥材下去，又時不時差人過去慰問，直到五月初，馮氏才遞了帖子過來拜見。

馮氏這一病，瘦了一大圈，衣裳掛在身上空落落的，人瞧起來也不如以往有精神，臉上了脂粉，還顯得一臉倦色。周婷剛要詢問，猛然間掃到馮氏身後跟著的那個女人，原本該是個丫頭，卻做了婦人妝扮。

馮氏不是不懂規矩的人，這麼貿然把人領了過來，很不像她的作風。若真是她想帶過來的，就應該主動介紹給周婷，她卻偏偏坐在那裡不動。那個婦人礙著規矩也不好自己湊上來，倒在她身後站足了一刻鐘。

周婷捏著帕子的手緊了緊，心裡猜到個大概，也不先提這件事，反而笑著同馮氏寒暄，又拿起茶盞來啜了一口茶，指了指桌上的海棠花點心碟子。「這是宮中剛賜下來的金乳酥，倒不常有，妳嚐一嚐。」

話音還沒落呢，就看見站在馮氏身後的婦人用眼睛瞄那點心。這番舉動怎麼瞞得過周婷身邊的丫頭，珍珠正在家裡備嫁，翡翠就成了周婷身邊第一人，帶個生人過來本就不夠規矩，如今一看，這個婦人卻是連禮都不尊的。

翡翠瞧了瞧周婷的臉色，得到她授意以後，便抿了嘴笑出聲來。「見了馮夫人，就想起檀香來，她今天怎麼沒跟著？我們主子賞我的那兩個金乳酥，我可一直留著呢。」

檀香是馮氏的丫頭，丫頭之間有些交情很正常，馮氏明白這是周婷的好意，她往後睨了一眼，又笑著接了口。「檀香年紀到了，我幫她挑了人，正在家裡備嫁呢。」

她這話一說，周婷就笑。「那倒是該為她添一份，就叫翡翠領了妳身後這個媳婦兒去，挑上一支釵，算是我給她添嫁妝。」

那婦人臉上一紅一白地變換，馮氏硬是不幫她說明。那婦人手上拿著帕子托了半塊金乳酥，笑晏晏地半福了身子。「倒要替她謝謝福晉的賞賜呢。」

那婦人見馮氏不為她說話，抿了嘴跟在翡翠後頭，臨出門時還歪頭看了馮氏一眼。

等她一走，周婷就擰起了眉頭。「妳往常並不這樣，那是什麼人？」那婦人年紀很輕，模樣也只能算清秀，怎麼敢在馮氏面前擺架子？

馮氏同周婷雖說隔著階層之差，其實兩人相處起來並無隔閡，平日也很談得來，雖沒有挑明是同一個地方來的，可彼此之間卻有份不同的親切感。

周婷一問，馮氏臉上的笑就跟退潮的海水似地淡了下去，她捏著帕子掃了掃衣襟，聲音不輕不響，似平日那般說道：「那是我們爺新納的妾。」

周婷一怔，馮氏卻自顧自地解說起來，語氣中帶了些自嘲。「許是咱們爺的名字取得不好，九如、九如，十樁事裡九件如意，誰知這不如意的一樁，偏偏落在子嗣上頭呢？」說著輕聲一笑，拿帕子掩了嘴，遮住半張臉。「這個是他去跑船的時候，朋友家裡的丫頭。」

馮氏早已被扶正，她前頭的正房夫人生了個兒子，原本一直養得好好的，也到了進學的年紀，卻忽然生起病來。他從生下來沒多久就養在馮氏身邊，她把他當成親生兒一樣看待，衣不解帶地照顧，誰知兒子還沒好起來呢，丈夫竟領了個懷了身子的女人回來了。

馮氏自己一直沒能懷上孩子，心想總歸前頭有一個，跟她又親，丈夫也算是後繼有人，因此從沒想過叫馮九如開枝散葉，誰知道他竟做出這樣的事來。

馮氏是個強勢的女人，再硬也挨不住這樣的打擊，她骨子裡有脾氣，自此不再肯讓丈夫進門，之前那一生一世一雙人的夢被她扔進角落裡，只把自己當成個古代當家太太。

她鬆開了手，小妾卻緊跟著上來，馮氏要捏死她容易得很，就是她肚子裡那個孩子，只要她想，有得是法子去母留子，或者乾脆不讓她生。可馮氏是個心正的人，寧可不要，也不能下手害人。馮九如是在外做客時喝醉了一時糊塗，等那人把這丫頭送過來的時候，他也愣了神。

馮九如想過馮氏定會吃醋，卻沒料到她反應這麼大，倒讓他惱怒起來。可他自己也明白，家中的生意有不少是靠著馮氏起來的，夫妻兩個齊心合力才有了現在的光景，怎麼也要念著她的好。因此他雖被趕了出去，卻並不冷落她，照樣往她跟前湊。

只是那丫頭的肚子卻一天天大起來，馮氏本就覺得厭惡，再看到這個，哪裡還能原諒丈夫？馮九如待她再好，也不會狠下心來收拾自己的孩子，就這麼一天拖過一天，夫妻倆的情分，也愈來愈淡了。

周婷怔了半刻，開口問道：「妳有什麼打算？」

「男人是栓不住的，腿長在他自己身上，他要往外頭跑，殺他的頭也沒用。」馮氏半晌才抬起眼來，眼底一抹淒涼，明明外頭春暖花開，到她這裡卻彷彿不見陽光。

翡翠帶那婦人出去，暖閣裡只剩下珊瑚與蜜蠟，兩個丫頭都在門邊站著，遠遠瞧見杯子裡沒水了，才輕手輕腳地上前添一回水，接著又馬上立到門邊去。

陽光透著玻璃窗戶曬進來，照在掐絲琺瑯嵌寶石的香爐上，裊裊升著蘇合香燃起來的輕煙。馮氏那一句話，倒把周婷的心事給勾了起來，她垂了眼簾，手指撫過衣袖上繡的挑金線合歡花。

馮氏臉上露出一個模模糊糊的笑，眼角浸著苦意，聲音像是扯遠了的風箏線，時斷時續。「我們那位爺，原說他是個遊蕩子也不為過，初時家中算是殷實，卻有一房又一房的妾往家裡領。我不過是個丫頭抬起來的通房，前頭那位為人軟和，家事都無法掌管，還要被個受寵的妾欺負到頭上，我看不過去，這才幫著理起事來。」

她自清醒過來，已經是馮家一個通房丫頭了，那幾個妾把馮家後宅一池春水攪亂，前頭那個夫人為人和善，遇到事情卻一點主意也拿不出來。

馮氏原身就是先馮夫人身邊的丫頭，因長得好被馮九如收入房，先馮夫人念著她總歸在她身邊待了那麼些年，把她提成四房，卻不知怎麼地撞了頭。先馮夫人一直好湯好藥地照顧馮氏，沒有她，馮氏根本就活不下來。

領了先馮夫人的情，馮氏自然也想回報她，她見她實在沒有理家的才能，才幫她出主意打壓那些妾，可相處得一久，先馮夫人就漸漸明白她想出走的心。馮九如是個見花愛花的男人，走一回貨就要帶個女人回來，像馮氏這樣的，多一個少一個他都不在乎，於是先馮夫人就准許馮氏離開。誰知先馮夫人一病不起，環顧身邊，竟只有她一個人能託孤。

周婷也不說話，珊瑚與蜜蠟的眼睛不禁往這邊探，周婷使了個眼色，兩個丫頭就掀了簾子站到外頭去了。

馮氏與周婷兩人原就熟悉，只是馮氏守著規矩不與周婷坐在一處，待兩個丫頭出去以後，周婷就站起來往馮氏旁邊的椅子上坐下，拿瓷壺為她添了一回水。

馮氏眼裡藏著淚，感激地看了周婷一眼。這番話她從沒跟人說過，往後也不會再對人提起，她捏著杯子抿了口茶。「那一回走貨時他跌了個大跟頭，這才算是長了一智，等人回來了，前頭那個早挨不過撒手去了。我抱著菖哥兒穿了孝在門口迎接他，可進來那個人卻瞧不出是位爺。」

她是從妾室被扶正的沒錯，卻是正正經經自己掙出來的，馮九如兩年不歸，其餘妾氏散盡，前馮夫人又撒手走了，只留下一個一歲多的孩子，一家人眼見就要餓肚子，是她站出來一力把事情給扛下，這才一直撐到馮九如回來。

菖哥兒一歲多，才剛會叫娘，家裡沒有主人又失去了主母，一家子鬧得不像話。趁亂摸進來偷東西的賊差一點就摸進主院，她帶著兩個老僕，抱著菖哥兒窩在馮夫人的靈堂裡頭，把家中值錢的東西藏在棺材底下，這才保住了馮家大半家財。

馮氏剛才還哽著聲，張了口反倒平和起來。周婷在心裡為她嘆息，伸手拍了拍她的手背。

馮氏垂著的眼簾裡藏了淚，她只拿帕子一拭就又露了笑。「說句不規矩的話，我那時想到他這麼一個不像話的，實在不能託付，都已經想好了法子出去，卻捨不得菖哥兒。他還那麼小，知道我來了，就窩在我懷裡直叫娘，不是我親生的，卻也沒差別了。」

周婷心頭跟堵了一塊石頭似的，教她連寬慰的話都說不出口。馮氏不需要有人幫她出主意，她想要的只是傾聽。周婷拿起杯子喝了口茶，見馮氏像是說不下去的樣子，便抬手叫了珊瑚。「去調蜜鹵子來，再拿些甜點心，愈甜的愈好。」

心裡已經這麼苦，再不吃些甜的，怎麼撐得下去？

馮氏聽了周婷這話，倒露出幾分笑影來，待她又生出幾分親近。「總算經了一回事，倒成了人，不再那麼不像樣，開始埋頭做些小生意養家餬口。」

馮氏語氣裡很是懷念的樣子，周婷一默，猜中了她的心思。「妳可是想著，若當時不做玻璃，這會兒，他還同妳這個老婆跟孩子平平凡凡地過生活？」

馮氏一怔。她自己也說不上來後不後悔，做玻璃的事還真是不難猜，若馮家真有玻璃方子捏在手裡，哪至於到了這一代才發跡？她想著，抬眼看一看周婷。「福晉這麼聰明，我便不再隱瞞，說句難聽的，若沒有我，他又怎麼會有如今？」

後頭那些生意，的確是馮九如自個兒闖出來的，卻少不了馮氏在後頭出謀劃策，若沒有玻璃幫他打底，讓他賺了第一桶金，他連本錢都沒有，哪裡能像現在這樣，一出海就帶了十多艘商船？

「他的生意愈做愈大，奈何生意大了心也跟著大，前兩年我還跟著跑，外頭有難聽的話，他也幫我攔著，可這兩年，不似從前了。」馮氏神色一黯。「那些亂七八糟的事，我哪裡不知道？南邊富庶人家多，生意立得起來，他一年跑個兩趟，哪次不住個兩、三個月？原本他只有求人的分，如今別人巴結他都來不及。」

進了銷金窩，男人有多少能把持得住？江南就是個煙花地，那些想藉著馮記跟胤禛搭上關係的，全都不惜血本地撒金拋銀，送完了金銀就是送女人了。原先那些閒言閒語馮氏只當不知道，可如今有人大著肚子上了門，她怎麼還能自己騙自己呢？

「妳總要念著他的好才是，怎好把他往外推？整個大清國之中，像妳這樣的，可是頭一個。」周婷心中為她嘆息，嘴上卻還在勸解她。

若是在現代，出了這種事，她要怎麼處理都行，就依她的手段，叫男人滾出去還不容易？如今卻是在古代，離了男人，女人連出門都不容易，像周婷這樣子的，連自家門口的青磚地都沒踩過幾回，又能往哪裡去？

士農工商，商人的確是社會中地位最低的，農戶有錢還可穿綢，商戶人家最多只能穿絹，再往好一點穿，被人捏住了就是把柄。馮九如要是沒投到胤禛門下，哪裡能像現在這麼自在?!

這個時代有多少女人能出一回海，往南洋去?馮氏算是開了先河，可她這個先河靠的還是馮九如，女人不論到了哪裡，想要靠著自己闖出來，都不容易。

馮氏剛一開口還有些豫色，如今愈說神色愈是堅定。她聽到周婷這番話，合了合眼，剛才還含在眼眶裡的淚珠順著眼角滑下來，她抬手一拭，帕子上繡的木棉花就似沾了露珠。

她眉毛輕抬，揚聲笑了笑，那根飛遠了的風箏線就又扯了回來。「也是我癡了，丈夫丈夫，一丈之內才是夫，隔了我那麼遠，竟還信他乾淨。」

周婷咬了嘴唇，皺著眉毛。「這丫頭既是帶胎進門來的，肚子裡那個乾淨不乾淨還不知道呢。」娘的來歷尚且不明，孩子更不必說，這出身上頭沾上一點髒水就洗不乾淨了，再沒比這個更好的辦法。

她剛說完，馮氏就朝她露了個了然的笑。「不是我自誇，只要我想，一百個她也進不了門，我不過是不願髒了手。」說著她站起來立到離周婷一步遠的地方行了大禮。「說了這許多，不過想讓福晉知道前情後狀，往後若有什麼，只盼福晉念著今日一點情分，別將我攔在外頭才是。」

她剛還哭過，眼眶帶著一圈紅，配上身條顯得有些楚楚可憐，眉目間卻存著一股堅毅，周婷不禁一頓。看馮氏的為人行事，就知道她是個寧為玉碎的人，更何況她是得過馮九如真心相待的。若是沒嚐過那滋味，或許還能穩穩做個當家太太，總歸馮記的生意不能沒有她，又養著菖哥兒。偏偏她是得而復失，這樣的性子，又怎麼肯忍下這種委屈，養起小妾與小妾的孩子呢？

馮氏在周婷這裡坐了一個上午，喝了兩壺梅子蜜茶，吃完一碟窩絲糖，臨走時又彎腰一福。「一直沒同福晉說過，我本家姓謝，單名一個瑛字，若是以後遞了帖子來，福晉可別打我出去。」

這是打定主意要跟馮家撇個乾淨了，周婷看著謝瑛，半晌才頷首一笑。「我這裡少不了妳一壺茶。」

等送走了謝瑛，翡翠才跟周婷抱怨起來。「馮家也太不規矩了，怎的帶了個沒學過規矩的人來，主子不知道……」

周婷抬手止住翡翠的話頭，一臉倦色地重重嘆出一口氣。翡翠噤了聲，小心翼翼地瞅了瞅她的臉色。

周婷眼睛一開一合，站起來把手搭在翡翠胳膊上，往屋子裡走去。她心裡存了這樁事，眉間就顯出鬱色來，原本她那麼羨慕馮氏，到頭來卻還是一盆涼水。

一個女人要在這個時代掙出頭來，不知道有多難，她卻顯然是下定決心了。周婷由人思己，如今她跟胤禛兩個是蜜裡調油，可原先她剛到這裡的時候，想的不也是好好把日子過下去嗎？上一回知道有人送女人來，她就這麼難受，若他真有了別的女人，她又該怎麼辦呢？

周婷一邊走一邊想，那些原先想起來甜蜜的事，如今倒跟品了口黃連似的，這輩子她或許都要這麼擔心下去了。雖然胤禛保證過，可哪一對夫妻好的時候不是山盟海誓？

白糖糕剛剛睡醒，這個小人兒還有些起床氣，扭著屁股正在床上發脾氣，此時抬頭一見周婷，就噘了嘴、皺眉毛。

周婷見了他就笑起來，把他摟在懷裡狠狠親了一口。白糖糕呀呀兩聲，扭著身子不讓人抱，被周婷一巴掌拍在小屁股上。她剛覺得心情好了一些，外頭小張子就進來稟報：「董鄂家的人想見福晉。」

周婷一怔，沒能立刻想起來「董鄂家」的人是誰，小張子沒聽見她答腔，又遞了一句：「是同咱們府裡大格格訂親的那個董鄂家。」

董鄂家？這個時候他們來找她做什麼?!……

——未完，待續，請看文創風154《正妻不好當》5（完）

顛覆史實　細膩深情／懷愫

既然身為堂堂正妻，就得顯出該有的威風來！

過勞死就算了，還穿越時空當個不受寵的正妻……
要是那些小妾真以為能把她踩在腳底，可就大錯特錯了！

溫柔嫻淑，是滿懷計謀最好的保護色；
女人心機，足將男人玩弄於股掌之間。
看她發揮智慧大展魅力，定要丈夫只愛她一人！

正妻不好當

全套五冊

文創風 150　1

在現代要是過勞死，還能上個新聞，提醒大眾注意身體健康，
在古代嘛，累死、寂寞死、傷心死，那都是自己不爭氣！
虧這個身體的原主還是個正經八百的嫡妻，
誰知有面子沒裡子，徒有端莊大方之名卻不得寵愛，
幾個側室都是明著尊敬，暗地裡使絆子，要她不見容於丈夫。
周婷一醒來，就面對這絕對不利的情勢，
要是有個穩固的靠山也就罷了，偏偏她還剛死了兒子……

文創風 151　2

既然身不由己，來到這個光有身分還不夠尊貴的地方，
唯一能讓日子好過一點的方法，就是發揮身為「正妻」的優勢，
光明正大設下許多小圈套，等那些豺狼虎豹自行上鉤，
打擊敵人之餘，還博得溫良恭儉讓的美名，真是不亦樂乎。
原本周婷就想這樣舒心過完一生，豈料丈夫發現她的轉變後，
竟像戀上花朵的蜜蜂，成天黏答答，非要將她吃乾抹淨才甘心，
惹得她心思盪漾，覺得多生幾個孩子也不錯……

文創風 152　3

明知每回小選大挑，府上都會被塞進好些個侍妾，
但「只見新人笑，不聞舊人哭」這事可不許發生在自己身上！
周婷成功打趴後院所有女人，讓丈夫再怎麼飢渴也只上她的床，
非但無人說她善妒，從上到下、從裡到外還全是讚美聲。
就在她以為所有事情全在掌控中時，那個被她養在身邊的庶女，
竟受了生母指示，企圖向她施蠱……

文創風 153　4

既然「家事」搞定了，接下來就是發揮賢內助的本事，
這頭打點、那邊安撫，幫助丈夫在爭奪皇位上取得有利的位置，
好讓兒子、女兒未來的路平平順順，一生無憂。
只不過……既是九五至尊，未來後宮佳麗自然不會少，
成全他長久以來的心願是一回事，要端著皇后的臉面故作大方，
實際上卻委屈了自己，她真能做到嗎……？

文創風 154　5 完

面對那一屋子等著遷入皇宮中，好接受冊封的側室與小妾，
無論如何也無法讓人舒心。
原以為所有的甜蜜都將隨著皇帝、皇后分宮居住而漸漸淡去，
想不到丈夫卻信守諾言，非但只寵幸她，還打破傳統，
跟她「同居」起來，教周婷又驚又喜。
偏偏這時還有人不死心，非得把自己逼上絕路不可，
很好，就別怪她手下不留情，使出看家本領掃蕩「障礙物」了！

妙趣橫生的種田文／玖藍／祝你持家不敗

年年有魚

全套五冊

小小女子為自己掙得一片天，掙得深情體貼好夫君……

熟讀此持家寶典，愛自己過好日，永遠不嫌晚啊!!

萬物齊漲！

這年頭兒日子不好過，求生存不容易啊！

東方不敗有了葵花寶典，成了武林不敗，

姊妹們，想掙錢、理家、財庫年年有餘，

還想嫁個好人家，成就女人不敗，

就不可少了這部「持家寶典」，

保妳活得生氣盎然，心滿意足！

文創風 134 **1**

投身農家的杜小魚發現，原來小農女真不是那麼好當的！

地少要買田，沒肉吃要開源，看病沒錢要自個兒學醫……

光靠天吃飯絕不靠譜，靠自己真個實在……

文創風 135 **2**

她整日埋首農書，種這種那地攢銀子，

沒想到連親姊姊的情事也落到她來操心，

加上山上來了隻吃人猛虎，壞了她採草藥掙錢的大計，

她得説服初來村裡的那位神秘的「高手」上山打老虎，

這農家日子過得可精采了……

文創風 136 **3**

她杜小魚年紀小小，做起生意倒是很有一套，

這村裡村外，誰不知她杜家有個會掙錢的小女兒，

因為太會掙錢、太會理家，她成了理想的媳婦人選，

對於只想掙錢不想嫁人的她，一點也不高興成了搶手貨，

掙錢不難，怎麼掙得單身的權利真是難倒她了……

文創風 137 **4**

打小一起長大的二哥，竟然不是爹娘親生的，

身家還顯赫得很，這已經夠教她驚訝，

更驚訝的是二哥對她的情意！

她不是不心動，只是一時轉不過來，

從二哥變成夫君，對於這個親上加親，還真的有點羞呢！

文創風 138 **5** 完

唉！嫁了個人見人愛的男人，果真不是簡單的事！

不過，她打小就不是個怕麻煩、怕事的，

能被這麼優秀出采的男人看上，她當然也不是個草包村婦，

她可不能辜負夫君的疼愛，

以及那些出難題的「長輩們」的期待、情敵的暗算，

她決心要做到讓所有人心服口服，小人通通退散……

文創風 153

正妻不好當 4

國家圖書館出版品預行編目資料

正妻不好當 / 懷愫著. --
初版. -- 臺北市 : 狗屋, 民103.01
冊 ; 公分. --（文創風）
ISBN 978-986-328-229-7（第4冊 : 平裝）. --

857.7　　102025932

著作者	懷愫
編輯	連宓均
校對	黃鈺菁　陳盈君
發行所	狗屋出版社有限公司
地址	台北市104中山區龍江路71巷15號1樓
電話	02-2776-5889～0
發行字號	局版台業字845號
法律顧問	蕭雄淋律師
總經銷	知遠文化事業有限公司
電話	02-2664-8800
初版	103年1月
國際書碼	ISBN-13　978-986-328-229-7
原著書名	**《四爷正妻不好当》**，由北京晉江原創網絡科技有限公司授權出版

定價250元

狗屋劃撥帳號：19001626

網址：love.doghouse.com.tw　E-mail：love@doghouse.com.tw